부전나비
관찰기

이경희
소설집

부전나비
관찰기

부전나비
관찰기

외로움이 짐승의 눈빛으로 나를 노려볼 때가 있다. 숨이 턱 막혀 어디론가 도망치지 않고는 견딜 수 없는 그런 시간. 그때는 정말이지 하루는 고사하고 일분일초도 견딜 수가 없어 도망치듯 산에서 내려왔다. 실패자의 변명이라고 해도 할 말이 없다.

오 일 동안 밤낮을 기다렸지만 카메라에 잡힌 것은 하루살이와 잠자리뿐, 고대하던 녹색부전나비는 구경할 수가 없었다. 처음부터 내 능력으로 해낼 수 있는 일이 아니었는지도 모른다.

대모산으로 취재를 간 것은 기후변화로 서식 환경이 변하고 있는 부전나비를 관찰하기 위해서였다. 김 부장은 이번 기획 취재가 내 능력을 판단할 수 있는 마지막 기회라고 했다. 이번에도 실패하면 알아서 사표를 내야 할 것이라고, 기획 단계 때부터 내게 엄포를 놓았다. 문경에 대한 지리적 가늠조차 하지 못했던 나는 스마트폰 지도에 의지해 길을 떠났다. 규모가 작은 다큐멘터리 외주 제작사라 경비 절감을 위해 취재일도 딱 일주일이 주어졌다.

텐트를 친 첫째 날은 계곡 근처 고구마밭에서 일하고 있는 노인을 만나 그런지 얼마든지 견딜 수 있을 거라고 생각했다. 노인이 어딘가 이상하게 보이긴 했지만 깊은 산중에서 알게 된 노인의 존재는 은근히 위로가 되었다.

머리에 하얀 수건을 두르고 있는 노인은 스머프처럼 보였다. 노인은 고구마밭 이랑 끝에서 구덩이를 파고 있었는데, 긴 곡괭이가 허공으로 들릴 적마다 노인의 머리도 같이 고구마밭 위로 솟구쳤다. 마을에서 한참 떨어진 호젓한 산골에서 노인을 만나다니, 반가워서 큰 소리로 물었다.
"고구마 묻으시려고요?"
곡괭이질 하던 노인이 허리를 곧추세웠다.
"할아버지!"
말귀가 어두운가 싶어 다시 불렀지만 노인은 내가 서 있는 쪽으로 고개만 슬쩍 돌렸을 뿐 나를 바라보지는 않았다.

"할아버지 이 근처에 사세요?"

계속해서 말을 걸어보았지만 노인은 대꾸하지 않았다.

"저기요, 할아버지!"

저리 가라는 뜻인 듯 노인은 허공을 향해 강한 손짓만 보냈다. 순간 당황해서 주춤했지만 노인이 나에 대해 뭔가 오해하고 있을지도 모른다는 생각이 들어 몇 걸음 더 다가갔다. 그러나 쌀쌀맞게 손사래를 친 노인은 다시 곡괭이질에만 몰두했다. 그대로 멈춰 선 나는 노인이 다시 나를 바라봐주길 기다렸다. 구덩이는 노인의 무릎 높이 정도로 깊었고 장정 대여섯 명 정도는 누울 수 있을 정도로 꽤 넓었다. 고구마밭 면적을 생각하면 지나치게 큰 구덩이였는데, 노인의 곡괭이질은 멈출 기미를 보이지 않았다.

"할아버지 저 이상한 사람 아니에요. 자연 다큐멘터리를 제작하는 회사에 다니는데, 대모산 계곡에 서식하는 녹색부전나비를 찍으러 왔어요."

누군가에게 나를 그토록 정중하게 소개한 적이 있었던가 싶을 정도로 최선을 다했지만 노인의 눈길은 내게 오지 않았다. 노인을 향한 예의 바른 내 눈빛과 목소리와 두 손은 노인의 곡괭이질에 계속 무시당했다. 노인으로부터 무시당한 채로 산을 내려갈 수는 없다는 자존심이 삐죽 솟았다.

"할아버지 여기 음료수 있는데 드시고 하세요."

노인이 곡괭이를 구덩이 밖으로 내던지더니 자신도 구덩이 밖으로 나왔다. 노인이 나를 노려보며 말했다.

"위험해. 내려가!"

고구마밭 노인의 첫마디였다. 듣기 좋은 소리는 아니었지만 노인이 내게 말을 했다는 사실이 반가웠다. 대모산의 위험에 대해서는 산 아래 마을회관에서 만난 두 노인도 경고했다. 멧돼지들의 공격으로 사람이 여럿 죽었다고. 멧돼지가 인가로 내려오기 시작하면서 농작물 피해가 크고 더러는 등산객들까지 위협한다는 소리는 자주 들어 알고 있었다. 하지만 대모산 멧돼지가 사람을 여럿 죽게 했다는 소리는 금시초문이었다. 그 정도 사건이 있었다면 신문이나 방송에서 크게 보도되었을 텐데, 대모산에 대한 이야기는 마을에 와서 처음 들었다.

고구마밭 노인까지 위험하다고 말하는 걸 보면 대모산이 심상치 않은 것만은 사실인 듯했다. 세상에는 드러난 일들보다 드러나지 않거나 감춰진 일들이 더 많기 때문이다. 정말로 사람을 죽이는 멧돼지가 대모산에 살고 있을지도 모른다는 생각이 들자 모골이 송연해졌다.

혹시 나는 모르고 김 부장만 알고 있는 어떤 사실이 있을지도 모른다는 생각이 들자 갑자기 사지로 내몰린 기분이었다. 김 부장한테 할 수 있다고 부린 공연한 호기가 후회로 바뀌기 시작했다. 나를 쉽게 상대해줄 것 같지 않은 노인의 표정 또한 대모산의 알 수 없는 위험을 경고하는 것만 같았다.

아무리 그래도 고구마밭 노인이 버틸 수 있는 정도의 위험이라면 나도 버틸 수 있다고 다시 마음을 잡았다.

"나비만 찍으면 내려갈 거니까 걱정하지 마세요."

"위험해. 내려가!"

"멧돼지 때문에 그러세요? 멧돼지가 진짜 사람을 죽였나요?"

그래도 노인과 말문을 트고 싶어 다시 한 번 기회를 노렸지만 노인은 대답 대신 일그러진 표정으로 입술을 한 번 씰룩거리더니 서둘러 고구마밭을 벗어났다. 나는 노인이 파던 구덩이를 들여다보았다. 짐승의 입처럼 보이는 커다란 구덩이 속에는 노인의 발자국과 곡괭이질 흔적이 또렷했다. 그걸 보니 대모산의 위험이 오히려 약화되는 느낌이었다. 고구마밭을 일구며 멀쩡하게 살아가고 있는 노인이 있지 않은가. 위험은 그저 닥쳐오지 않은 불안일 수도 있었다. 전에 무슨 일이 있었든지 간에 노인이 지금 멀쩡한 모습으로 내 가까이에 있다는 사실이 더 중요했다.

그러나 나는 시간이 갈수록 그 위험의 경고에서 자유롭지 못했다. 고구마밭에서 일하는 노인의 모습이 보이지 않으면 견딜 수가 없었다. 노인의 고구마밭이 잘 보이는 계곡 위쪽

소나무 숲에 텐트를 치고는 노인이 구덩이를 파고 있는지 매일 확인했다. 노인은 소나무 가지에 맨 밧줄을 타고 구덩이로 들어가 하루 종일 곡괭이질을 했다. 하루는 노인이 하도 구덩이 밖으로 나오지 않아서 혹시라도 기력이 딸려 주저앉은 것은 아닌가 싶어 살금살금 다가갔는데, 구덩이 속에 있던 노인이 고무공처럼 튀어 올라왔다. 놀라 나자빠진 것은 노인이 아니라 나였다. 오 일째 되는 날은 하늘로 솟구치던 노인의 곡괭이 끝이 보이지 않았다. 구덩이가 얼마나 깊은지 밧줄을 잡고 구덩이 밖으로 기어 나오는 노인의 기합 소리가 초저녁까지 계곡에 울려 퍼졌다. 노인은 내가 걱정할 아무 이유가 없어 보일 만큼 날렵하면서도 강해 보였다.

그때까지 녹색부전나비를 구경하지 못한 나는 종일 텐트 밖에서 노인을 관찰하거나 스마트폰으로 게임을 하며 지냈다. 어차피 시간과의 싸움이라고 각오하고는 왔지만 산속 생활은 생각보다 견디기 힘들었다. 노인이 모습을 감추고 산속에 어둠이 들어차면 날짐승들 소리가 요란했다.

산에 온 첫날밤에는 노인을 따라가고 싶었다. 노인은 위험하다는 경고만 날리고는 인정머리 없이 사라져버렸다. 계곡 위쪽으로 노인의 집인 듯 허름한 컨테이너 한 채가 보였지만 초대받지 않은 손님으로 무작정 방문할 수는 없었다. 나는 잠깐씩 텐트 밖으로 나와 노인의 집을 올려다보았다. 노인의 집에선 반딧불이 같은 불빛이 새어 나왔다가 어느 순간 사라져 버렸는데, 마치 내가 올려다보고 있다는 걸 눈치라도 챈 듯 매번 그랬다.

이른 새벽 계곡 근처에 나타난다는 녹색부전나비는 아직 카메라에 잡히지 않았다.

계곡 양쪽에 설치한 두 대의 카메라에는 계곡 상류에서 불어오는 바람과 그 바람에 우우거리는 억새만 잡혀 있었다. 나머지 한 대의 카메라에는 노인의 고구마밭과 고구마밭 주변으로 흐드러지게 핀 개망초만 매번 한가득 담겨 있었다. 어제까지 고구마밭 이랑 끝에서 구덩이를 파던 노인의 모습은 보이지 않았다. 한동안 고구마밭을 서성거려도 보았지만 한나절이 될 때까지 노인은 나타나지 않았다.

하루가 몹시 길었다. 텐트 밖의 시간은 갈수록 지루하고 난감했다. 녹색부전나비 촬영은 불가능해 보였다. 오늘 밤에 녹색부전나비가 나타난다는 보장도 없었고, 김 부장이 작정하고 나를 대모산으로 보냈다는 생각밖에는 들지 않았다.

나는 고구마밭을 서성거렸다. 노인이 파놓은 구덩이 속으로 저녁이 꾸역꾸역 들어차고 있었다. 노인은 어쩌면 내일부터 고구마를 캐러 나올지도 몰랐다. 구덩이를 팠으니 고구마를 캐는 것이 순서였다. 하지만 나는 이상하게 내일도 모레도 노인이 고구마밭에 나타나지 않을 것만 같았다. 마을 사람들과 노인이 말한 대모산의 위험이 거슬렸다. 지금까지 아무 일도 일어나지 않았고 내일이면 산을 내려가는데, 이상하게 그 위험이라는 실체가 어딘가에서 웅크리고 있는 것만 같았다.

　대모산의 어둠은 내 불온한 상상력을 빠르게 부풀렸다. 이제 하룻밤만 보내면 되는데 며칠 동안 억눌러온 여러 추측들이 서둘러 산에서 내려가라며 등짝을 떠밀었다. 노인에게 무슨 일이 생긴 거라면 그다음 차례는 나였다. 무서웠다. 아니 헷갈렸다. 진짜 무서운 것인지 산의 고요를 견딜 수 없는 것인지, 나는 노인의 고구마밭 이랑 사이를 뛰어다녔다. 소나무 숲에 숨어 있던 초저녁 달빛이 고구마밭 한가운데로 걸어와 속삭였다. '견딜 수 없지. 그냥 내려가.' 산을 내려갔다가 내일 날이 밝으면 돌아와도 문제될 일이 아니었다. 녹색부전나비 관찰은 실패했지만 회사에서 주어진 일주일을 채웠으니 최선은 다했다.

　그길로 나는 산을 내려가 문경읍으로 향했다. 읍에서 가장 복잡한 거리에 있는 술집으로 가 술을 마시고 불빛이 요란하게 번쩍거리는 모텔에 들어가 잠을 잤다. 그리고 이튿날 새벽 나는 김 부장의 호출을 받았다. 그는 일절하고 녹색부전나비를 찍었느냐고부터 물었다. 나는 실패했다는 말 대신 대모산 계곡은 녹색부전나비 서식지가 아닌 것 같다고 말했다. 김 부장은 버럭 소리쳤다. "미친놈! 대모산을 다 뒤져서라도 찾

앉아야지. 너는 분명히 가만히 앉아서 나비를 기다렸을 거야. 너는 그래서 안 되는 거야."

대모산에서 보낸 일주일은 고립된 환경에서 얼마나 버틸 수 있는지 훈련한 것에 불과했고 결국 나는 그조차 버티지 못한 나약한 인간임이 증명된 셈이었다.

문경읍에서 자고 이튿날 다시 대모산 계곡으로 돌아갔을 때도 노인의 모습은 보이지 않았다. 고구마밭이 어제하고는 조금 다른 느낌이었지만, 날짐승들이 들끓는 산에서 멀쩡한 고구마밭을 기대하는 것이 더 이상한 일이었다. 노인에 대한 안부는 기우일지도 몰랐다. 노인도 나처럼 산이 견딜 수 없어서 산을 내려갔을 수 있고 언젠가 산이 필요하거나 그리우면 다시 돌아올 것이었다. 어떤 생이든 견딜 수 없는 시간은 찾아오기 마련이고 그때마다 시소를 타듯 오르락내리락 산을 타야 하는 것이 인생인지도 몰랐다. 결국 나는 회사를 그만두게 되었다. 나로서는 최선을 다했는데, 산도 인생도 나를 알아봐 주지 않는다는 허탈함과 부끄러움이 몰려올 적마다 고구마밭 노인의 위험 경고가 떠올랐다. 나에게는 본 적도 없는 대모산 멧돼지보다 회사를 그만두게 만드는 세상이 더 위험했다. 김부장의 말이 자꾸 걸렸던 것도 그런 이유 때문이었다.

회사에 사표를 낸 뒤 나는 오랜 방황을 하다 집으로 돌아왔다. 여기저기 쏘다니다 집으로 돌아온 나는 회사를 그만두면서 챙겨온 사물함 박스를 정리하다가 문득 대모산에 가져갔던 카메라 속이 궁금해졌다. 세 개의 카메라 중 두 개는 회사 거였고 고구마밭에 설치했던 카메라는 내 것이었다. 아무 소득 없이 돌아온 날들을 한 번 더 확인하고 싶어졌던 것인지도 모른다.

나는 대모산에서 돌아온 이후 한 번도 꺼내보지 않았던 카메라를 꺼내 노트북에 연결시켰다. 모니터 가득 대모산 계곡이 나타났다. 노인의 고구마밭과 계곡의 풍경은 월요일부터 토요일까지 밤낮이 비슷했다. 구덩이를 파던 노인의 모습은 금요일 해가 질 무렵까지만 잡혔다가 카메라에서 사라졌다.

나는 사라져버린 노인에게 무슨 미련이라도 남은 양 반복해서 영상을 돌려보았다. 곡괭이질 하는 노인의 모습은 현장에서 목격했을 때와 다른 모습이었다. 노인의 몸은 수시로 비틀거렸고 곡괭이질 할 때 내던 기합 소리는 신음 소리처럼 들렸다. 밧줄을 타고 커다란 구덩이 속을 오르락내리락할 때는 노인의 숨소리가 모니터 밖까지 들릴 정도로 크고 거칠었다. 노인에 대한 감정이 무엇인지는 알 수 없지만 대모산 계곡에 대한 기억은 거기까지만 재생하고 싶었다. 두 번 다시 찾아갈 리 없는 그곳의 영상은 이제 사물함 박스에 담겨 집 안 어딘가에 처박힐 테고 나는 또 다른 두려움과 외로움을 감당할 일을 찾아야만 할 것이었다.

그렇게 정리하고 모니터를 끄려던 순간, 깜깜한 밤의 영상 한구석에서 뭔가 움직이는 게 느껴졌다. 아무것도 담기지 않은 밤의 빈 영상이라고만 생각했는데, 모니터 한 귀퉁이에서 분명 뭔가가 움직이기 시작했다. 달빛이 때맞춰 움직임을 비춰주었다. 노인이었다. 사라진 노인이 한밤중 달빛을 받으며 고구마밭에 나타났다.

노인은 느리지만 휘청거리지 않는 걸음으로 산뽕나무가 있는 곳까지 걸어와 앉았다. 고구마밭이 한눈에 내려다보이는 지점이었다. 하마터면 놓쳐버렸을 노인의 마지막 영상이라고 생각하니 긴장되었다. 나는 화면 속 노인에게서 눈을 떼지 않았다.

노인은 발밑에 깔린 풀잎을 따 만지작거렸다. 손을 길게 뻗어 딴 개망초 꽃잎은 엄지와 검지 사이에 넣고 살살 비볐다. 개망초 꽃잎들이 달빛에 풀풀 날아갔다. 계곡을 건너온 바람이 고구마밭을 흔들자 노인은 슬쩍 계곡 쪽을 보았다. 밤바람 소리를 가르며 또 다른 소리가 들려왔다. 노인의 뒤쪽에서 밤공기를 가르며 나타난 둔중한 물체는 당장이라도 화면을 들이받을 듯한 기세였다. 이백 킬로는 넘어 보이는 멧돼지였다. 독특한 것은 앞다리와 목덜미에만 흰 줄이 있어 흰 털이 달린 검은 망토를 걸친 것처럼 보였다.

놀라운 것은 영상만 보고도 식겁한 나와 달리 노인은 어슬

렁거리며 다가오는 멧돼지를 보고도 꿈쩍하지 않았다. 보고도 믿을 수 없는 일이었다.

노인이 말했다.

"오랜만이구나."

노인의 목소리를 알아들은 것인지 놈이 주둥이를 푸푸거리며 제자리에 섰다.

"뱃구레가 쑥 들어간 걸 보니 그동안 아무것도 먹지 않은 모양이구나."

놈의 앞다리 하나가 땅 파는 시늉을 했다.

"남은 새끼마저 잃었으니 밥맛이 있겠니…… 나도 그랬다. 막내새끼 땅에 묻고 나니 모든 게 내 죄만 같더라. 죽을 용기만 있었더라면 벌써 대모산 귀신이 되었을 텐데……"

놈이 다시 주둥이를 흔들었다. 노인의 소리를 알아듣는 것이 확실했다. 노인이 앉아 있는 위치를 정확히 보는 것 같지는 않지만 소리에는 분명히 반응했다.

"너도 한때는 대모산 쌍봉을 날아다녔는데, 이제 보니 머리통하고 사타구니 털이 다 빠졌구나. 그때는 대모산 짐승들이 네 앞에서 벌벌 떨었지? 어디 짐승들뿐이었니, 백발백중 명중이라는 전국의 포수들이 다 몰려왔어도 네 털끝 하나 못 건드렸지. 오죽했으면 너한테 포상금까지 걸었겠니. 솔직히 나도 욕심이 나더구나. 총을 사서 아랫마을 이장 놈을 쏴 죽이고 싶었거든. 하지만 네 새끼들을 보니까 도저히 그리할 수가 없더라. 나는 사람이고 너는 짐승인데 왜 내 눈에는 너도 사람으로 보이는지 모르겠다. 내가 사람처럼 살지 못해서 그런 모양이다. 아니 어쩌면 나도 네 눈에는 사람이 아니라 토끼나 고라니로 보일 수도 있을 것이다. 그럴 수 있지 암만! 눈이 흐린 너 같은 짐승들 눈에는 짐승보다 못한 사람들이 더 잘 보일 테니 말이다."

달빛은 점점 밝아졌다. 고구마 줄기가 선명하게 보일 정도로 구름 한 점 없는 밤하늘이었다. 노인의 자분자분한 이야기는 그칠 줄 몰랐고 밤공기는 갈수록 서늘해졌다.

혹시 내가 잘 만들어진 영화를 보고 있는 것은 아닌가 하는 착각이 들었다. 화면 속 노인과 멧돼지는 실제가 아니라 감독과 배우, 첨단 기술이 만들어낸 영상일 수도 있었다. 나는 손에 잡힐 듯 가까이 있는 노인과 멧돼지한테 바짝 긴장해 있었다.

놈은 여전히 그 자리에 서 있었다. 노인이 앉아 있는 쪽을 향해 주둥이를 흔들거나 앞다리로 번갈아가며 땅을 팠는데, 마치 노인만이 알아들을 수 있는 어떤 동작을 표현하는 것도 같았다. 어쩌면 내 착각일 수도 있었다. 외로운 노인의 습관적인 혼잣말일 수도 있고 멧돼지는 움직이지 않는 노인을 사냥하고 싶은 생각이 없는 것일 수도 있었다.

바람이 고구마밭을 흔들었다. 억새와 개망초는 이리저리 휩쓸렸고 계곡을 건너오는 날짐승 소리도 들렸다.

순간 노인의 담뱃불이 번쩍하고 어둠을 태웠다. 담뱃불에 놀란 듯 놈이 주둥이를 쳐들었다.

담배 연기를 길게 뱉어내며 노인이 말했다.

"사람들만 나쁘다고 할 수 없지. 너도 똑같은 짓을 했으니 결국 피가 피를 부른 형국이잖니. 네놈이 사람을 상대로 복수하겠다고 덤비지만 않았다면 네 형제와 네 새끼들이 그렇게 비참하게 죽진 않았을 것이다. 처음부터 사람들을 상대하지 말았어야지. 멍청한 놈……"

놈이 괴성을 지르며 주둥이를 좌우로 흔들었다. 노인을 향해 돌진할 기세였다. 가슴이 조여들었다. 차마 눈뜨고 못 볼 광경이 일어날 것만 같았다. 그러나 일촉즉발의 그 순간에도 노인은 태연하게 쪼그리고 앉아서 담배를 빨았다.

"흥분할 거 없어. 나 같은 늙은이 쥐 한 마리 잡는 거보다 쉬울 텐데, 벌써부터 기운 뺄 거 뭐 있니. 솔직히 그래서 너도 나를 아직까지 그냥 둔 거 아니냐?"

노인의 말소리는 나직하면서도 고요했다. 무겁지도 두껍지도 않아서 숲의 다른 소리보다 귀에 쏙쏙 들어왔다. 노인의 말소리에서 느껴지는 그런 마력이 놈에게도 통했다. 놈이 서서히 몸의 균형을 잡고 다시 멈췄다.

"대모산이 우리 땅이라고 니가 아무리 소리쳐도 사람들은 듣지 않을 거야. 귀가 먹어 그런 것이 아니라 니가 짐승이라서 그런 거야. 더러는 짐승하고 사이좋게 사는 사람들도 있긴 하더라. 밥도 같이 먹고 잠도 한이불 속에서 자면서 부모 형제보다 더한 사이라고들 말하지. 한마디로 사람과 짐승을 구분하지 말자는 것인데, 그렇다면 너나 나처럼 짐승 같은 사람과 사람 같은 짐승들은 어떻게 살아야 한다니?"

"너도 가끔은 헷갈릴 것이다. 복수를 하자니 사람 흉내 내는 것 같고, 가만히 있자니 굶어 죽으니 말이다. 그래도 사람은 상대하지 말았어야 했다. 쌍봉까지 도망쳐서라도 짐승으로 살다가 죽었어야 하는데, 그랬으면 이 비극의 마지막 주인공은 되지 않았을 것이다."

"아랫마을 이장이 나한테 그러더구나. 마을 사람들과 절대 섞여 살 생각은 하지 말라고…… 나는 아무 짓도 안 했는데, 단지 감옥에 갔다 왔다는 이유만으로 마을에 발을 못 붙이게 했어. 나는 충분히 벌을 받고 나왔는데, 나를 마치 전염병 환자 취급을 하더구나. 그래도 어떻게든 마을에서 살려고 발버둥 쳤단다. 마을 초입에서 쥐죽은듯 살다가 그다음엔 마을 끄트머리 산자락 아래로 피했고 또 그다음엔 요 아래 다래나무 숲에서 숨어 살았단다. 그러는 동안 아내도 죽고 두 아이도 병들어 죽었지……"

노인의 목소리가 위태롭게 흔들렸다.

"내가 너랑 같은 처지라는 뜻으로 하는 말이 아니다. 너는 짐승이고 나는 사람이야. 문제는 너는 짐승인데 짐승답게 살지 못해서 그렇고 나는 사람인데 사람답게 살지 못해서 그런 거야. 우리는 절대 어울려 살 수 없어. 이 세상은 짐승 같은 짐승과 사람 같은 사람이 별루 없거든."

놈이 어딘가를 빤히 쳐다보았다. 고구마밭인 것도 같고 노인인 것도 같았다. 놈에게 한계가 왔다는 생각이 들었다. 놈이 방향감각을 잃어버려 잠깐 노인의 말을 듣는 척했다고 해도 더 이상은 무리였다. 노인 말대로 놈이 사람 흉내를 내는 게 아니라면 벌써 노인을 공격했어야 했다. 이해할 수도 안 할 수도 없는 기이한 영상 앞에서 나는 전전긍긍했다.

"배고플 텐데, 왜 뛰어들어가 먹지 않는 거냐?"

달은 계속 커지면서 밝아졌다. 내가 알고 있는 밝음이란 밤낮없이 눈을 시리게 하는 조명과 어떤 기대였다. 캄캄한 허공에 떠 있는 생명체 같은 달이 아니라 웃음과 성공, 행복, 뭐 그런 거였다. 쭈글쭈글한 노인과 흉측하게 생긴 멧돼지, 노인의 고구마밭을 속속들이 비추는 달은 처음이었다. 대모산을 떠나기 전에 저 달을 봤더라면 지금의 내 모습이 조금은 달라졌을지도 몰랐다.

가만히 보면 노인과 멧돼지를 꼼짝 못하게 하는 것도 달빛의 조화일지 몰랐다. 상서로운 달빛의 조화에 이끌린 노인과 멧돼지의 교감이라면 눈앞의 영상을 조금은 이해할 수 있을 것 같았다. 나는 음험한 어둠과 요사한 밝음이 교차하는 노인의 고구마밭에서 꼼짝할 수가 없었다.

놈은 아직 아무 짓도 하지 않았다. 간혹 위험한 자세를 취하는 것 같기도 했지만 노인이 말하기 시작하면 이내 잘 길들여진 가축처럼 얌전해졌다. 노인은 다시 조명을 받는 배우처럼 대사를 이어나갔다.

"어찌 먹을 걸 앞에 두고 쳐다만 보는 거냐? 그러고도 니가 짐승이라고 할 수 있냐? 너 설마 사람들하고 평화협정이라도 맺고 싶은 거냐? 그런 골 때리는 기대는 하지도 마라. 니가 이빨을 몽땅 뽑아버리고 납작 엎드려도 사람들은 절대 네놈을 가만두지 않을 것이다. 네 숨통을 끊어놔야만 자신들이 두 다리 뻗고 잘살 수 있다고 생각하거든. 그들은 네 용서를 바라는 게 아니라 그냥 너 같은 존재의 씨를 말려버리고 싶은 거야."

"너도 억울하겠지? 전쟁을 먼저 시작한 것도 사람들이고 대모산 고봉까지 욕심낸 것도 사람들이니 말이다. 하지만 사람들은 너 같은 짐승을 생각할 겨를이 없어. 그들은 아주 바빠서 달을 볼 시간이 없고 기다리는 것도 못한단다. 그러니까 너랑 내가 달밤에 나와서 무슨 미친 짓을 해도 아무도 모른단 말이다."

놈이 오른쪽 뒷다리로 발길질을 시작했다. 길쭉한 주둥이를 번쩍 쳐들더니 지금까지와는 다른 괴성을 질렀다. 어둠을 찢고 달빛을 가르는 소리였다. 놈도 더 이상은 대모산의 밤이 견딜 수 없을 것이었다. 알아듣기 힘든 노인의 이야기는 나도 지겨웠다.

놈이 다시 한 번 괴성을 지르며 주둥이를 흔들었다.

"너는 그냥 짐승일 뿐이야. 그러니까 하던 대로 하란 말이다. 이 고구마밭도 나도 어차피 네 차지가 될 텐데, 뭘 망설이냐? 나 같은 늙은이야 네 콧김 한 번이면 계곡으로 나가떨어질 테고, 이깟 고구마밭은 네 간식거리밖에 더 되겠니."

놈을 자극하는 노인의 방법도 이해할 수 없었지만 노인이 모든 걸 다 주겠다고 하는데도 공격 태세를 보이지 않는 놈의 행동도 알 수 없기는 마찬가지였다. 노인과 놈은 마치 오래전부터 자존심 대결을 벌여온 듯 팽팽한 신경전을 벌였다.

"니가 짐승이라면 다신 여기 나타나지 말았어야 했다. 모든 걸 다 잃었어도 절대 내려오지 말았어야 대모산의 진짜 주인이 되었을 텐데, 멍청한 놈!"

순간, 놈이 내게로 몸을 날렸다. 긴 주둥이 사이로 드러낸 날카로운 이빨이 나를 향해 돌진하는 것 같아 몸이 저절로 뒤로 쑥 빠졌다. 그러나 놈의 공격 대상은 내가 아니라 노인이었다. 영상 밖에서 두려움에 떨고 있는 내가 아니라 아무렇지도 않은 듯 담배를 피워 물고 있는 노인에게 달려든 것이었다. 이제 끝장이었다. 놈이 공격을 시작한 이상 노인은 살아날 희망을 버려야 할지도 몰랐다. 놈의 괴성은 포악하고 신경질적으로 변해갔다.

"이놈아! 나 여기 있다! 어서 덤벼라!"

놈의 주둥이에 치이고 발길에 차여 고구마밭 고랑으로 내동댕이쳐진 노인이 마지막 숨을 내쉴 줄 알았는데, 쩌렁쩌렁 호통을 치고 있었다. 노인은 놈이 있던 곳에서 열 걸음도 안 되는 곳에 앉아 있었고, 놈이 노인을 향해 그 거대한 몸을 날리는 것을 분명히 지켜보았는데, 어떻게 된 일인지 노인은 어느새 고구마밭 한가운데에 서 있었다.

기가 찬 것은 나보다 놈이 더할 테니 가만히 있지 않는 것이 당연했다. 잠시 방향감각을 잃어버린 듯 사방을 노려보던 놈은 다시 노인의 목소리에 길길이 날뛰기 시작했다.

"그래도 내가 사람인데 너 같은 짐승한테 당할 것 같으냐, 어서 덤벼라 이놈아!"

"이쪽이다, 이놈아! 이쪽! 이쪽!"

노인은 보이지 않고 노인의 흰 머릿수건만 고구마밭을 맴돌았다. 뛰는 것도 나는 것도 같은 것이 내가 만난 그 노인이 아니라 다른 사람 같았다. 놈 역시 모형 장난감에 홀린 듯 사방에서 나타나는 노인의 흰 머릿수건을 쫓느라 갈팡질팡했다.

"옳지! 옳지! 그래야 너답지. 짐승인 니가 어떻게 나랑 어울려 살 수 있겠니. 그건 소가 웃을 일이다. 사람들은 나더러 짐승 같은 놈이라고 하더구나. 그래서 너 같은 짐승하고 어울려 살아볼까 했는데, 너 같은 짐승 같지 않은 짐승들이 자꾸 문제를 일으켜 대모산이 위험해졌어."

노인의 말은 처음보다 크고 위태로운 느낌이었다. 놈의 공격에 맞서느라 그럴 수도 있겠지만 자주 반복하는 단어들을 말할 때는 감정의 격차가 있어 그런지 울부짖는 것도 같고 변명을 하는 것처럼도 들렸다. 걷잡을 수 없는 지경으로 치달은 노인과 놈의 대결은 노인의 공격으로 또다시 불이 붙었다.

"그래 내가 밀고했다. 아랫마을 이장 놈이 포수하고 개들을 끌고 와서 너를 찾기에 알려줬다. 사람이 되고 싶어서 그랬는데, 네 새끼들이 그 포수 놈의 개들한테 갈기갈기 찢기는 걸 보니 그냥 짐승 같은 놈으로 사는 게 낫다는 생각이 들더구나."

노인이 말을 끊기 무섭게 놈이 공격을 시작했다. 지금까지와는 전혀 다른 모습이었다. 노인이 주도할 때와는 다르게 숨 돌릴 틈 없이 노인을 몰았다. 집채만 한 바위가 어둠을 가르며 날아다녔다. 놈이 몸을 날릴 적마다 모니터 화면이 심하게 흔들렸고 괴성을 지를 적마다 방 안의 집기들이 균형을 잃었다. 나는 바짝 웅크리고 앉아서 지금의 내 상황이 현실인지 비현실인지 아니, 노인과 놈의 대결이 실제인지 누군가 만들어낸 영상인지 혼란에 빠졌다.

노인의 몸은 공처럼 튀어 올랐다. 고구마밭 이 끝에서 저 끝으로 날아다녔고, 억새와 개망초가 뒤엉켜 있는 풀숲에 떨어졌다가 묵직한 바람 소리와 함께 배롱나무 아래로 날아가기도 했다. 노인은 더 이상 움직이지 않았다. 죽은 게 확실했다. 그만! 나는 그만이라고 소리쳤다. 하지만 놈은 아직 분이 풀리지 않은 듯 누워 있는 노인을 향해 다시 내달았다. 놈이 긴 이빨을 노인의 몸에 박으려던 순간, 그러나 기적이 일어났다. 죽었다고 생각한 노인이 벌떡 일어나 고구마밭을 가로질러 도망치는 것이었다.

사실 놈보다 끈질긴 것은 노인이었다. 노인이 입만 닫고 있으면 놈의 공격은 둔해졌다. 그러나 노인은 도망을 치면서도 끊임없이 놈을 자극했다.

"나는 잘못한 거 없다. 나는 사람이고 넌 짐승이잖니. 이장 놈이 또 포수를 데려오면 너를 꼭 잡게 할 것이다."

"대모산 멧돼지는 씨를 말려버릴 거야. 그러니 나하고 이 고구마밭을 마지막 만찬이라 생각하고 처먹어라, 어서!"

믿기 어렵지만 놈이 정말로 사람의 말귀를 알아듣는다면 노인이 죽을 작정을 하지 않고서 놈에게 계속해서 그런 말을

할 수가 없었다. 이젠 노인이 아니라 내가 놈에게 끝장날 것
만 같았다.

맹렬한 달빛 아래에서 놈의 마지막 격추가 슬로모션으로 나
타났다. 고구마밭을 가로질러 날아가는 흰나비를 쫓는 것 같
았다. 놈의 맹렬함이 만들어낸 환상일까? 공중에 뜬 놈의 몸
에서 본 것은 네 다리가 아니라 날개였다. 가볍고 우아한 몸짓
으로 나풀나풀 춤을 추는 나비. 푸르스름한 검은색 같기도 하
고 하얀 별빛 같기도 한, 오묘한 빛을 뿜어내는 녹색부전나비.

내가 그토록 나타나길 기다렸던 녹색부전나비였다. 그것도
대모산 계곡이 아니라 노인의 고구마밭에 나타난 것이었다.
하지만 내 환상인지 사실인지 모를 나비 떼는 화면에 오래 머
물지 않았다.

달빛 아래에서 춤을 추던 수만 마리의 녹색부전나비는 어
느 순간 가뭇없이 사라져버렸다. 고구마밭을 일렁이던 밤바
람과 함께 달빛도 사라졌다. 모니터 화면 가득 캄캄한 밤이
들어차 있을 뿐이었다. 기다려보았지만 어떤 풍경도 잡히지
않았고 풀벌레 소리조차 고요했다.

나는 한참 동안 방 안을 서성거렸다. 영상을 다시 한 번 봐
야 할지 아니면 대모산으로 직접 가야 할지 고민했다. 한편으
론 좀 전에 본 것들이 모두 사실이라고 해도 이제 와서 무슨
소용이 있을까도 싶었다. 회사를 그만두었는데 지금 와서 녹

색부전나비 영상을 들고 찾아간들 다시 복직시켜줄 리 없었다. 견디지 못한 대모산의 시간은 되돌릴 수 없었고, 행운은 뜻밖에도 내가 버리거나 도망친 시간 속에 숨어 있었기 때문이다. 날이 밝아오길 기다렸다. 되돌릴 수는 없지만 나를 못 견디게 만든 녹색부전나비의 실체를 확인하고 싶었다.

다음날 나는 대모산으로 향했다. 산으로 가는 마을의 분위기는 처음 왔을 때와 별반 다르지 않았다. 마을 입구 마을회관 마당에는 서너 대의 자전거가 놓여 있었고 회관 콘크리트 계단에는 전처럼 두 노인이 앉아 담배를 피우고 있었다. 나를 알아본 것인지 아니면 낯선 차량의 방문을 경계하는 것인지 두 노인 중 한 노인이 슬금슬금 차도 쪽으로 걸어 나왔다.

그냥 지나칠 수 없어 노인 가까이 차를 멈추고 유리창을 내렸다.

노인이 말했다.

"무슨 일로 또 왔나?"

자세히 보니 전에 본 그 노인 같았다.

"뭘 빠트리고 와서 찾으러 왔어요."

노인이 수상한 눈길로 차 안을 훑었다.

"전에도 얘기했지만 계곡은 안 가는 게 좋아."

노인이 조수석 창문을 꼭 붙들었다. 무표정한 눈빛이 꼭 가지 말라고 애원하는 것 같기도 하고 위협하는 것 같기도 한 것이 종잡을 수가 없었다.

"계곡에 무슨 일이 있습니까?"

노인의 태도가 경계심을 갖게 했다. 나를 막는 노인이 고구마밭 노인이 말한 그 아랫마을 이장일 수도 있었다.

"걱정하지 마세요. 금방 올라갔다 내려올 거예요."

노인도 대모산 계곡의 믿을 수 없는 일에 대해 뭔가 알고 있다면 설명하기 곤란할 것이었다. 나처럼 영상이 아닌 고구마밭에서 실제로 목격했다면, 더구나 이장일지도 모르는 노인의 입장에서라면 함부로 확신할 수도 떠들 수도 없는 문제일 것이다. 아무것도 증명된 것은 없지만 나는 이장일지도 모르는 노인의 눈빛과 표정에서 말하지 못하는 불안을 읽었다.

차창을 잡고 있던 노인의 손이 떨어져나가도록 나는 세차게 차를 몰았다. 그때처럼 배롱나무 그늘에 차를 세워놓고 뛰다시피 달려서 노인의 고구마밭에 이르렀다.

내가 본 영상이 사실일까? 헛것을 본 것은 아니었다. 노인의 고구마밭은 그대로 있었다. 놈과 노인이 몸싸움을 벌이느라 뿌리가 뽑히고 파헤쳐진 흔적도 고스란히 남아 있었다. 나는 이랑 곳곳에 흩어져 있는 놈의 털들을 따라 고구마밭을 가로질러갔다. 그곳은 노인이 파던 구덩이가 있던 곳인데, 어찌된 일인지 노인이 며칠 동안 매달려 판 구덩이는 보이지 않았다. 노인이 구덩이를 오르내릴 때 잡았던 긴 밧줄도 없었다.

구덩이 위 소나무 밑동에 튼튼하게 매여 있던 밧줄은 감쪽같이 사라졌고, 구덩이가 있던 자리에는 썩는 냄새를 풍기는 고구마 줄기가 수북이 쌓여 있었다. 달빛 아래 군무를 추던 녹색부전나비의 흔적도 찾을 수 없었다. 그 어디에서도 숨 막히도록 폭력적이면서도 슬프고 아름다웠던 풍경은 보이지 않았다. 내가 본 영상은 사실이 아닐 수도 있었다. 내 외로움이 만든 위험한 경고이거나 실체가 없는 세상의 힘일 수도 있었다. 고구마 수확을 끝낸 노인은 어디선가 평화로운 월동 준비를 하고 있을지도 모른다. 대모산은 어쩌면 견딜 수 없는 시간을 끝까지 버티는 자에게만 주어지는 행운에 대해 말하고 싶었던 것인지도 모른다.

바퀴벌레의

시간

아버지와 작은아버지는 몹시 거칠고 교활한 노인들이다. 순박한 노인으로 조용히 살아주면 좋을 텐데, 그건 순진한 내 바람일 뿐이었다. 두 사람은 무슨 일이든 자신들의 뜻대로 되지 않으면 거지 같은 세월 또는 재수가 없어 그렇다며 고래고래 소릴 질러댔다. 자식복이 없어 그렇다며 악담을 퍼붓는 것도 예사였다. 그런 아버지와 작은아버지가 싫어서 부딪치지 않으려 애를 쓰며 사는데, 아버지는 매번 작은아버지를 조종해 나를 힘들게 했다.

종민이 말로는 며칠 전 노인회에서 진해로 꽃구경을 갔는데, 두 형제가 술에 취해 다른 상춘객들과 패싸움을 벌여 파출소까지 연행되었다고 했다. 술에 취한 아버지와 작은아버지가 파출소에서조차 행패를 부려 노인회의 꽃구경은 싸움 구경으로 끝이 났고 동네 사람들로부터 온갖 욕을 다 들었다고. 종민이는 조만간 나한테 연락이 갈지 모르니 조심하라고 당부했다. 작은아버지가 전화를 한 이유가 만일 그 일 때문이라면 합의금에 관한 문제일 테고, 그게 아니라면 또 다른 사고를 친 것이 분명했다. 그렇지 않고서는 작은아버지가 그토록 다정한 소리로 나를 보자고 할 리 없었다. 한동안 조용하다 싶었는데 예감이 좋지 않았다. 무슨 일인지 여러 번 물었지만 작은아버지는 만나서 얘기하자고만 했다. 아버지한테 전화를 걸어 직접 물어볼 수도 있었지만 그건 더 내키지 않았다.

아버지에 대한 불편한 마음을 수습하는 동안 차는 어느새 서해대교를 달렸다. 칠 킬로미터가 넘는 서해대교를 달릴 때는 늘 긴장이 되었고 내 차가 경차라는 사실이 짜증스러웠다. 나는 이백 미터 간격으로 나부끼는 붉은 깃발의 요란한 춤사위를 의식하며 버스와 대형트럭이 지나갈 때마다 비틀거리는 자동차의 균형을 잡느라 식은땀을 흘려야 했다.

당진까지는 십 킬로미터 남짓 남았고 종민이 결혼식은 열두시였다. 아직 여유가 있었다. 서해대교를 벗어나면서부터는 긴장도 풀렸다. 잠시 휴게소에 들를까 싶어 차선을 바꾸려는데 버스 한 대가 쏜살같이 달려와 내 차를 치받을 듯 아슬아슬하게 비켜나갔다. 휴게소 진입에 실패한 나는 주먹으로 애꿎은 핸들을 내리쳤다. 당진 가는 길은 언제나 이런저런 일로 스트레스가 많았다. 모두 아버지 때문이었다. 아버지만 힘들게 하지 않는다면 종민이 결혼식을 명분 삼아 찾아가는 고향길이 이토록 불편하지는 않을 것이었다. 솔직히 종민이가 아닌 다른 친구의 결혼식이었다면 무슨 핑계를 만들어서라도 작은아버지의 전화를 거절했을 것이다. 하지만 작은아버지는 종민이 결혼식 날짜에 딱 맞춰 연락을 해왔고 그 속셈을 알면서도 나는 안 간다는 말을 할 수가 없었다. 고향 마을에서 종민이와 내가 초등학교부터 고등학교까지 단짝이었다는 사실을 모르는 사람은 없었다.

목이 타 물병을 찾는데, 심상치 않는 것들이 눈길을 끌었다. 개미처럼 보이는 바퀴벌레들이었다.

그것들은 운전석 옆자리 바닥 매트에 벗어놓은 아내의 하늘색 슬리퍼 위로 줄줄이 기어오르고 있었는데, 마치 모래집을 뚫고 나오는 일개미들 같았다. 두세 마리만 보였을 때는 슬리퍼에 묻은 때처럼 보이기도 했다. 다섯 마리 여섯 마리가 적당한 거리를 유지하며 슬리퍼를 기세 좋게 점령하는 걸 본 순간 나는 그것들이 바퀴벌레 새끼라는 걸 분명히 알 수 있었다. 슬리퍼를 점령한 놈들은 다시 행군했고 그다음 목표점이 수납박스라는 걸 알았다. 수납박스 안에는 아내의 주전부리가 들어 있었다. 만일 놈들의 목적이 그것을 탈취하기 위한 것이라면 막아야 했다.

아내의 말이 떠올랐다. 아내는 빵을 지배하고 자동차를 지배하고 세계를 지배하는 것은 모두 숫자라고 했다. 무엇이든 숫자에 밀리면 끝장이라는 소리였다. 전쟁의 승리도 숫자가 판가름하고, 경제와 정치도 숫자에서 밀리면 끝장이라고 주장하는 아내의 환청이 들려왔다.

아내는 바퀴벌레 박멸의 전도사이기도 했다. 자나깨나 무슨 약으로 바퀴를 전멸시킬까 연구하는 바람에 집 안에는 아내가 사들인 온갖 바퀴 약이 박스마다 가득했다. 바퀴에 대해서는 모르는 것이 없는 아내의 말을 상기하자면 바퀴란 놈의 생명력은 지구의 생명력보다 강하고 민들레 홀씨보다 번식력이 뛰어나 삶은 팬티조차 털어 입어야 한다고 했다.

아내가 바퀴벌레에 미치기 시작한 것은 비어 있던 옆집에 누군가가 이사 오고 나서부터였다. 아내의 굵고 뭉뚝한 손가락이 옆집을 가리키거나, 쌍꺼풀 수술 부작용으로 부풀어 오른 두 눈이 옆집을 향해 돌아갈 적마다 나는 옆집 사람들이 궁금해졌다.

아내 말에 의하면 석 달 이상 비어 있던 집에 이사 온 사람들은, 솔직히 이곳 아파트와는 잘 어울리지 않는 사람들이라고 했다. 그런 사람들이 한 집 두 집 이사 오기 시작하면서 아파트 분위기가 우중충해졌고, 쓰레기 분리수거나 경비원들

떡값 같은 자발적으로 이루어져야 할 공동체 일들이 제대로 이루어지지 않는다는 것이었다. 가장 큰 문제는 그들 때문에 아파트 가격이 애당초 분양 가격에서 한 푼도 오르지 않았다는 것에 대해 주민들의 반발이 심하다는 얘기였다. 뭐 대단할 것도 없고 그리 대단한 사람들이 사는 아파트도 아닌데, 옆집 사람들에 대한 아내의 평가 기준이 좀 지나친 것은 아닌가 해서 물었다.

"도대체 어떤 사람들이 이사를 왔는데 그리 난리야?"

아내가 망설이지 않고 대답했다.

"노인네들이야."

그건 또 무슨 소린가 해서 바로 물었다.

"노인네들이 왜?"

"몰라서 물어? 우리 아파트가 실버타운처럼 변해가고 있다고."

"설마? 여긴 학군이 좋아 젊은 사람들이 많이 산다고 하지 않았어?"

"당신은 마치 여기 안 사는 사람처럼 말하네. 그건 옛날 말이지. 주거환경에 관심 좀 가져봐. 당신이 사는 환경이 바로 당신의 경제력이라는 거 몰라."

아내의 말은 마치 옆집에 노인들이 이사를 와서 내 경제력이 약화되었다는 소리로 들렸다. 내 월급은 삼 년째 동결이었고 수입에 따른 생활비 역시 물가와 상관없이 비슷하게 지출되고 있었다. 이달부터 딸아이를 위한 피아노 레슨비 십오만 원이 더 들어가는 것 말고는 수입과 지출의 문제가 전과 별반 다르지 않았다. 물론 아내가 어렵게 마련한 아파트에 관한 이야기라는 걸 알고 있었다. 아파트의 주변 환경이 집값을 형성하고 집값이 자산 가치를 평가하는 사회에 살고 있다는 것은 알고 있지만, 그 직접적인 영향이 노인들이라고 단호히 말하는 아내의 말을 듣고 있자니 어이가 없었다. 헐렁한 꽃무늬 바지를 입고 있는 아내의 엉덩이가 불편해 보이면서 어느 순간 그녀가 나를 향해 돌아설까 봐 두렵기까지 했다. 나보다 열 살이나 적어 늘 귀엽고 사랑스럽다고 느껴왔는데, 그 순간은 전혀 그런 생각이 들지 않을뿐더러 내가 옆집 노인이 되어 욕을 먹는 기분이었다.

"당신도 금방 늙을 텐데……"

나는 아내의 기분을 살피며 조심스럽게 말했다. 아내의 손에 들려 있는 바퀴 약이 나를 향해 분사될 것만 같아 공연히 화분 주위를 맴돌았다.

"누가 늙지 않는대. 다른 사람들한테 피해는 주지 말고 살아야지."

아내가 드르륵 현관으로 통하는 중간 문을 열더니 여지없이 바퀴 약을 분사하기 시작했다. 모든 문제의 원인이 현관문에 있다는 듯 아내는 숙련된 솜씨로 강하고 길게 분사했다. 희뿌연 연기가 천천히 리듬을 타며 거실로 퍼졌다. 집 안은 삽시간에 싸한 약 냄새로 가득했다. 바퀴 약에 현관을 통제당한 나는 밖으로 나가지 못하고 서둘러 딸아이의 방으로 들어가 몸을 피했다. 아내로부터 도망친 한 마리 바퀴벌레처럼 재빨리 딸아이의 작은 침대 속으로 기어 들어가 숨을 헐떡거렸다. 아내의 움직임이 잦아들고 축축한 살충제 냄새가 가실 때까지 나는 꼼짝없이 갇혀 있어야 했다. 딸아이 방은 바퀴 약이 직접적으로 닿지 않는 유일한 곳이고, 아내의 무력이 전혀 통하지 않는 곳이었다. 주거 환경이나 경제력의 가치, 바퀴벌레에 대한 아무런 편견이나 개념이 없는, '내 방에는 약 뿌리지 마'라는 한마디로 아내의 신념을 일거에 무너뜨리는 배짱 좋은 이 방 주인 덕분에 나는 살충제의 공포로부터 잠시 벗어날 수 있었다.

솔직히 아내의 전쟁은 처음부터 소모전이었다. 아내 혼자 숫자조차 파악되지 않는 놈들을 상대한다는 것은 무리한 싸움일뿐더러 크고 작은 무리의 게릴라성 공격을 소탕한다는 것 역시 불가능했다. 아내가 광분하는 것도 어쩌면 놈들과의 싸움이 불가능하다는 걸 알기에 그런지도 몰랐다. 오랜 시간 공들여 가꾸어온 자신의 안락한 보금자리가 놈들에게 침해당해 저평가되는 걸 그냥 두고 볼 수 없어 최선의 방법으로 대항하고 있다는 걸 모르지 않았다. 아내 또한 그것이 얼마나 불가항력의 무모한 싸움이라는 것을 분명히 알고 있을 것이었다.

그러나 아내는 바퀴 약을 드는 순간 바퀴벌레의 역사가 인간의 역사보다 길고 바퀴벌레의 박멸이 곧 인간의 멸망이라는 사실을 잊어버렸다. 그래서 가끔은 외로운 싸움을 하고 있는 그녀가 안타까웠다. 생존을 건 아내의 싸움에 아무 도움을 주지 못하는 내가 놈들보다 조금 더 진화된 바퀴벌레에 불과하다는 생각까지 들었다.

오래전 아내는 강남에서 전철로 삼십 분 거리의 위성도시에 지은 지금의 아파트를 분양받고는 며칠 동안 흥분해서 잠을 이루지 못했다. 그동안 얼마나 집 없는 설움을 당했으면 저러나 싶어 한편으론 미안하기도 하고 또 한편으로는 이제야 가장 노릇을 한 것 같아 흐뭇하기도 했었다.

"너는 늙지 않냐? 유난 좀 그만 떨어."

내가 아내를 훑어보며 말하자, 서 있던 아내가 뒷걸음질 쳐 소파 위에 앉더니 쿠션을 끌어안았다. 갈수록 불어나는 몸무게 때문에 자신이 실제 나이보다 더 들어 보인다는 걸 모르지 않는 눈치였다. 그렇다고 기가 죽어 내 눈을 피할 사람은 아니었다. 아내가 다시 눈을 동그랗게 뜨며 항의하듯 내게 말했다.

"당신이 몰라서 그래. 입주할 때는 거의 내 또래 사람들이 많았는데, 엊그제 반상회 나갔더니 내가 가장 젊더라. 이건 뭐 경로당이 따로 없더라니까."

아내의 말은 현재 아파트 주민들이 너무 늙어서 문제가 생긴 것이고, 단적으로는 우리 바로 옆집에 노인 부부가 이사를 와서 이 문제를 더 악화시키고 있다는 것이었다.

"그러니까 바퀴벌레가 많아진 것이 옆집 때문이라는 거야?"

전보다 바퀴벌레가 많아진 것은 사실이지만 그렇다고 그 이유가 전적으로 옆집 때문이라는 것은 아내의 억측이었다. 바퀴벌레가 우리 아파트에만 사는 벌레라면 그럴 가능성이 높다고 할 수도 있지만, 옆집 노인들한테만 그 책임이 있다고 하는 것은 옳지 않았다. 아내는 아파트에서 일 년에 한 번씩 자체적으로 하는 방역을 신뢰하지 않았다. 스스로 방역을 해야만 직성이 풀리는 듯 매달 싱크대와 다용도실, 냉장고 뒤쪽에 끈끈이를 놓아두는가 하면 베란다와 침대 밑, 현관에는 겔 모양의 바퀴 약을 종이에 싸 촘촘히 늘어놓았다. 그것만으로도 부족하다 싶은지 어느 때는 연막살충이라는 무시무시한 방법도 서슴없이 실행했는데, 그럴 때 보면 게릴라전을 치르는 전사처럼 비장하면서도 날렵해서 전혀 다른 사람처럼 보였고, 그래봤자 벌레일 뿐인데, 저렇게까지 전투적으로 죽여야 할 필요가 있을까 싶었다. 그러나 아내의 집착을 증명해 보이기라도 하듯 하루에 수거되는 바퀴벌레의 사체는 악 소리가 날 만큼 점점 늘었다.

아내는 내가 퇴근해서 돌아와 넥타이를 풀기도 전에 그날 수거한 놈들의 사체를 내 앞에 펼쳐놓으며 말했다.

"자 봐봐, 이래도 내가 공연히 날뛴다고 생각해?"

나는 새까맣게 죽어 있는 바퀴벌레들을 보았다. 아내 말대로 바퀴벌레의 숫자는 어제보다 또 그제보다 더 많은 것이 사실이었다. 놈들은 매번 같은 자리에서 아내가 쳐놓은 죽음의 덫에 걸려들었다. 아내의 덫이 불가항력인지 아니면 놈들의 영역이 더 불가항력인지는 알 수 없으나 아무튼 아내와 놈들의 전쟁은 휴전 한 번 없이 계속되고 있었다. 놈들은 뒤집히고 넘어지고 깨진 채 끈끈이에 붙들려 있었다. 더러는 날개를 움직이고 있는 놈들도 있었지만 끈끈이를 벗어나는 것은 불가능해 보였다. 일단 끈끈이에 걸려들기만 하면 죽어야 하는 것이 놈들의 운명일 수밖에 없었다. 그렇다고 놈들보다 아내가 더 우세하다고는 할 수 없었다. 아내는 혼자이고 놈들의 숫자는 가늠할 수 없을 만큼 많았다. 아내의 끈끈이로 막아내는 것은 무리였다. 놈들의 숫자를 감당하기에 아내의 생활비는 매번 빠듯했다. 얼마 전부터는 야식으로 즐겨 먹는 통닭과 맥주도 끊어버렸다. 시도 때도 없이 뿌려대는 약 냄새 때문에 딸아이는 집보다 친구 집에서 노는 시간이 많아졌고 나 역시 귀가 시간을 점점 늦추게 되었다. 딸아이 말처럼 갈수록 집이 싫어졌다. 여직원들이 내게서 무슨 냄새가 난다고 수군거린 적도 있었다. 모두 바퀴 약 냄새 때문이었다. 아무리 다른 옷으로 갈아입어도 약 냄새를 완전히 없앨 수는 없어 한번은 딸아이와 찜질방에서 며칠을 보낸 적도 있었다. 아내는 놈들과의 전쟁에만 미쳐 돌아갈 뿐 자신의 몸에서 무슨 냄새가 나는지 신경 쓰지 않았다. 무엇보다 참을 수 없는 것은 그들의 참혹한 전쟁을 내가 매일같이 확인해야만 한다는 사실이었다. 그들의 전쟁을 막거나 중재할 방법도 없었지만 개입하고 싶지도 않았다.

나는 그저 밤마다 맥주와 통닭을 먹으며 축구를 보다 잠이 들고 싶었고 아내가 가끔 달콤한 냄새를 풍기며 내 침실로 들어와주길 바랄 뿐이었다. 그 소박한 일상의 소망을 포기하고 살아야 한다는 것이 화가 났다. 한마디로 모든 책임이 아내한테 있다는 생각밖에는 들지 않았다. 나는 또 다른 끈끈이를 들고 와 보란듯이 내 앞에 내려놓는 아내에게 말했다.

"그만 좀 해! 적당히 무시하고 살면 되잖아. 어차피 씨를 말리긴 어렵잖아."

놈들은 아내가 쳐놓은 죽음의 덫을 알면서도 그것을 피하지 않았거나 피하지 못했을 것이었다. 죽음의 형태들이 그걸 증명하고 있었다. 놈들은 순간이고 영원인 것처럼 초라하면

서도 장엄한 모습이었다. 처절하면서도 비통했고 애절하면서
도 순결해 보였다. 죽음을 배신하지 않았으니 순교이고 끝까
지 살고자 저항하였으니 순결하지 않을 수 없었다. 나는 아내
가 생명에 대해 최소한 그 정도의 경외심은 가져주길 바랐다.
적당한 무시가 생명에 대한 경외심과 불필요한 낭비를 막아
가정경제를 살린다고 생각했다. 그러나 내 뜻은 무시되기 일
쑤였다. 놈들의 죽음을 주렁주렁 매단 또 하나의 끈끈이가 내
앞으로 툭 떨어졌다. 기겁한 나는 소파 위로 올라가 아내에게
소리쳤다.

"당신 미쳤어!"

아내가 적장의 목을 베어 온 장군처럼 말했다.

"왜, 겁나냐? 적당히 무시해보시지. 온 사방에 놈들이 우글
거리는데 적당히 무시하라고. 당신 같은 사람이 가장 비겁한
사람이야. 우리가 이 집에서 나가든지 이것들을 죽이든지 하
는 것이 가장 인간적인 방법이라고."

쪽팔리는 것은 사실이었다. 아내는 놈들을 맨손으로 쓸어
담는데, 나는 놈들을 보기만 해도 피하거나 도망치기 바빴다.
아무리 그래도 놈들을 대하는 아내의 방법이 옳다고 박수를
보낼 수는 없었다.

"아니, 적당히 하라는 말이지. 당신 혼자 싸워서 될 일이
아니잖아. 당신 말대로 아파트에서 노인들을 모두 나가라고

할 수도 없고, 당신들 때문에 바퀴벌레가 성행하니 당신들이
모두 잡아 죽이라고 할 수도 없잖아. 그러니 적당히 무시하고
살 수밖에. 당장 다른 아파트로 이사 갈 돈이 없으니 하는 말
이지."

"아니, 당신같이 생각하는 사람들 때문에 우리 아파트 환
경이 좀처럼 개선되지 않는 거야. 쓰레기 분리수거만 해도 그
래. 유리와 플라스틱을 구분하지 못해 섞어놓는가 하면, 닭
뼈와 호두 껍데기를 음식물통에 넣는다니까. 경비 아저씨 말
에 의하면 음식물통에 매번 포크와 스푼이 섞여 있어서 문제
가 생긴대. 저녁에는 도둑고양이가 떼를 지어 이십층까지 기
어올라와 복도를 훑고 다닌대. 노인네들이 음식물 쓰레기를
복도에 내놓고 버리지 않아서 그 모양이야. 그뿐인 줄 알아?
엘리베이터는 한 번 올라가면 내려올 줄을 모른다니까. 완행
열차도 아니고, 붙들어놓고 무슨 짓을 하는지 모르겠어. 놀이
터에 가도 노인네들, 마트에 가도 노인들, 찜질방에 가도 노
인네들뿐이라니까. 글쎄 엊그제는 보건소에서 체지방 검사를
무료로 해준다고 해서 갔다가 민망해서 그냥 왔다니까. 내가
보건소 문을 열고 들어갔더니 대기실에 모여 있던 사람들이
일제히 나를 쳐다보는 거야. 무슨 일인가 싶어서 둘러보았더
니 다 노인네들뿐이잖아. 한마디로 나같이 새파란 사람은 들
어갈 수 없는 금지구역이었던 거야. 전에는 안 그랬는데 언제

부터 우리 아파트가 이렇게 달라졌는지 한심하다니까. 그러
니까 당신이 결정해. 하루라도 빨리 다른 동네로 이사를 가든
지 아니면 나랑 같이 바퀴벌레를 모조리 잡아 죽이든지."

　노인과 바퀴벌레, 아내의 장황한 설명에도 불구하고 나는
무엇이 그리 심각하다는 것인지 크게 와닿지 않았다. 놈들이
징그러운 것은 사실이지만 우리 아파트가 실버타운으로 변해
가면서 바퀴벌레들이 들끓는다는 아내의 주장을 믿고 뭔가를
실천할 만큼은 아니었다. 허니 아내의 폭력적인 잔소리 역시
적당히 무시하거나 피하는 수밖에 없었다. 아내의 희망대로
당장 이사할 형편도 안 되지만 아내와 함께 바퀴벌레를 잡는
일은 더 하기 싫었다.

　"너무 유난 떠는 거 아니야? 바퀴벌레는 어디나 살아."

　그 누구 편도 들지 못한 나는 적당히 비굴한 태도로 앉아 아
내의 가랑이 사이로 지나가는 한 마리 바퀴벌레를 보았다. 냉
장고 뒤에서 느긋하게 기어 나온 놈은 나를 향해 떡 버티고 서
있는 아내의 가랑이 사이를 지나 문이 열려 있는 다용도실로
달아나고 있었다. 크고 당당하고 윤기 나는 놈이었다. 아내가
내 앞에 던져놓은 놈들보다 더 크고 건강해 보여서 하마터면
저놈 봐라! 하고 소리칠 뻔했다. 놈은 아내의 불타는 전의를
비웃기라도 하듯 경쾌한 속도로 목적지를 향해 달아났다.

　"아무튼, 내가 바퀴 잡는 것에 대해서 당신은 잔소리하지

마. 씨를 말리든 전쟁을 하든 내가 알아서 할 거야."

　전쟁의 목적이 무엇이든 정당한 전쟁은 없었다. 전쟁에 쓰인 명분은 전쟁을 하기 위한 자들이 만들어내는 것이지, 전쟁에 정당한 명분은 없었다. 고로 아내는 더 비싸고 좋은 아파트로 이사를 하기 위해 노인과 바퀴벌레라는 명분을 만들어 전쟁을 치르고 있었고, 그 전쟁을 끝낼 사람이 나라는 사실을 끊임없이 압박하고 있었다. 그러나 나는 이 지루하면서도 졸렬한 전쟁을 끝내게 할 능력이 없었다. 놈들이 내 팬티와 밥그릇에까지 기어 들어와 새끼를 까고 있다면 모를까 지금은 바퀴벌레보다 아내의 잔소리가 더 시끄럽게 느껴졌고, 내 앞을 가로막고 있는 아내가 한시라도 빨리 끈끈이를 치워주기만을 바랄 뿐이었다.

　놈들은 언제부터 내 차에서 살기 시작했을까? 어제도 보지 못했고 출발할 때도 눈에 띄지 않았다. 밖에서 들어올 리도 없는데, 저 정도의 새끼를 깠다면 필시 어마어마한 놈이 내 차에 살고 있다는 뜻이었다.

　아내 말이 사실이라면 놈은 필시 신발장 근처에 살다가 아파트 복도 아니면 엘리베이터를 통해 들어왔을지도 몰랐다. 아니면 우리 아파트에서 가장 나이 많고 구질구질한 경비가 근무한다는 201동 경비실이나 쓰레기 분리수거장에서 묻어

왔을지도 몰랐다. 모두 내 지정주차 구역과 가까이 있어 그럴 가능성은 충분했다.

놈들은 안정적인 속도로 바닥 매트를 지나 수납박스를 향해 기어오르고 있었다. 소리 없이 아주 징그럽게 안쪽으로 깊숙이 수납박스에 기어오른 놈들은 마침내 수납박스 손잡이에 집결하더니 잠깐 멈추었다. 그사이 놈들의 숫자는 더 불어난 듯 보였다. 휴게소를 그냥 지나쳐 당장은 어떻게 해볼 도리가 없었다. 예식장까지는 이십여 분 더 가야 했다. 그러나 톨게이트 근처에 차를 세우고 놈들을 처리하고 갈까 계획을 세운 뒤 다시 살펴보니 웬걸 어디로 숨은 것인지 한 마리도 눈에 띄지 않았다. 방금 전까지만 해도 수납박스 손잡이에 새까맣게 모여 있었는데, 거짓말처럼 감쪽같이 사라져버렸다.

차를 세우고 숨어버린 놈들을 찾아내야 한다고 생각하니 문득 귀찮아졌다. 놈들이 눈에 띄었을 때는 신경이 쓰이며 불안하더니 눈앞에서 사라져버리니 대수롭지 않게 생각되는 것이었다. 숫자가 많기는 하지만 그렇다고 내게 당장 달려들어 무슨 짓을 벌일 정도로 위험한 놈들은 아니니 예식장에 도착해서 털어내도 늦지 않을 듯싶었다.

당진 시내로 진입하자 곳곳에 걸려 있는 현수막이 군에서 시로 바뀐 도시라는 걸 증명했다. 매일같이 백여 개의 공장들이 입주하고 크고 작은 산들이 사라진 자리에는 고층 아파트가 빼곡히 들어서 있었다. 건물들은 곧고 싱싱했다. 값비싼 외제 자동차들이 수시로 도로를 오갔고 명품 옷과 구두 가게가 도시 중심을 점령하고 있었다. 익숙한 이름의 카페에는 젊은이들로 가득했다.

아내가 지긋지긋해하는 노인들은 눈에 띄지 않았다. 모든 것이 젊고 탄력 있어 보였다. 어딜 가나 노인들뿐이라는 우리 아파트하고는 달랐다. 우리 아파트는 이십 년이 넘었고 목욕탕 수도관에선 시뻘건 녹물이 쏟아져 나왔다. 세발자전거가 있어야 할 아파트 복도에는 좀도둑조차 탐내지 않을 낡은 자전거와 알 수 없는 물건이 담긴 스티로폼 박스와 항아리들, 버리지 못한 쓰레기 봉지와 고물들이 시장의 좌판처럼 행렬을 이루고 있었다. 오래된 것들이 풍기는 고요함과 여유로움은 어디에서도 찾아볼 수 없었다. 도시의 성장을 침체시키고 공동체를 낡고 초라하게 만드는 것들뿐이었다. 바퀴벌레에 집착하는 아내의 말에도 일리는 있었다. 이십 년 전에는 우리 아파트도 이 도시처럼 싱싱하고 푸르렀다. 하지만 이젠 모든 것이 변했다. 그것이 누구의 문제이든 내가 사는 곳은 이제 관절염에 걸려 절뚝거리는 노인들뿐이었다.

"공연히 힘 빼지 말고 보이는 것만 잡아. 세상에 불필요한 존재는 하나도 없다고 하잖아. 끝장 보겠다고 덤비는 일치고 끝장나는 거 본 적 있어? 우리 적당히 봐주면서 살면 안 될까?"

아내와 나의 입씨름은 늘 그런 식으로 끝이 났다. 사실 관점의 차이가 있으니까 망정이지 만일 나까지 아내와 같은 관점을 가지고 있었다면 당장에 이사를 나갔든지 아침마다 옆집 노인들과 푸닥거리를 했든지 아니면, 바퀴 약을 사대느라 가정경제가 벌써 파탄 났을지도 모른다. 다행히 나는 텔레비전 리모컨에 더 집착하는 편이고 아내의 이야기는 그야말로 지나가는 잔소리로 들을 때가 더 많았다.

그놈의 바퀴벌레에 잠시 정신이 팔려 있는 동안 자동차는 어느새 예식장 주차장에 도착했다. 번잡할 거라는 예상과 달리 주차장은 비교적 한산했다. 시내 중심 어디쯤에 예식장이 있겠지 생각했는데, 예식장은 엉뚱하게도 시로 바뀌기 전의 읍과 면의 경계에 있던 우시장 자리에 들어서 있었다. 소들의 배설물로 항상 냄새나고 질척거렸던 그 자리에 눈이 부시도록 번쩍거리는 예식장이 과거의 흔적을 비웃기라도 하듯 우뚝 서 있었다. 오랜만에 찾아온 도시는 전혀 다른 모습이었다. 외벽이 유리로 된 오층 건물의 예식장이 정오의 햇살을 받아 눈이 부셨다. 이런 신도시에 아직도 자식을 이용해 먹고 살려는 아버지와 작은아버지 같은 사람들이 살고 있다니 어울리지 않았다. 모든 것이 새롭게 변했는데 두 사람만 여전히 청춘의 방황도 아니고 노년의 객기라고도 할 수 없는 꼴사나운 모양새로 하루를 낭비하며 살고 있었다.

내 도착 시간을 재고 있었던 듯 자동차의 시동을 끄기 무섭게 작은아버지로부터 전화가 걸려 왔다. 여기까지 온 이상 부딪치지 않을 수 없었다. 나는 피곤한 목소리로 도착했음을 알렸다. 수납박스 속에 숨어 있는 바퀴들을 털어내야 한다는 사실을 상기했지만 작은아버지의 전화를 받고 나니 마음이 급해졌다. 수납박스가 눈에 거슬렸지만 박스를 열어 놈들의 실체를 확인하게 되면 오늘은 왠지 아내처럼 폭력을 휘두를 것만 같았다. 그냥 털어내려던 당초 생각과 달리 눈에 띄는 족족 발로 밟아 죽이거나 두꺼운 책으로 내리쳐 죽일지도 몰랐다.

어디서 나타난 것인지 예식장 건물로 들어가려는 순간 작은아버지가 내 팔을 잡아당겼다. 애써 갖춰 입은 듯한 중절모자와 회색 양복이 구부정한 키와 비열한 눈빛 탓에 전혀 신사다워 보이지 않았다. 나는 작은아버지를 따라 예식장 일층에 있는 카페로 가 구석 자리에 앉았다.

"네 아버지 만나기 전에 당부할 말이 있어서 그런다. 보다시피 내가 다리를 좀 다쳤다. 엊그제 네 아버지와 함께 오토바이를 타고 시내에 나갔다가 실수로 사람을 치고 말았다. 죽지는 않았는데, 갈비뼈하고 다리가 부러져서 좀처럼 합의가 안 되고 있다. 내 생각에는 한 이천만 원 정도는 줘야 할 것 같다."

대형사고의 실체가 드러났다. 돈 문제일 거라고 짐작은 하고 있었지만 금액이 너무 크다 보니 오히려 내가 감당할 일이 아닌, 나하고는 전혀 상관없는 일처럼 생각되었다.

"오토바이는 어디서 났어요?"

나는 끓어오르는 화를 누르며 종업원이 막 가져다준 커피 대신 물을 마셨다. 지금까지 아버지와 작은아버지가 이런저런 일로 내게서 돈을 뜯어낸 게 한두 번이 아니었다. 지난달에는 마을회관에서 큰 화투판을 벌였다가 걸렸고, 또 지지난 달에는 형제가 나란히 술집 과부를 추행했다는 명목으로 벌금을 뜯어갔다. 그때마다 나는 아내 몰래 신용대출과 마이너스대출 현금서비스까지 해주어야 했다. 화를 내고 소리쳐서 해결 볼 일이 아니었다. 나는 작은아버지의 진담인지 사기인지 모를 이야기를 듣다가 도저히 참을 수가 없어서 한마디 했다.

"작은아버지, 저도 빚더미 속에서 살아요. 작은아버지가 아버지 책임진다고 해서 제가 매달 생활비와 용돈까지 보내드렸는데, 자꾸 이러시면 어떡해요. 제가 무슨 은행인가요. 자식이 무슨 죄인이에요? 저도 할 만큼 했으니까, 감옥에 가든지 도망을 치시든지 맘대로 하세요."

작은아버지는 귀를 막은 듯 표정의 변화가 없었다. 작은아버지의 뜻이 아버지의 사주라는 걸 알지만 나와 아버지의 정면충돌을 막아주는 것 같아서 참고 있는 중이었다. 그것이 선

산까지 팔아먹고 어머니를 돌아가시게 한 아버지와 마주하는 일보다는 낫다고 생각하기 때문이었다.

"아버진 어딨어요?"

"식당에 있다. 사고 때 다리를 다쳐서 예식장에 안 오려고 했는데, 동네 경조사라 빠질 수도 없고, 너도 봐야 해서 간신히 나왔다. 그러니까, 아버지한테는 합의금 얘기 하지 말고 간단히 안부 인사만 해라. 나머진 내가 다 알아서 할 테니……"

여든이 다 된 나이에 무슨 오토바이를 타다 사고를 냈다는 것인지, 이천만 원이라는 합의금은 또 어디서 나온 금액인지, 아버지한테 비밀로 해달라는 소린 또 무슨 뜻인지, 작은아버지는 앞뒤가 맞지 않는 소리를 심각하게 떠들었지만, 그 순간 나는 바퀴벌레와 끝이 보이지 않는 전쟁을 치르고 있을 아내가 떠올랐다. 나 역시 아내와 다름없이 작은아버지와 아버지의 협공 작전에 늘 실패하는 전쟁만 하고 있었다. 아내는 그래도 전쟁에 맞설 무기라도 있지만 내게는 변변한 대비책 하나 없었다. 매번 느닷없이 당하고는 혼자 끙끙거렸다. 나는 두 손을 테이블 밑으로 내려 무릎 위에 놓여 있는 가방을 꼭 끌어안았다.

"늙은 부모 자식이 책임지는 건 당연한 일이다."

작은아버지는 분노하지 않으려는 내게 분노할 수밖에 없는 책임을 물었다. 의무는 실종시키고 책임만 강요하는 오류를 작은아버지 스스로 인정한 꼴이었다. 가방 쥔 손이 뜨거워졌다. 테이블 위의 커피 잔이 가늘게 떨리면서 커피가 흘러 넘쳤다.

예식이 끝난 듯 한 무리의 사람들이 엘리베이터를 빠져나와 지하실로 향하고 있었다. 무리 중 한 노인이 작은아버지를 부르며 손짓했다. 작은아버지가 그 노인을 향해 결승점을 눈앞에 둔 단거리 선수처럼 손을 흔들며 웃었다. 웃음이 인사가 아닌 모욕으로 느껴지는 관계. 흔들리던 커피 잔이 급기야 엎어지고 말았다.

"저도 머지않아 퇴직을 하겠지요. 누군가의 도움이 필요할 나이가 된다는 뜻이죠. 하지만 저는 작은아버지나 아버지처럼 그렇게 자식과 비열한 전쟁을 하며 살지는 않을 겁니다. 더 이상 늙음을 무기 삼아 자식을 괴롭히지 마십시오."

나는 처음으로 냉정하고 단호했다. 지금까지는 아버지를 모시고 살지 못한다는 그놈의 도리 때문에 제대로 맞서지 않았다. 하지만 너무나 당당하게 조금의 미안함도 없이 거액의 돈을 내놓으라고 말하는 작은아버지와 그런 작은아버지를 배후에서 조종하고 있는 아버지를 떠올리니 더 이상 참을 수가 없었다.

"그럼, 나하고 네 아버지 감옥에 가는 수밖에 없겠구나. 횡단보도에서 사람을 치었으니 족히 삼 년은 썩을 것이다."

작은아버지가 무서운 표정으로 나를 빠져나갈 수 없는 구석으로 몰았다.

"제가 아버지를 만날 테니, 작은아버지는 이제 빠지세요."

"그런다고 달라질 거 없다."

얼굴색 하나 변하지 않고 말하며 커피를 후루룩거리는 작은아버지를 무시한 채 아버지가 기다리고 있다는 예식장 지하 식당으로 향했다. 솔직히 작은아버지가 전화로 미리 이런 사실을 얘기했더라면 종민이한테는 미안하지만 결혼식에 오지 않았을 것이다. 그것까지 미리 짐작한 작은아버지의 계산에 말려든 셈이었다.

예식장은 화려한 외벽만큼이나 실내 인테리어도 세련되고 멋스러웠다. 바닥과 벽은 온통 붉은 대리석으로 치장되었고 꽃 장식을 비추고 있는 샹들리에는 어지러울 정도로 크고 화려했다. 지독한 악취나 곰팡이 핀 구시대적 유물 같은 것은 찾아볼 수 없었다. 어쩌면 아버지와 작은아버지가 이 신도시의 마지막 유물일지도 모른다는 생각을 하면서 나는 지하로 내려갔다.

하지만 나는 문이 열려 있는 식당 앞에서 그만 몸이 굳어버렸다. 이상한 일이었다. 화려하고 우아한 예식장에 걸맞은 피로연이 열리고 있어야 할 식당에는 모두 노인들뿐이었다. 둥 그런 테이블마다 촘촘히 또는 다닥다닥 붙어 앉아 음식을 오 물거리는 것은 사람이 아니라 벌레들이었다. 자동차 수납박스 속으로 숨어버린 수십 마리의 바퀴벌레와 같은 것들이었다. 현기증이 일었다. 아버지를 만나러 갔는데 아버지는 보이지 않고 바퀴벌레만 가득하다니, 어쩌면 사방에 깔린 유리와 번 쩍거리는 빛 때문일 수도 있었다. 오는 내내 바퀴벌레를 생각 해서 뭔가 착각했을지도 모른다. 아내의 신경증이 내게 전이 되어 모든 것이 바퀴벌레로 보이는 것일 수도 있고, 아버지와 작은아버지 문제로 극심한 스트레스에 시달려 그럴 수도 있었 다. 그만 정신을 차려야 했다. 아버지와 작은아버지를 상대하 려면 냉정하고 독해져야 했다. 그러나 마음과 달리 나는 어느 새 지하 식당을 빠져나와 예식장 밖으로 도망치고 있었다.

내처 주차장에 도착해서 다시 예식장을 올려다보았지만 이 해할 수 없었다. 저토록 맑고 깨끗하고 젊은 유리 건물 지하 에 바퀴벌레들이 살고 있다니, 도무지 믿기지가 않았다. 나는 자동차 옆에 쪼그리고 앉아 담배를 피우며 마음을 진정시켰 다. 자동차 문을 열 용기가 나지 않았다. 문을 여는 순간, 수 납박스 안으로 기어 들어간 수십 마리의 바퀴벌레가 수천 마 리로 불어나 있을 것만 같았다. 아니 자동차 문을 여는 순간 그보다 더 많은 바퀴벌레가 자동차 안에 득실거릴 것 같아 도저히 용기가 생기지 않았다.

　왠지 아내한테 전화를 걸어 이 상황을 설명하고 물어봐야 할 것만 같았다. 내가 본 것이 진짜 바퀴벌레가 맞는지, 아니면 착각한 것인지 묻지 않고는 이 상황을 감당할 자신이 없었다.

바람난
봉심이

그녀는 오늘도 어김없이 읍내로 향했다.

나는 그녀의 짐수레가 심하게 씰룩거리며 쩨쩨한 마당을 벗어나고 있는 걸 지켜보았다. 그녀는 언제나 논안매라는 글자가 박힌 푸른색 챙 넓은 모자와 풀막기라고 쓰인 붉은색 조끼를 입었다. 그녀가 허리에 차고 있는 전대와 리어카 앞쪽 모서리에 걸려 있는 빨간색 장바구니에는 손노리라는 검은색 글자가 홍진농약사라는 이름과 함께 나란히 박혀 있었다. 그녀가 일할 때나 읍내에 나갈 때 한 번도 빠트리지 않고 챙기는 그녀의 공식 의상과 물건들이었다. 그녀에게 그 모자와 전대와 장바구니는 무슨 훈장 같기도 하고 삶을 옥죄는 굴레 같기도 한데, 정작 그녀 자신은 그것들에 대한 아무런 편견이 없었다. 그래서 눈만 뜨면 논안매 모자를 뒤집어쓰고 밭으로 나가거나 손노리라는 글자가 박힌 전대를 자랑스럽게 허리춤에 차고 다니는 것인지도 몰랐다. 이를테면, 그녀에게 홍진농약사라는 브랜드는 생활이었다. 나의 하루가 그녀의 기분과 스케줄에 따라 움직이듯 그녀의 하루는 홍진농약사가 박힌 물건들과 시작해서 그것들을 벗어놓는 순간 마감되었다.

그녀가 엉덩이를 씩둑거리며 짐수레를 끌었다. 오늘은 기필코 그녀를 따라갈 작정이었다. 무엇이 그토록 그녀를 신나게 장터로 유혹하는 것인지 알아내고 싶었다. 서두를 일은 아니었다. 그녀의 짐수레가 감나무 근처에 이르러 꼭 뒤돌아볼 것이기에 섣부른 행동은 삼가야 했다. 그동안 번번이 실패한 까닭도 내 참을성 없는 호기심이 그녀를 앞장섰기 때문이었다. 솔직히 그녀가 서운하다는 생각도 들었다. 집에서는 한시도 날 떼어놓지 않으면서 읍내는 한 번도 데려가려 하지 않았다. 부득불 따라가겠다고 생떼를 쓰다가 그녀에게 맞은 적이 한두 번이 아니었다. 그녀가 집어던진 돌멩이에 뱃구레를 맞기도 하고, 참나무 가지로 뒷다리가 절룩거리도록 맞기도 했다. 그때는 정말이지 그녀와 완전히 결별할 생각으로 집을 나갔었다. 뱃속에 새끼가 들어 있지만 않았다면 집 나간 지 이틀 만에 돌아와 비굴하게 그녀의 품에 안기지 않았을 텐데, 다 새끼들 때문이었다. 어찌되었든 그녀는 내게 그렇게까지

하면서 읍에 혼자 가야만 하는 이유가 있을 것이고, 나는 집을 꼭 지켜야만 하는 이유가 없기에 그녀가 읍에 가서 무슨 짓을 하는지 꼭 알고 싶었다.

그녀의 모습은 보이지 않고 끌려가는 짐수레만 명랑해 보였다. 장터에 분명 그녀를 설레게 하는 무엇이 있는 게 틀림없었다. 키보다 높은 짐수레 너머로 간간이 콧노래를 부르는 그녀가 잡힐 듯했지만 나는 잠시 후 그녀의 짐수레가 멈출 감나무만 바라보았다. 혼자 있는 것은 견디기 힘들었다. 나도 그녀처럼 늙었고 함께 지내고 싶은 누군가가 필요했다. 나도 그녀처럼 매일 콧노래를 부르게 만드는 새로운 일상이 필요했고, 그것은 그녀를 따라다녀야만 가능한 일이었다.

그녀의 짐수레가 몇 년째 시들시들 앓고 있는 감나무 옆에서 잠깐 멈춰 서는가 싶더니 그녀가 짐수레 옆으로 모습을 드러냈다. 한 손으로 해를 가리고 우리 집을 바라보는 그녀는 시장으로 야채를 팔러 가는 노인이라기보다 감나무 옹이에서 튀어나온 볼품없는 요정처럼 보였다. 너무 작고 가볍게 느껴져 새벽 밭을 휩쓸고 다니며 커다란 짐수레를 만든 사람이라고 보기가 어려웠다. 하지만 그녀는 요정이 아니라 쇠똥구리 같은 노인이었다. 자신의 몸보다 스무 배는 큰 수레를 끌고는 펄펄 날아다녔다. 그녀가 빈집을 바라보며 소리쳤다. 나는 대문 앞에 쌓아놓은 비료 포대 뒤에 숨어서 그녀를 지켜보았다.

"너, 집 비우고 싸돌아다니면 죽을 줄 알어!"

그녀의 협박에 꼬리가 땅속으로 기어 들어갈 듯 경련을 일으켰다. 나는 땅바닥에 고개를 묻고는 서러움이 뒤섞인 축축하고도 알싸한 비료 냄새를 맡았다. 예전과 달리 집에만 꼼짝 않고 있다는 것을 잘 알면서 그녀는 마치 나를 기회만 생기면 가출하려 하는 불량청소년 다루듯 했다. 내가 아직도 팔팔한 개인 줄 아는 모양이었다. 그녀보다는 젊지만 나 역시 그동안 무리해서 기운을 쓴 탓에 호흡은 물론 관절이 좋지 않았다. 때문에 요즘에는 개인적인 일로는 거의 외출을 하지 않았고 집에서도 전처럼 동선이 크지 않았다. 그녀에 대한 관심이 커진 것은 그런 이유도 있었다. 전에는 그녀가 집 안에서 무슨 일을 하든지 별 관심이 없을뿐더러 읍에 나가 늦게 들어와도 기다리지 않았다. 그녀보다 내가 더 바쁘게 살았기 때문이다. 근데 요즘에는 그녀와 나의 상황이 뒤바뀌었다. 정작 집을 비우는 것은 내가 아니라 그녀였다.

"집에 들어가 꼼짝 말고 있어!"

그녀의 눈에 잡힌 것일까? 그녀가 사나운 얼굴로 나를 향해 소리쳤다. 얼마나 놀랐던지 주둥이가 구멍 난 비료 포대 속으로 쑥 들어가고 말았다. 한동안 숨이 턱 막히면서 정신이 아득해졌다. 비료 냄새는 휘발유 냄새 같기도 하고 구린내 같기도 한 것이, 그녀의 마늘을 백 접이나 헐값에 사 팔아먹고 도망친 마늘 장사 배씨한테서 맡아지던 그런 냄새였다. 감자와 상추, 시금치를 쑥쑥 자라게 한다는 비료에서 구린내가 난다니, 그녀가 아침저녁으로 부지런을 떨어가며 뿌려댄 비료에서 향기가 아닌 악취가 난다는 사실이 놀라웠다. 그녀가 내 밥그릇 가득 아낌없이 부어주는 밥과 반찬도 이 비료를 먹고 자란 쌀과 채소로 만들었고 감자와 토마토에도 그녀는 이 비료를 뿌렸다. 아주 잠깐 그 비료 포대에 주둥이를 처박았을 뿐인데 속이 울렁거리고 현기증이 일었다. 하마터면 쿵쿵 소리 내며 대문 밖을 벗어날 뻔했다. 나는 죽을힘을 다해 한 번 더 고개를 숙였다. 그녀가 안심하고 다시 출발할 수 있도록 납작 엎드려 구리고 알싸한 비료 냄새를 맡았다.

그녀가 뭐라고 한두 마디 더 중얼거리는가 싶더니 다시 수레가 움직였다. 이때였다. 나는 그녀가 눈치채지 않도록 잽싸게 뛰어가 리어카 뒤에 따라붙었다. 그녀가 다시 돌아볼 일은 없을 테고, 들키지 않고 무사히 장터까지 간 다음 그녀 눈에 띄지 않도록 어딘가에 숨어 있으면 그만이었다. 하지만 수레는 생각보다 빨랐다. 그녀가 수레를 너무 빨리 끌었다. 웃자란 질경이와 잔디가 뒤엉켜 춤을 추는 농로를 그녀는 파도를 타듯 출렁거리며 달렸다. 맨몸으로 자전거 타기도 힘든 길을 백 킬로도 넘는 수레를 끌고는 뛰다시피 달렸다. 그녀가 힘이 세다는 것은 알고 있지만 보고도 믿기지 않을 정도였다.

그녀에게 어쩌면 좋아하는 영감이 생긴 것인지도 모른다는 생각이 진즉부터 들긴 했다. 그래서 그렇게 하루도 빼놓지 않고 읍내로 신나게 달려가는 것이라고 생각해왔다.

　오늘은 기필코 그녀의 뒤를 밟아 알아낼 것이었다. 그녀의 리어카는 집에서 한참 멀어지더니 들 한가운데 있는 빈 방앗간 근처에서 멈췄다. 리어카가 갑자기 멈춰 서는 바람에 나는 하마터면 바퀴 밑에 깔릴 뻔했다. 달릴 때마다 왼쪽 앞다리가 시큰거려 오른쪽 앞다리에 무게를 더 싣다보니 절룩거렸고, 나도 모르게 악 소릴 낸 것도 같았다. 다행히 그녀는 돌아보지 않았다. 참새들의 날갯짓 소리와 영근 햇빛만 요란했다. 마을은 한참 더 가야 나타났다. 잡풀 무성한 하천과 여름들 사이 둑길에 그녀와 리어카와 내가 앉아 있었다. 수레 너머로 그녀의 가쁜 숨소리가 들려왔고, 수레 밑으로 풀숲에 누인 그녀의 엉덩이가 보였다. 축축한 밭고랑에서만 보던 그녀는 낯설지만 편안해 보였다. 숨을 돌리기 위해 잠깐 멈춘 것뿐인데, 그녀는 마치 그 잠깐의 편안한 숨쉬기를 위해서 매일같이 짐수레를 끌고 집을 나온 양 평화로워 보였다. 그녀가 어딘가를 바라보며 말했다. 나는 앞다리 사이에 주둥이를 묻고 그녀의 이야기를 들었다.

　"날씨 참 좋다! 영감 손잡고 놀러 가면 딱 좋겠네……"

　그녀가 조금 쓸쓸하지만 명랑한 소리로 말했다. 그런 목소리는 처음이었다. 새와 바람과 풀 소리 때문이라고 해도 나를 대하는 목소리와는 전혀 달랐다. 그리고, 그녀는 방금 어떤 영감과 놀러 가고 싶다는 속내를 드러냈다. 그녀는 나와 단둘이 칠 년째 살고 있었고 찾아오는 가족도 없었다. 놀러 오는 이웃도 없었고 함께 놀러 갈 이웃도 없어 언제나 나뿐이었다. 내가 그녀의 유일한 가족이고 이웃이라고 할 수 있는데, 영감 운운하는 걸 보면 그녀에게 그럴 만한 사람이 있다는 뜻이고, 어쩌면 오늘 내 의심을 증명해줄 사람일 것이었다. 우리 봉심 씨가 바람이 난 게 틀림없었다. 자신은 그토록 뻔질나게 읍내를 드나들며 영감을 만들어놓고선 나에게는 절대 밖에 나가지 말라고 하다니, 생각할수록 그녀에게 화가 났다. 나하고 오래오래 같이 살자고 할 때는 언제고. 부끄러운 줄 모르고 큰 소리로 영감 얘기를 떠들어댔다. 세상에 나밖에 없다며 생선 대가리를 모아 끓여줄 때는 언제고, 영감 얘기를 속고쟁이에서 몰래 사탕 꺼내 먹듯 하는 그녀를 보니 한없이 엉큼스럽게 느껴졌다.

"얼른 가야지, 나 기다리느라 코 빠지겠네."

그녀가 끙 소릴 내며 짐수레를 일으켜 세우더니 또다시 아침 햇살을 뚫고 앞으로 나아가기 시작했다. 그녀에 대한 배신감은 차치하고서라도 얼른 따라가야 했다. 잠시 쉰 덕분에 시큰거리던 다리는 한결 부드러워졌다.

사실 얼마 전까지만 해도 그녀보다 내가 이 길을 더 많이 왕래했었다. 전대리 사는 덕구를 만나러 하루도 빼놓지 않고 이 길을 달렸는데, 하루아침에 변해버린 덕구를 생각하니 아직도 가슴이 미어졌다. 아침 공기보다 가볍고 저녁 공기보다 싸늘한 게 사랑이라지만 덕구란 놈은 생밤나무 연기에 질식해 죽어도 시원찮을 놈이었다. 내가 그토록 공을 들였는데, 제 주인이 새로 데려온 쫑쫑인지 찡찡인지 하는 년한테 홀려서는 장대비를 맞으며 찾아갔는데도 눈길 한 번을 주지 않았다. 분하고 억울해서 덕구놈 밥그릇을 끌어안고 한참을 울다 생각하니 이게 무슨 짓인가 싶어서 그놈 밥그릇을 개골창으로 걷어차버리고는 더 이상 뒤돌아보지 않았다. 변심한 덕구놈 마음을 새로 얻는다는 것이 얼마나 부질없는지 깨달았다.

그녀가 짐수레를 끌고 달려가는 이 길이 한때 내가 팔팔하게 달리던 예전의 그 길이라는 사실이 새삼스러웠다. 그 팔팔함의 이유가 누군가를 사랑하는 일이라면 그녀는 지금 사랑에 빠진 게 확실하고 나는 실패한 사랑 때문에 그녀를 질투하고 있는 게 확실했다. 내가 잠시 다른 생각에 빠져 있는 동안 그녀의 수레가 마침내 읍내 장터에 이르렀다. 처음 와보는 장터, 그런데 이상하게 낯설지가 않았다. 내가 가본 곳이라고는 덕구가 사는 전대리와 그녀의 논과 밭뿐인데, 장터의 풍경은 그렇다 해도 냄새는 어딘지 익숙했다. 내가 장터까지 와서 오줌을 싸고 갔을 리 만무한데, 너무 들떠서 착각한 것인지도 몰랐다. 그녀가 짐수레를 세운 곳은 사거리 신시장 초입이었다. 간판의 글자들이 탈색되어 너덜너덜해 보이는 홍진농약사와 병원과 약국이 들어서 있는 오층짜리 건물이 마주하고 있었고, 양옆으로 슈퍼와 그릇 가게, 벽지 가게, 철물점, 과일 가게, 방앗간 등이 줄줄이 늘어서 있었다. 그리고 그 숱한 점포들 사이로 서리 맞은 콩 단 같은 여자들이 쪼그리고 앉아 신문지와 낡은 박스 위에 시퍼런 여름을 늘어놓고 있었다. 하나같이 그녀의 밭에서 볼 수 있는 흔한 채소들이었고 그녀의 리어카에 실려 있는 것과 같은 물건들이었다. 저 보잘것없는 물건들을 팔기 위해서 이른 아침부터 줄지어 앉아 있는 꼴들이라니. 오랜 여행의 막바지에 다다른 듯한 늙은 여자들이 파는 그것들은 그녀들의 늙고 비틀린 손이 젖혀놓고 뒤집어놓을 적마다 뜨거워 아우성쳤다.

내가 궁금한 것은 그녀의 애인인데, 아무리 둘러봐도 그녀를 팔팔하게 만드는 영감은 보이지 않았다. 남자라고는 바로 옆 농약 가게 앞에 서 있는 남자뿐인데, 그가 그녀의 영감이라고 하기에는 너무 젊었다. 그리고 보니 그녀가 걸치고 있는 아리송한 물건들의 출처가 바로 홍진농약사이었다는 사실을 확인하니 왠지 친근한 느낌이었다.

그녀의 수레가 시장 입구에서 멈추는 순간 깡마른 한 남자가 검은색 가죽 의자를 들고 농약사에서 튀어나와 그녀를 맞았다. 그녀는 자연스런 일인 듯 남자가 탈탈 털어주는 가죽 의자에 엉덩이를 올려놓았다. 시장 깊숙이 줄지어 앉아 있던 여자들이 일제히 그녀를 쳐다보았다. 검정 가죽 의자에 앉은 그녀가 멀리 자신을 우러르는 여자들을 바라보았다. 익숙한 듯 손을 흔들어 보이기도 하고 눈웃음을 보내며 뭐라 한마디 건네기도 했다. 집에서 일만 하던 그녀가 아니었다. 두더지처럼 땅만 뒤지고 널뛰는 토종닭을 쫓으며 오만 욕을 다 하던 그녀가 아니었다. 내 바람기를 잡으려고 협박과 회유를 일삼던 그녀의 모습은 보이지 않았다. 허리는 곧고 눈빛은 반짝거렸다. 땅을 경배하듯 수그러져 있던 그녀의 허리는 일렬로 늘어서 있는 시장을 향해 당당하게 곧추섰다. 그녀가 시장의 중심이었다. 나는 그녀 바로 뒤 홍진농약사 앞에 쌓아놓은 수십 개의 농약 박스 틈새에 숨어 그녀를 지켜보았다. 그녀가 등을 돌려 농약 박스를 들추지 않는 이상, 그녀에게 검정 가죽 의자를 가져다준 농약 가게 사장이 박스째로 물건을 팔지 않는 이상 갑자기 튀어나온 늙은 개한테 놀라는 사람은 없을 것이었다. 농약 냄새가 그녀의 집 대문 앞에 쌓여 있는 비료 냄새보다 고약스럽기는 하지만 이곳이 그녀를 지켜볼 수 있는 가장 안전한 장소였다. 세상의 진실은 언제나 앞이 아닌 뒤에 있기 마련이고, 모든 사건의 본질도 보이지 않는 곳에서 비로소 보이기 마련이었다. 허니 모가지가 뒤틀리고 뒷다리가 저려도 참을 수밖에 없었다. 진실이란 것은 본디 어둡고 비좁아서 인내심이 필요한 법이었다.

가죽 의자에 앉아 한숨 돌린 그녀가 수레를 덮고 있던 비닐을 걷기 위해 일어섰다. 바로 옆에 있던 그녀 또래의 여자가 벌떡 일어나 그녀에게 다가오며 손사래를 치며 말했다.

"성님두 참! 그냥 앉어 있슈, 이런 건 지가 헐게유."

여자가 그녀를 검정 의자에 눌러 앉히며 호들갑을 떨었다. 그녀는 못 이기는 척 아니, 당연한 일인 듯 다시 의자에 앉아 여자가 자신의 채소들을 수레에서 내려 좌판에 늘어놓는 걸 유심히 바라보았다.

"호박허구 오이는 이쪽으루 놓구, 열무는 여그 가운데 놔야 보기가 좋지. 자네는 맨날 알려줘두 까먹나!"

그녀가 여자에게 호령 비슷한 소리로 말했다. 목소리는 크지 않지만 내게 큰소리칠 때보다 더 권위적이고 냉정했다. 그녀에게 분명 내가 모르는 힘이 있었다. 그러지 않고서는 여자가 그녀의 핀잔을 들어가며 고분고분 좌판을 정리해줄 리 없었다. 나와 두더지와 그녀가 서로 비슷한 생명이라고 생각했는데 잘못된 생각이었다. 그녀는 시장의 명당자리를 차지하고 앉아 모두의 부러움을 받는 위치였고, 언제나 그녀의 눈치를 봐야 하는 내 처지하고는 달랐다. 나는 농약 박스 틈새에 끼어 비틀린 다리의 통증보다 나와 다른 위치에 있는 그녀가 더 신경이 쓰였다.

아직 시장을 찾는 사람들이 적어 노점상들의 시선은 자연스럽게 그녀에게 집중되었다. 여자가 마지막으로 호박잎이 담긴 비닐봉지를 수레에서 꺼내 묶인 매듭을 풀더니 좌판 바깥쪽에 진열했다. 그녀의 하루가 매번 이런 식으로 차려진 듯했다. 그녀가 헛기침을 하자 이번에는 맞은편에 앉아 있던 또다른 여자가 달려와 그녀의 빈 수레를 거꾸로 세워놓더니 손잡이에 자신의 겉옷을 걸어 햇볕을 가려주었다.

"오메! 성님 뜨거서 워치기헌댜."

"자리 금방 뜰 텐디 뭘."

"허긴, 성님이야 사 갈 사람이 증해져 있으니께 걱정 읎겄네유. 성님 가시면 지가 그 자리 앉어두 되지유?"

여자는 행여 그녀 머리 위로 햇볕이 샐까 수레 손잡이에 걸린 자신의 옷을 몇 번이나 매만져놓고는 제자리로 돌아갔다. 그녀의 야채를 진열해준 여자는 어느새 자신의 분무기를 가져다 그녀의 야채에 물을 뿌렸다. 물세례를 받은 그녀의 야채들은 밭에서보다 더 짙푸르고 반질거렸다. 누런 잎 하나 보이지 않았고 벌레 구멍 하나 없는 것이 크기와 모양까지 일정해서 누가 봐도 다른 농산물과 비교되었다.

"도대체 성님은 밭이다 무슨 짓을 허길래 농사가 이리두 잘

된대유? 시상에! 이 열무는 옥수숫대 같고, 오이는 거시기 뭐만 헌 게. 아이구! 우리 집 토마토는 배꼽병 걸려서 다 죽었는디, 성님네 것은 어찌 이리 탱탱헌 게 검버섯 하나 끼지 않었댜. 그러니께 약사님이 그리 좋아허겄지유."

그녀는 여자가 부러운 눈길로 주절거릴 때마다 여유로운 손길로 부채질을 해가며 눈짓으로만 응대했다. 어느 틈엔가 농약사 남자가 다시 다가와 그녀의 손에 부채를 들려주었고, 그녀는 시장의 감독관처럼 앉아서 여자들의 자발적인 칭찬과 서비스를 받았다. 내가 의심하고 기대했던 일들은 아직 벌어지지 않고 있었지만 지금 상황만으로도 나는 시장에서의 그녀의 존재감을 충분히 읽을 수 있었다. 상상도 못한 일이었다. 그녀의 어떤 면이 시장 사람들로 하여금 그녀를 떠받들게 하는 것인지, 열무나 시금치 따위를 남들보다 잘 기른다는 이유 때문이라면 사실 별일 아니었다.

내가 알고 있는 그녀의 농사짓는 비법은 아침저녁으로 물을 주는 것 말고는 없었다. 물에다 비타민을 타주는지 단백질을 타주는지는 알 수 없지만, 볼 때마다 그녀는 분무기통을 메고 밭에 있었다. 어쩌다 하도 심심해서 그녀가 있는 밭으로 들어갈라치면 그녀가 돌멩이를 집어던지며 욕을 하는 바람에 가까이 가보지는 못했다. 밭에 내가 먹을 만한 것이 있는 것도 아닌데, 이상하게 그녀는 내가 외박하는 것 이상으로 밭에 들어가는 걸 막았다. 어쨌거나 그녀가 다른 여자들보다 농사를 잘 짓는 것은 사실인 듯 보였다. 그녀를 도와준 두 여자의 채소들만 봐도 가뭄 들린 땅에서 쥐어뜯어 온 듯 억세고 볼품이 없어 한눈에도 상품 가치가 떨어져 보였다. 내가 손님이라고 해도 밭으로 뛰어갈 듯 펄펄한 그녀의 물건을 살 것이었다.

"땅은 그짓말을 안 혀, 부지런을 안 떠니께 농사가 그 모냥이지."

여자는 그녀의 비위를 맞추려는 듯 계속해서 그녀의 채소에 물을 뿌렸다.

"성님, 오늘은 이 자리 지가 앉을게유? 숡은 열무 다 팔고 가려면 해 저물 것 같어서그류."

두 여자가 서로 아부를 떨 정도로 그녀의 자리가 좋은 모양이었다. 시장 초입이고 사람들의 눈길을 맨 처음 끄는 곳이긴 하지만 그 이유만으로 사람들이 그녀에게 눈길을 보내는 것 같지는 않았다. 아까도 손님들 몇은 그녀의 물건을 쳐다보지도 않고 그냥 지나쳤다. 하지만 그녀는 다른 여자들과 달리 한껏 여유로웠다. 물 뿌리기 무섭게 시들어가는 채소를 팔아치우려면 곁눈질하며 지나치는 손님들 발목이라도 걸어야 하는데, 그녀는 가격을 묻는 손님에게조차 시큰둥한 반응을 보였다. 오히려 그녀 옆에 앉은 여자의 물건을 사라고 눈짓까지 했다. 아직 개시도 못했는데, 언제 다 팔고 돌아가려는 심산인지 도무지 이해가 가지 않았다. 옆에 앉은 여자들이 그녀의 손님을 빼앗아가도 아무렇지도 않은 듯 캠핑 나온 여자처럼 시장 사람들만 쳐다보았다. 내 예감이 맞는다면 그녀의 물건을 사주는 사람은 따로 있고, 믿는 구석이 있는 그녀는 그래서 호객행위조차 하지 않으며 우아하게 그를 기다리고 있는 것인지도 몰랐다. 그녀와 시장 여자들이 다 아는 어떤 관행의 시간이 있는 듯했다.

농약사 남자는 그녀와 똑같은 부채를 흔들며 가게 앞을 공연히 서성거렸다. 그의 발길이 가까워질 때마다 나는 가슴이 오그라들었다. 목이 마르고 다리가 저렸지만 그녀와 남자를 피해 다른 곳으로 나가기는 어려웠다. 맞은편 약국 건물 어딘가에서 화장실만 찾으면 목을 축일 수도 있을 텐데, 농약사 남자와 그녀가 정면으로 약국을 바라보고 있어 쉽지 않았다. 말이 안 되는 것은 목이 마르면서도 시간이 갈수록 점점 이곳이 친근하게 느껴진다는 사실이었다. 하물며 남자의 발길에서조차 기분 좋은 냄새가 맡아져 내가 전생에 농약사 개였나 하는 생각까지 들었다. 그녀는 내가 밤마다 자주 집을 비운다고 헤픈 밤도깨비 같은 년이라고 했지만 솔직히 농약사 개보다는 바람난 밤도깨비 전생이 훨씬 나을 것이었다. 농약사 냄새는 나쁘지 않지만 살집 없는 주인 남자의 퀭한 눈빛은 왠지 인간적으로 보이지 않았다. 그녀의 욕지거리를 감당할 수 있는 것은 그래도 그녀가 가끔은 나를 진정으로 개 취급을 해주기 때문이었다. 그녀가 개 같은 년! 하고 소리치면 이상하게 마음이 편안해지는 것이었다.

어느새 한나절이 되었다. 그때까지 아무 일도 일어나지 않았고 시장을 찾는 사람들은 많아졌지만 그녀의 채소들은 여전히 그대로 있었다. 많은 사람들이 그녀의 채소를 탐냈지만 그녀는 눈길조차 건네지 않았고 엉뚱하게 약국 쪽만 살폈다. 그렇다면, 그녀가 약국에 있는 누군가를 기다리고 있는 것이 틀림없었다. 그녀의 채소를 몽땅 사줄 사람도 그 사람인 것이 분명했다. 내 짐작이 맞는 듯 어느 순간 그녀의 맞은편에 있던 약국 문이 열리면서 하얀 가운을 입은 한 여자가 밖으로 나왔다. 가늘고 긴 중년의 여자를 뒤따라 두 명의 또 다른 중년 여자가 큼지막한 시장바구니를 들고 약국 밖으로 나왔다. 순간 그녀가 벌떡 일어났다. 마침내 그녀가 기다리던 순간이 온 모양이었다. 그녀가 보아란듯이 환하게 웃어가며 시장 사람들과 약국 여자를 번갈아 쳐다보았다.

"성님, 저기 약사님 오시네! 오늘은 내 것두 사주면 좋을 텐디……"

여자가 붉은 상추에 물을 뿌리다 말고 그녀 곁으로 다가왔다.

"글쎄, 우리 약사님이 워낙 눈이 높아서 말여. 저어기 구시장서 무슨 부품 공장 헌다는 약사님 남편인 회장님도 워치기나 입이 까다로운지 내 채소만 찾는다잖어. 그러니 아무거나 사겄어. 내가 얘기는 해볼 테지만, 앞으로 벌레 안 생기고 누렁 잎 안 지게 관리 잘혀. 약사님이 팔아주는 하루 매상이 얼마나 큰지 알잖어."

약국 여자가 바구니를 든 두 여자와 함께 시장 초입으로 들어섰다. 난전의 여자들이 약국 여자를 바라보며 수군거렸다. 욕을 하는 것 같기도 하고 자신들의 물건을 사라고 소리치는 것 같기도 했다. 그녀는 환한 얼굴로 약국 여자가 다가오기만을 기다렸다. 내 예상이 여지없이 빗나가는 순간이기도 했다. 약국 여자가 아니라 약국 영감이라면 모를까, 오랜 시간 농약 박스에 끼어 오줌까지 지렸는데, 그녀에 대한 실망인지 안심인지 모를 감정으로 머리가 복잡해졌다.

약국 여자가 그녀가 기다리고 있는 시장 초입까지 걸어와 잠깐 멈췄다. 자신을 위해 마련된 카펫이라도 밟으려는 듯 쏠린 눈들을 의식하며 그녀와 난전 사람들을 바라보았다. 바구니를 든 두 여자도 약국 여자 양옆으로 나란히 섰다.

잠시 후, 약국 여자는 자신을 잔뜩 기다리고 있는 그녀 앞에 서지 않고 그냥 지나쳤다. 그녀가 당황해서 약국 여자를 불렀다.

"약사님! 저 여기 있슈! 여깄다니께유? 바쁘시면 지가 이거 몽땅 약국에 갖다 놓을까유?"

약국 여자가 걸음을 멈추더니 두어 발짝 뒤로 돌아왔다. 그녀가 반갑게 두 손을 내밀었다.

"약사님 잠깐 딴생각헌 모냥이네유, 오늘은 슴은 열무가 아주 좋아유."

그녀가 두 손을 내밀어 계속 반가움을 표시했지만 약국 여자는 그녀의 손을 잡지 않았다. 뭔가 전 같지 않은 풍경인 듯 난전의 여자들도 그녀와 약국 여자를 말끄러미 지켜보았다.

"시장 물건 믿을 수 없다고, 우리 회장님이 이젠 오가닉 매장을 이용하라네요."

그녀가 황당한 표정으로 약국 여자를 빤히 쳐다보았다.

"오가…… 뭐라구유?"

그녀가 물었지만 약국 여자는 대답 대신 입을 삐죽거리고는 다시 가던 방향으로 걸어갔다. 그녀의 두 손도 약국 여자를 잡으려 쫓아가기 시작했다. 지켜보던 난전의 여자들 시선도 그녀와 약국 여자를 따라 어딘가로 향했다. 어떡하지? 나는 잠깐 갈등하다 그녀를 뒤쫓기 시작했다. 그녀에게 무슨 일이 생긴 것이 분명했다. 그녀를 대하는 약국 여자의 냉정한 눈빛과 애원하다시피 약국 여자를 부르며 뒤따라가는 그녀 사이에 문제가 생긴 게 확실했다. 솔직히 딱 봐도 약국 여자의 일방적인 거래 취소로 보였다.

"약사님! 이유가 뭔디 이러신대유?"

그녀가 가쁜 숨을 내뿜으며 약국 여자의 뒷덜미 가까이 다가가 물었다.

"할머니, 아까 말했잖아요. 오늘부터 여기 오가닉 매장에서 장 볼 거라구요."

약국 여자가 자신의 어깻죽지에 닿으려는 그녀의 손을 털어냈다. 그녀는 내가 발밑에서 얼쩡거려도 눈치재지 못하고 약국 여자한테만 매달렸다. 얼쩡거리는 날 발견했다면 기겁해서 소리쳤을 텐데, 아무리 그녀 주변을 맴돌며 낑낑거려도 약국 여자한테만 온통 정신이 팔려 있었다.

"약사 선상님, 지가 오늘은 반값으로 드릴 테니 그냥 가져가유."

그녀가 큰 결심을 한 듯 손바닥을 쳐가며 말했다.

"할머니, 그게 아니라 다른 물건을 사 먹겠다는 거예요."

약국 여자가 그녀를 향해 고개를 수그리더니 나직하게 말했다. 자신의 호의에 감사할 줄 알았던 그녀는 약국 여자의 다른 반응에 약간 실망하다가 이내 웃음을 보였다.

"알었슈, 오늘은 지가 그냥 드릴게유. 한두 해 상대한 것두 아니고, 지가 약사 선상님헌티 선물헌 셈 치면 되지유. 사양 말구 그냥 가져가유."

그녀가 다시 한 번 약국 여자를 붙들었다.

"앞으로는 할머니 물건 사지 않고 여기, 유기농 마트 거래할 거라니까요. 말귀를 못 알아듣고 그래요…… 저 바쁘니까 얼른 비키세요."

그녀를 밀쳐낸 세 여자는 더 이상 뒤돌아보지 않았다. 손님까지 뒷전이던 난전 사람들도 그녀가 약국 여자에게 홀대 당하자 재미난 상황극이 끝난 듯 고개를 돌리는 눈치였다. 이제는 그녀가 내 존재를 알아야 하는데, 그녀는 여전히 발밑에는 관심이 없고 멀어져가는 약국 여자한테만 애가 달아 있었다. 끝까지 포기하지 않을 듯 또다시 약국 여자를 부르며 뒤쫓아갔다.

"아니 무슨 일이래유? 지가 뭐 서운허게 힜슈? 왜, 지 물건을 안 사고 여기로 온대유?"

약국 여자가 순간 걸음을 멈추더니 그녀를 쌀쌀하게 쳐다보며 말했다.

"할머니 배추는 오가닉이 아니잖아요. 정말 구질구질해……"

하얀 가운 주머니 속에 두 손을 질러 넣은 약국 여자가 또각또각 구두 소리를 내며 어딘가를 향해 걸어갔다. 그 소리가 난전의 소란스러움보다 더 크게 들렸다. 콘크리트와 쇠붙이가 마찰해 내는 차고 날카로운 소리에 나는 귀가 아플 지경이었다. 그러나 그녀는 귀까지 먹은 것인지 여전히 하얀 옷에 홀려 정신을 못 차렸다. 그녀에게 등을 돌린 약국 여자는 시장 안쪽으로 깊숙이 걸어갔다. 난전 사람들의 야유인지 환호인지 모를 시선을 받으며 난전 한가운데를 당당히 걸어서 시장의 막다른 곳에 이르렀다. 난전이 끝나는 지점이었다. 그곳에는 약국 여자의 마음을 사로잡은 크고 화려한 오가닉 마트가 개업 기념행사를 하고 있었다. 알 수 없는 나라의 국기들이 하늘에서 펄럭거렸고, 매장 앞에는 매대 가득 사은품을 쌓아놓고 있었다. 요란한 음악이 흘러나왔고 젊은 아가씨들이 음악에 맞춰 몸을 흔들어댔다. 매장 유리창에 붙어 있는 크고 작은 전단지에는 그린페스티벌, 친환경 유기농 농산물, 지구를 지키는 녹색소비, 사진 찍고 선물 받고, 오만 원 이상 경품 추천 행사 등, 요란한 문구들이 어지러이 적혀 있었다.

그녀는 그제야 뭔가를 발견한 듯 놀란 표정을 지었다. 힘차게 달리던 수레가 도랑에 처박혀 어쩔 줄 몰라 쩔쩔매는 꼴이었고, 내가 찡찡인지 쫑쫑인지 하고 바람이 난 덕구한테 버림받았을 때의 그 모습하고 다르지 않았다. 그때 나도 그녀처럼 어떻게 해야 할지 몰라서 무조건 애원하며 매달렸다. 하지만 나는 절대 해서는 안 되는 일이 변심한 마음을 되돌리려 애쓰는 일이라는 걸, 그것이 얼마나 부질없고 쪽팔리는 짓이라는 걸 깨닫고는 덕구에 대한 마음을 잘라버렸다. 한통속으로 돌아가는 미련과 어리석음에 언제까지 이용당할 수는 없었던 것이다.

 그녀도 그걸 빨리 깨달아야 하는데, 아직도 사태 파악이 안
되는 듯 오가닉 매장으로 들어간 그녀가 급기야 약국 여자의
멱살을 잡고 밖으로 나왔다. 그토록 집으로 돌아가자는 사인
을 보냈는데도 그녀는 기어이 일을 치르고 말 작정인 듯했다.

 "여즉 내 푸성귀 사다 잘 먹었으면서 시방 이게 뭔 짓이랴!
내 상추 먹고 설사를 혔어? 아니면 내 호박을 먹고 배앓이를
혔어? 고추가 고추고 상추가 상추지, 여기 것들은 금가루라
도 뿌렸남. 왜 갑자기 맴이 변한 것이냐구유? 약사 선상님,
나두 오강인지 올갱인지로다가 농사를 지을 테니께 걱정 마
슈. 나도 저거랑 똑같이 지을 수 있슈."

 그녀는 화를 내기도 하고 억지웃음을 지어 보이기도 했다.
그녀의 손을 뿌리친 약국 여자가 옷매무새를 만지는 동안 그
녀는 쉬지 않고 떠들었다. 이젠 쳐다보는 것도 창피했다. 그
정도 했으면 알아듣고 포기해야 하는데, 막무가내로 매달리
고 있는 그녀를 지켜만 보고 있자니 가슴이 터질 것 같았다.
그보다 막판까지 왔다 싶은 약국 여자가 그녀에게 무슨 짓을
할지도 몰랐다.

 하얀 가운을 툭툭 털어낸 약국 여자가 그녀를 노려보며 한
마디 했다.

 "불쌍한 노인네 같으니라구…… 싼 맛에 사줬더니 뭐 착각

한 거 아니야!"

그녀가 휘청거렸다. 어지러운 듯 두 무릎을 잡고 잠시 숨을 고르더니 비로소 약국 여자로부터 한 발짝 물러섰다. 피로 가득한 표정으로 뒤돌아서 한 발 한 발 걷기 시작했다. 가까이 난전의 여자들이 그녀를 측은하게 바라보았다. 나는 여전히 그녀의 발밑에서 안절부절 맴돌기만 했다. 그녀의 신발을 물어뜯어도 보고 발길에 차일 듯 가로막으며 소리쳐도 보았지만 그녀는 여전히 알은체하지 않았다. 내가 그녀 눈에 진짜 보이지 않는 걸까? 집에서는 내 작은 기척에도 예민하게 반응하는 그녀인데, 그녀의 불안한 눈동자와 휘청거리는 걸음걸이가 내 심장을 쿵쿵 울렸다. 정오를 지나는 해는 무엇이든 태워버릴 듯 뜨거웠고 주인을 잊어버린 그녀의 채소들은 시름시름 죽어갔다. 볼 만했던 소란이 멈추자 난전의 여자들은 다시 채소에 물을 뿌렸고 손님들도 아쉬운 발길을 돌렸다. 약국 여자의 불쌍하다는 말이 마침내 그녀를 돌아서게 한 것이었다. 그 말이 무슨 뜻인지는 잘 모르지만 그녀가 충격을 받은 것만은 확실했다. 혼자 열심히 채소를 가꾸며 사는 그녀가 불쌍하다는 것인지 아니면 저 같은 큰 단골을 잃어버린 그녀가 불쌍하다는 것인지 이해할 수 없었다. 시장에는 손님들이 넘쳐나는데 왜 꼭 약국 여자한테 물건을 못 팔아 애를 끓이는 것인지, 약국 여자 말대로 그녀가 미쳤는지도 몰랐다.

젊은 남자가 우렁찬 목소리로 대박세일을 외치는 오가닉 매장은 밖에서 보아도 깨끗하고 풍성해 보였다. 과일은 더 단내를 풍기는 듯 보였고 고기는 더 붉고 신선해 보였다. 생선은 당장이라도 바다로 돌아갈 듯 펄떡거렸고 가지와 호박도 분명 그녀의 물건들과는 달랐다. 약국 여자가 말하는 오가닉이라는 게 그런 모양이었다. 깨끗하게 포장되어 이국적인 이름이 붙여진 것들. 물건의 족보가 아닌 이름에 열광하도록 더 순수하고 화려한 단어를 내세우는 것들. 그녀의 물건에는 오가닉이니 유기농이니 하는 그런 이름은 없었다. 그냥 가지와 호박, 열무, 무 아니면 싸잡아 채소 아니면 그냥 푸성귀였다. 그녀는 배추벌레를 잡기 위해서 약을 쳤고 크고 실한 고추를 얻기 위해서도 약을 뿌렸다. 콩밭에도 약을 뿌렸고 참깨밭에도 약을 뿌렸다. 그것도 부족하다 싶으면 내 똥까지 거둬다 밭에 뿌렸다. 그것은 좋은 세상이 가르쳐준 훌륭한 농사법이지 그녀 스스로 알아낸 비법이 아니었다. 그녀는 그저 그 비법대로 부지런하고 충실하게 농사를 지었을 뿐이었다. 그런데, 오가닉이라는 생소한 농사법이 그녀의 최대 단골인 약국 여자의 마음을 빼앗고 그녀를 무너뜨렸다.

싱싱했던 그녀의 채소들은 그사이 한껏 풀죽어 있었다. 제자리로 돌아온 그녀는 멍하니 앉아 있기만 했다. 손님들이 가격을 물어도 못 들은 척 약국만 바라보다가 어느 순간 벌떡 일어나 뒤편에 있는 홍진농약사로 뛰어들어갔다.

"사장님 오가닉 뭐시긴가 그거 줘유."

그녀가 오가닉 매장이 있는 쪽을 가리키며 말했다. 얼떨결에 나도 그녀를 따라 농약사에 같이 들어가고 말았다. 아까부터 그녀를 지켜보고 있던 사장은 그녀와 내가 급하게 가게 안으로 뛰어들자 당황하는가 싶더니 금세 그녀 말에 귀를 기울였다.

"그게 무슨?"

"저기서 파는 거 말유. 오오가…… 니!"

"아, 네. 무슨 말씀인지 알겠습니다."

사장은 그녀의 말을 금방 알아들은 듯 구석 쪽에 있는 진열장으로 가 시커먼 약병 하나를 꺼내왔다. 그녀의 집에 널려 있는 약병들과 비슷한 것이었다.

"이걸 쓰면 됩니다. 물 한 통에 한 뚜껑씩…… 그리고 이거."

사장이 그녀에게 약병과 함께 건네준 것은 흰색 모자였다. 그 역시 그녀가 가지고 있는 여러 개의 모자들과 비슷한 것으로 챙에 박혀 있는 '풀싹쓸이'라는 글자만 달랐다. 그녀가 필요로 하는 오가닉과 풀싹쓸이가 무슨 상관이 있는 것인지, 그녀가 판단을 잘못한 것 같아 나는 그만 소리치고 말았다. 같은 약을 또 살 필요는 없었다.

"뭐야? 너, 해피 새끼 아녀! 예전에 제가 준 그 해피 새끼 맞지요? 젖도 안 떨어진 거 줬는데, 얘도 이젠 늙었네요."

사장이 나를 번쩍 들어 안고는 한참 동안 흔들었다. 그게 아닌데, 그녀를 상대로 장사를 하는 사장에게 경고를 주려 소리친 것인데, 뜻하지 않은 진실을 만나고 말았다. 사장의 손바닥 냄새와 가게 안에서 맡아지는 약 냄새가 내 최초의 기억이라는 사실이 불쾌하면서도 설레었다. 사장이 건네준 새 약병과 모자를 받아든 그녀도 나처럼 설레는 듯 얼굴색이 한결 좋아졌다. 세상이 끊임없이 만들어내는 새로운 사실에 흥분하지 않는 사람은 없을 것이다.

사장한테 약병을 받아든 그녀는 볼 것도 없이 집으로 향했다. 난전에 늘어놓은 채소는 버려둔 채 짐수레만 끌고서 무섭게 달렸다. 나는 그녀가 험악하게 끌고 가는 수레 안쪽에 납작 엎드려 자는 척 눈을 감았다. 그녀는 농약사 사장 손에 들려 있던 나를 빼앗듯 낚아채서는 수레 안쪽으로 휙 집어던졌다. 고양이도 아니고, 그렇잖아도 시원찮은 뒷다리가 부러진 듯 아파서 사장한테 눈인사조차 건네지 못하고 떠나야만 했다. 무언가 마음에 걸린 것 같은데 그녀가 하도 눈을 부라리며 서두르는 바람에 어느 순간 서운함의 실체를 잊어버렸다.

정신없이 달리던 그녀가 갑자기 수레를 멈추었고, 맥없이 엎드려 있던 나는 그만 수레에서 떨어져 풀숲으로 내동댕이

쳐졌다. 날 골탕 먹이려 그녀가 일부러 그런 것이었다.

"그놈헌티 앵기니께 좋더냐. 아주 좋아 죽더라, 그놈헌티 도로 갈래? 보내주랴? 약사 년이나 네년이나 다 똑같은 것들이여. 맴을 한 번 줬으면 끝까지 줘야지. 이리 갔다 저리 갔다 시계불알도 아니고 말여. 내가 그 약사 년 맴 꼭 돌려놓고 말껴."

그녀가 꼭 쥔 주먹을 나를 향해 휘둘렀다. 약국 여자를 잡고 싶은 그녀의 의지가 허공에서 바람을 베었다. 아까는 그리움 가득한 눈빛이더니 지금은 분노와 노여움 가득한 눈빛이었다. 자신만만하던 그녀가 약국 여자에 대한 배신감으로 젖은 종잇장 꼴로 앉아 사람도 아닌 내게 새로운 의지를 불태우고 있었다. 나는 그렁그렁한 눈물을 매달고 허공에다 주먹질하는 그녀 곁으로 다가갔다. 그녀가 믿어준 만큼의 순정한 마음은 아니지만 그래도 뭔가 표시해주고 싶었다. 나는 질경이씨가 툭툭 터지고 있는 풀숲을 헤치며 그녀 곁으로 다가갔다. 그녀가 날 노려보며 말했다.

"순정이라고는 한 숟갈도 없는 년! 그 변덕스런 입맛에 순정이 빠져 죽었다 이년아!"

다행히 그녀는 알아들을 수 없는 욕지거리만 해댈 뿐 날 때리지는 않았다. 감정이 격해질 때마다 손과 발이 서너 번씩 나를 향해 움직이긴 했지만 그녀의 발등에 매달려 죽은 듯 엎드려 있는 내 등짝 위로 날아오지는 않았다. 그녀가 깊은 한숨을 끝으로 풀밭에서 일어나더니 신발을 벗어 탈탈 털어 신었다. 그러고는 자신의 몸에 짓눌려 있던 풀들이 채 일어서기도 전에 다시 수레를 끌고 집으로 달렸다. 수레 손잡이에는 약국 여자의 마음을 돌려놓을 수 있는 새로운 묘약이 까만 비닐봉지 속에 담겨 대롱거렸다.

나는 죽을힘을 다해서 그녀의 수레에 매달렸다. 그녀의 걸음은 갈수록 빨라졌고 수레는 제멋대로 굴러갔다. 그녀가 수레를 끌고 가는 것인지 수레가 그녀를 끌고 가는 것인지 분간이 안 될 정도였다. 수레는 정신이 쏙 빠져 있을 즈음 집에 도착했다. 너무 피곤해서 아무것도 생각하고 싶지 않았다. 나보다 더 고단한 하루를 보낸 그녀도 일찌감치 방으로 들어가 누울 것이라고 생각했다. 나는 절뚝거리며 대문 앞에 있는 내 집으로 향했다.

뭔가 대단한 걸 기대했던 하루가 저물어가고 있었다. 쥐새끼들조차 꿈쩍 않는 저녁이 들 저편에서 그녀의 집을 향해 달려오고 있었다. 이대로 잠이 들면 새벽이 올 거라고 생각했는데, 어느 순간 그녀가 쿵쿵 소릴 내며 대문 밖으로 나왔다. 탱크만 한 분무기통을 지고 하얀 모자를 쓴 그녀가 노래인지 혼잣말인지 모를 소릴 해가며 밭으로 가고 있었다. 땅도 자고 사람도 잘 시간이었다.

그녀가 이상했다. 밭으로 간 그녀는 그 어느 때보다 힘차게 분무기질을 했다. 그녀의 힘찬 펌프질 소리에 저녁이 달아났다. 그녀의 채소들이 여기저기서 쏴아! 쏴아! 휘파람을 불었다. 그녀가 소리쳤다.

"저기, 저 호박 좀 봐라 벌써 누렇게 익었다!"

호박꽃만 노랗게 피어 있는데 무슨 호박이 열렸다고, 오이꽃만 하얗게 피어 있는데 무슨 오이가 열렸다고. 그나저나 내 가슴팍에서 맡아지는 이 그리움의 정체는 또 무엇인지, 답답하기는 그녀도 나도 마찬가지였다.

고
산
병

그녀는 거울 속의 여자한테만 열중했고 그는 거울 밖의 여자한테만 집중했다. 그녀가 가끔 못마땅한 시선을 보내도 그는 개의치 않았고 자신이 화장을 하는 양 그녀의 손놀림에 따라 표정 짓기만 바빴다. 커다란 화장품 바구니를 끌어안아 무리하게 벌어진 그녀의 가랑이에는 관심이 없는 듯 오로지 화장하는 그녀의 얼굴만 바라보았고, 속옷 사이로 드러난 젖가슴이나 그녀의 허연 허벅지에는 영 관심을 보이지 않았다. 그녀는 나이보다 훨씬 젊고 건강했다. 예순다섯이라고는 믿기지 않을 정도로 살결도 희고 깨끗했으며 새치만 골라낼 정도로 머리도 검었다. 얼굴에도 물사마귀 하나 없었고 아직 관절염이나 골다공증 증세도 보이지 않았다.

그녀는 밥은 걸러도 화장은 거르지 않았다. 오늘 노는 날 아니야? 그가 물었다. 그 집 사모님이 일주일에 세 번으로는 부족하다고 네 번 나와달래, 워낙 손님들이 들락날락하는 집이라 청소고 음식이고 해놓기 바쁘다니까…… 그녀는 다시한 번 콧등 주위를 분첩으로 꾹꾹 눌렀고, 입술 밖으로 번진립스틱을 휴지로 조심스럽게 닦아냈다. 머리를 만지고 옷만입으면 되었다. 얼마나 더 주는데? 그냥 물어본 것인데 그녀가 발끈해서 되물었다. 왜! 돈 떨어졌남?

그는 그녀가 왜 그렇게 돈에 집착을 보이는 것인지 이해할수가 없었다. 백오십만 원 정도의 연금이면 굳이 파출부 일을 하지 않아도 살 수 있었다. 자동차가 있는 것도 아니고 생활비를 보태줘야 할 자식이 있는 것도 아니었다. 관리비 걱정할 정도의 아파트에 사는 것도 아니고 좋은 옷과 좋은 음식을 탐내는 것도 아니면서 그녀는 일에 대한 욕심을 줄이지 않았다. 퇴직할 때 받은 상조회비와 그해 만기된 보험이 두 개나 있었다. 그녀에게는 어림잡아도 수천만 원의 목돈이 있을것이었다. 두 사람의 한 달 생활비 고작해야 백만 원 남짓인데, 그녀는 감기 몸살로 눕지 않는 이상 여간해선 일을 거르지 않았다. 지난달에는 일 다니는 집에 외국에서 손님이 왔다고 이틀이나 집에 들어오지 않은 적도 있었다. 그때 그는 그녀에게 화가 나서 당장 쫓아가려고 했었다. 그 돈 벌어 다 어디다 쓰려는 것인지 따져 묻고는 당장 일을 그만두게 할 참이었다. 그녀의 호통과 그의 혈당 수치가 급격하게 높지만 않았다면 아마 그렇게 했을 것이다. 퉁퉁 부은 손으로 혼자 밥을 차려 먹는 일은 죽기보다 싫었다. 당신 힘들까 봐 그러지, 나이도 있는데. 사납게 바뀐 그녀의 표정에 놀란 그가 얼른 말꼬리를 돌렸다. 언제는 뭐 놀았나, 걱정하지 말고 오늘 놀러나 잘 갔다 와. 좀 전과 달리 그녀는 조금도 미안해할 필요가 없다는 표정이었다. 돈 얘기가 나오면 발끈해서 퍼붓다가도 일 나갈 때는 금세 표정이 밝아졌다. 어느 때는 그녀가 진정으로 파출부 일을 좋아해서 다닌다는 생각마저 들었다. 안 가려고 회비 안 냈어. 회비 때문에 그만둔 것은 아니었다. 떼 지어 놀러 가봐야 차에 오르고 내리는 일로 시간 보내기 일쑤였고 어떻게 알고 따라왔는지 가는 곳마다 잡상인들이 나타나 귀찮았다. 그래도 며느리 눈치 보기 싫은 늙은이들과 눈 맞추고 싶은 상대가 있는 노인들은 돈 몇 푼 내고 해가 떨어질 때까지 따라다녔다. 그는 놀러 가자는 얘기가 나오면 애당초 알아서 몸을 사리든지 아니면 아주 가끔, 일 년에 두어 번 정도 못 이기는 척 따라다녔다. 그 정도 호응은 해줘야 노인정과 벽을 쌓지 않고 살 수 있기 때문이었다. 별스럽기도 하네, 왜 같이 어울리지 못하고 매번 빠져 빠지길. 그 나이에 당신처럼 늙은이 행세하는 사람도 드물어. 도대체 무슨 의욕이 있나,

열정이 있나…… 밖에 나가봐 요즘 노인네들 젊은 애들보다 더 펄펄해. 거 왜 노인정에 가끔 나타난다는 김종구라는 사람 있잖아, 그 사람은 사십대라고 해도 믿겠더라. 당신이 그 사람을 어떻게 알아? 알긴 내가 뭘 알아, 언젠가 노인정에 명창 불러놓고 잔치한다고 해서 당신하고 같이 갔었잖아, 그때 당신이 김종구라고 알려줬잖아. 그는 그녀가 김종구를 그토록 자세히 기억하고 있는 게 마땅치 않았다. 처먹고 멋이나 부리니 그렇게 보이지. 그는 퉁명스럽게 말했다.

그가 젊게 보이는 것은 사실이지만 그녀가 특별히 기억할 만큼은 아니었다. 그보다 그는 자신이 그녀에게 김종구라고 말해준 기억이 또렷하지 않아 속이 상했다. 입술 선을 다시 진하게 그린 그녀는 표시 나는 눈가의 주름이 못마땅한 듯 집게손가락으로 몇 번 문지르다가 퉁명스럽게 화장품 바구니를 닫아버렸다. 파운데이션을 아무리 두껍게 발라도 거울 보기 무섭게 늘어나는 주름살은 처치할 재간이 없는 모양이었다. 눈가에 주름을 없앤다는 화장품을 사서 바른 적도 있었다. 처음 며칠은 효과가 있다고 거울을 볼 적마다 콧노래를 부르더니 일주일이 지나고 나서부터는 기름기만 번질번질할 뿐 영 신통치 않다고 화장품 뚜껑을 열 적마다 투덜거렸다. 그는 성형수술을 받지 않는 이상 그깟 성분도 모르는 크림 한 통으로 어찌 세월을 되돌릴 수 있느냐고 그녀를 위로했다. 그녀는 그의 위로에도 불구하고 그 크림이 바닥을 드러내자 주름살이 더 늘었다며 신경질을 부렸다. 다들 당신이 나이보다 열 살은 젊어 보인다잖아. 그녀가 나이보다 훨씬 젊어 보인다는 사실은 말 많은 아래층 여자가 우리 동네 반장이라는 사실만큼 그다지 흥미로울 것도 새삼스러울 것도 없는 얘기였다. 그런데도 그녀는 사람들이 자주 그 사실을 확인시켜주지 않으면 불안해했다. 그는 그런 그녀가 자주 미덥지 않았지만 별 내색하지 않았다. 아니 내색하고 질투할 만한 명분이 없었다. 그녀가 원하는 것을 해줄 수 없기 때문이었다. 나 이것 좀 끼워줘. 화장을 끝낸 그녀가 개켜놓지 않은 옷 더미 속에서 검정 브래지어를 꺼내 어깨에 걸었다. 망사로 된 브래지어는 그녀의 젖꼭지를 감싸려고 모기장처럼 양쪽으로 늘어져 있었다. 앞으로 끼워서 돌리면 되잖아. 그는 갑자기 떠맡은 그녀의 등판이 불편했다. 첫번째다 끼워? 두번째다 끼워? 이미 꼼짝 못할 정도로 바짝 다가와 있는 등판을 밀쳐낼 수는 없었다. 그는 어둔한 동작으로 끊어진 다리를 잇듯 브래지어 호크를 더듬었다. 여기 세번째다 끼워. 그 앞에 다시 가슴을 보인 그녀는 세번째 호크를 가리키며 정확히 끼워달라고 나직한 목소리로 채근을 했다. 그는 순간, 체한 듯 가슴이 답답해지면서 지난번의 악몽이 떠올랐다. 새벽녘이었다. 그날따라 두 사람 다 일찍 눈을 떴고, 그녀가 먼저 목욕탕을 사용했다. 그는 그녀가 화장실을 비울 때까지 신문을 뒤적거리며 기다렸다. 이윽고 목욕탕 문이 열리면서 거실로 후끈한 수증기가 몰려나왔다. 그는 뒤적거리던 신문을 집어들고 자리에서 벌떡 일어났다. 예민한 대장이 조바심을 내며 그를 화장실로 몰아붙였다. 그는 뛰다시피 화장실로 향했다. 샤워를 막 끝낸 그녀가 알몸으로 문 앞에 서 있었다. 그는 급하니 빨리 비켜달라고 신문을 흔들었다. 그녀는 당신이 알아서 들어가라며 웃음을 지을 뿐 비켜서질 않았다. 그는 똥이 마려웠고 무척 급했다. 그가 참지 못하고 그녀를 밀치려 하자 그녀가 짓궂게 그를 와락 끌어안았다. 그는 그녀의 품 안에서 버르적거렸다. 똥이 마려우니 어서 비켜달라고 그녀의 커다란 젖가슴에게 애원했다. 그럴수록 그녀는 더욱더 그를 옥죄며 놓아주질 않았다. 가질 수 없는 것에 대한 심술을 그런 식으로 표현하고 있었다. 공격도 저항도 할 수 없는 그의 몸은 점점 무너졌다. 식은땀이 흘렀고 괄약근이 슬슬 열렸다. 어쩔 수 없는 일이었다. 그녀는 기어이 똥 냄새를 맡고서야 그를 놓아주었다. 더울 텐데 뭘 차고 다녀, 안 차도 괜찮구먼. 정말 그렇지? 당신도 내 가슴에 반했었잖아, 특히 이 검은 점이 매력 있다고 난리를 치고선……

그녀의 왼쪽 유두 바로 밑에는 팥알만 한 크기의 검은 점이 있었다. 그녀 말대로 그는 한창때 하룻밤도 그녀한테서 벗어나질 못했다. 밤마다 그녀의 점이 부르는 주술에 걸려 헤어나질 못했다. 그러나 지금은 아니었다. 보여주지 않으면 점이 왼쪽에 있는지 오른쪽에 있는지조차 기억나지 않았다. 그러나 그녀는 아직도 검은 점이 자신의 사랑을 지켜주는 수호신이라고 믿는 듯했다. 그는 서둘러 그녀의 브래지어 호크를 채워주었다. 가슴이 처졌다고 말하면 그녀가 화를 낼 것이고 안 처졌다고 말하면 공연히 확인하려 달려들 것이었다. 그는 그녀의 어처구니없는 행동이 튀어나올 때마다 철없는 애들 같아서 우습기도 하고 곤란하기도 했다. 그녀가 자신을 놀리기 위해서 그런다는 생각이 들다가도 지나치다 싶으면 불편한 마음을 감출 수가 없었다. 아무리 그래도 우리는 노인이야, 치장이 뭐 그리 중요해. 그는 자리에서 슬슬 일어났다. 더 지켜보고 있다가는 그녀의 머리 모양새부터 양말 색깔까지 답변해주어야만 할 것 같았다. 스스로 결정한 사실을 놓고 괜한 질문을 던져보고 찔러보는 그녀의 화법에 걸려들면 좀처럼 풀려나기가 어려웠다. 가령, 젤 바른 옆머리를 귀 뒤로 매끈하게 넘겨놓고는 이상하지 않아? 빼는 것이 낫겠지? 아니야, 깔끔한 게 좋아, 요즘 애들도 다 이렇게 하고 다녀. 아니야, 이건 분위기가 너무 없는 것 같아. 당신 보기엔 어때? 하고 물어볼 때마다 그는 가장 보편적인 대답으로 일축했다. 다 좋아, 다 예뻐. 하지만 그녀는 그의 성의 없는 대답을 절대로 그냥 넘어가지 않았고 형편없는 안목을 나무라며 만족스러운 대답을 듣기 전까지 그를 놓아주질 않았다.

그녀가 양말을 꺼내러 서랍장으로 가는 사이 그는 서둘러 집 안을 빠져나왔다. 대개는 그녀를 먼저 내보낸 뒤 텔레비전을 보다가 한숨 자고 나서 집을 나서는 게 예사였다. 일 나간 그녀는 저녁 일곱시나 돼야 돌아왔고 할 일이 없는 그는 집 근처 공원에서 시간을 보내거나 관리사무소 앞마당에서 벌어지는 내기 장기를 구경하는 게 일이었다.

날씨는 발을 헛디딜 정도로 청명했다. 아파트 잔디밭에는 토끼풀이 소담스럽게 자라고 있었고 꽃이 떨어진 청매실은 볼 적마다 크기가 달랐다. 봄기운을 느낀 게 엊그제 같은데 소매를 걷어올렸어도 그리 시원하지 않았다. 허긴 그놈의 세월이란 것이 언제는 동네 배추 장사 떠들 듯 귀 따갑게 소리치며 왔던가. 늙은이 문밖을 나설 적마다 바뀌는 옷의 두께를 보면 어느새 여름이고 가을이었다. 집 나갈 때 다르고 들어올 때 다른 다리 힘은 또 어떻고. 잠시 잠깐 눈을 감았다 뜨기만 해도 밤이고 낮인 것을. 그는 잠깐 발길을 멈추고 싱그러운 풀밭을 바라보며 허전한 마음을 달랬다.

관리사무소 박 소장의 목소리가 크게 들렸다. 또 장기판이 열리고 있었다. 오늘따라 박 소장의 목청이 유난히 컸다. 그는 공연히 가슴이 두근거리기 시작했다. 박 소장의 상대는 상가 벽지 가게 최씨였다. 그는 최씨가 한 번도 박 소장을 상대해 이기는 것을 보지 못했다. 그는 구경꾼들 사이를 비집고 들어가 벽지 가게 남자 옆에 쭈그리고 앉았다. 벌겋게 달아오른 최씨가 졸을 들고 어디다 둬야 할지 난감해하고 있었다. 장기판 밑의 그의 손이 안달하며 최씨의 소매 끝을 잡아끌었다. 잠깐만! 아니 조그만 더 버텨보라고 소리쳐 훈수를 했다. 최씨는 앞으로 나갈 수도 뒤로 후퇴할 수도 없는 형국이었다. 전세는 이미 기울었다. 입안 가득 고여 있던 침을 꿀꺽 삼킨 그는 후들거리는 다리를 일으켜 세웠다. 공중에 잠시 머물던 최씨의 손이 힘없이 장기판 위로 떨어졌다. 그는 최씨가 마지막으로 던진 젖은 갈잎 같은 졸의 모양새를 맥없이 바라보았다. 최씨의 손에서 떨어진 졸을 기다리고 있는 것은 박 소장의 차였다. 차를 들어올린 박 소장의 손이 거대한 포클레인 같았다. 구경꾼들은 순간 최씨를 향해 소리쳤다. 또 졌다, 졌어! 힘 한 번 못 써보고 죽었구면. 처음부터 게임이 안 된다고 했잖아. 박 소장의 장군! 하는 소리가 아파트 단지를 울렸다. 구경꾼의 입들은 벌써 벽지 가게 남자를 향해 맥주를 청하고 있었다. 박 소장은 큰 대문니를 드러내며 같잖다는 웃음을 웃었고, 최씨의 목덜미에선 식은땀이 줄줄 흘렀다. 최씨에게 박 소장은 너무 벅찬 상대였다. 그런 줄 알면서도 최씨는 매번 박 소장과의 내기를 거절하지 않았다. 박 소장 역시 경쟁 상대가 안 되는 최씨를 지목해 늘 내기 장기판을 벌였다. 사람들은 불 보듯 뻔한 두 사람의 경기를 언제나 지켜보았다. 손등으로 땀을 훔친 최씨가 지폐 몇 장을 꺼내 기다리고 있던 매점 여자한테 건네주었다.

그는 맥주 대신 알로에가 들었다는 음료수를 마셨다. 그가 술을 꺼린다는 사실은 이제 공공연해졌다. 맥주 맛을 본 구경 꾼들은 이제 점심 내기를 하라고 두 사람을 다시 부추겼다. 그는 최씨가 그만 일어나야 한다고 생각했다. 그러나 최씨는 일어나지 않았다. 맥주를 끝까지 비운 최씨는 다시 장기판으로 다가갔다. 박 소장은 기다렸다는 듯 손뼉을 한 번 크게 쳤다. 옆에 서 있던 그는 박 소장의 손뼉 소리에 놀라 하마터면 음료수 병을 떨어트릴 뻔했다. 모여 있는 사람들이 그를 쳐다보며 웃었다. 박 소장이 그의 어깨를 흔들어가며 기가 약해서 그러니 운동 좀 하라고 걱정 비슷한 말을 건넸다. 그 소리에 사람들은 또 한 번 박장대소를 하며 그를 쳐다보았다. 운동이라면 등산이 그만이지. 경비하던 김씨 좀 봐, 등산에 빠지더니 겁나게 건강해졌어. 요즘에는 거의 매일 가더만. 그 산이 어디라더라? 어…… 작모산! 맞아, 그 산이 그렇게 좋다네. 좌우지간 그 산에 다니는 영감들치고 건강해지지 않은 사람이 없대. 등산이 좋다는 것은 누구나 다 아는 사실이었다. 그러나 박 소장이 말하는 산은 좀 특별한 느낌이었다. 얘기를 들는 사람들의 표정이 그랬다. 맞아 맞아 작모산…… 죽이지. 맞장구를 치는 사람도 작모산을 잘 아는 듯 박 소장과 쿵덕거렸다. 운동이라고는 동네 한 바퀴 도는 게 고작인 그에게 등산은 그야말로 그림의 떡이었다. 아파트 계단조차 오르기 힘겨운 체력에 산을 오른다는 것은 무리였다. 그렇지만 그는 박 소장이 말한 작모산이 궁금해졌다. 건강해질 수만 있다면 자신도 그곳에 가보고 싶었다. 벽지 가게 최씨가 박 소장이라는 오르지 못할 산에 계속해서 도전하듯 그도 한번 도전해보고 싶었다.

125동 골목으로 그녀의 모습이 보였다. 연두색 스커트와 하얀 블라우스를 입었다. 길이가 짧은 치마는 왼쪽 치맛단이 허벅지까지 갈라져 있어 걸을 적마다 속살이 드러났다. 그녀의 걸음걸이는 활기에 차 있었다. 파출부 일을 하러 가는 게 아니라 어느 파티에 초대되어 가는 분위기였다. 그는 그녀가 아내가 아닌 다른 여자로 보였다. 그가 다가가도 그녀가 모른 체할 것만 같았다. 여보, 하고 부르며 쫓아가도 영영 돌아볼 것 같지 않았다. 그는 남아 있던 음료수를 입안에 털어 넣었다. 그녀는 그의 시야에서 빠르게 사라졌다. 그는 재도전한 최씨를 응원하기 위해서 다시 땅바닥에 쪼그리고 앉았다. 이번만큼은 꼭 벽지 가게 최씨가 박 소장을 이겨 아파트가 떠나가도록 소리치는 모습을 보고 싶었다. 그러나 최씨는 지고 또

졌다. 내리 네 판이었다. 최씨는 쉼 없이 땀을 흘리며 지폐를 꺼냈고 구경꾼들의 입은 갈수록 즐거워졌고, 박 소장의 고함 소리는 더 이상 새롭지 않았다. 그는 더 이상 최씨한테 희망을 걸지 않았다.

그는 낮은 싸리나무 담장을 뒤로하며 휘청휘청 아파트를 벗어났다. 박 소장이 말한 산에 오르고 싶었다. 높은 산에 올라 큰 소리도 질러보고 축축한 이끼 위에 누워 낮잠도 자고 싶었다. 혹시 또 몰랐다. 깊은 산중에 누워 있다 보면 신령님의 축복으로 백년 묵은 산삼이라도 발견하게 될지. 그는 생전 보지도 못한 산삼을 떠올리자 입안에 침이 고였다. 산삼 한 뿌리만 먹으면 정말로 힘이 생길 것도 같았다. 다리에 힘만 붙으면 무슨 일이든 다시 시작할 수 있었다. 그는 박 소장이 말한 작모산에 가보기로 했다.

그는 버스 정류장 쪽으로 걸어갔다. 시 경계에 있는 작모산은 버스로 약 삼십 분 정도 걸린다고 했다. 박 소장은 그에게 작모산의 위치를 알려주면서 무리하지 말라는 말을 거듭 당부했다. 그는 자신을 지나치게 과소평가하는 박 소장이 기분 나쁘면서도 한편으로는 고맙게 생각되었다. 벽지 가게 최씨와 내기 장기를 두던 욕심 많고 냉정하던 박 소장의 모습은 잠깐 보이지 않았다. 독하고 냉정한 부분이 없잖아 있지만 그가 보기에 박 소장은 언제나 당당하고 사내다운 자신감이 넘쳤다. 어떤 사람이 무슨 도전을 해와도 눈 하나 까딱하지 않을 배짱을 타고난 사람 같았다. 그는 8차선 도로 가득 줄지어 달리는 차들을 멍하니 바라보며 작모산행 버스를 기다렸다. 잠시 후 한 시간마다 다닌다는 작모산행 버스가 슬그머니 다가와 그 앞에 섰다. 그는 옆구리에 닿을 듯 가까이 다가와 부릉거리는 버스에 놀라 주춤거렸다. 아무 일도 일어나지 않았는데 가슴이 철렁 내려앉으며 두근거리는 것이 그녀에게 또 시험을 당한 기분이었다. 언제부턴가 그는 작은 소리에도 놀라는가 하면 누군가 가까이 다가오면 겁을 먹어 안절부절못했다. 아무도 뭐라 하지 않는데 공연히 주눅이 들어 패배자처럼 굴었다. 버스가 당장 출발할 듯 거칠게 부르릉거렸다. 버스에 올라타야 하는데 그는 엔진 소리와 경유 냄새 때문에 벌써부터 속이 울렁거리기 시작했다. 당장 타지 않으면 한 시간을 기다려야 한다고 빚 독촉하듯 바라보는 운전사의 기에 눌려 그는 선뜻 버스에 오르지 못하고 있었다. 뒤에 있던 노인 몇이 그를 제치고 먼저 버스에 오르고 난 뒤에도 그는 발이 떨어지지 않아 버스 손잡이를 한참이나 붙들고 서 있어야 했다. 참다못한 운전사가 빵! 하고 그에게 겁을 주었다. 그는 총에 맞은 듯 또다시 멍해졌다. 그리고 누군가 그를 세차게 밀어 올린 것인지 어느 순간 그는 버스에 올라 쏟아지는 시선들과 마주했다. 심장이 후드득거리고 다리가 후들거려 중심을 잃을 지경이었다.

누군가가 비칠거리는 그를 잡아끌었다. 김종구였다. 그는 잠깐 중심을 잃고 휘청거리다 그의 부축으로 창가 쪽에 자리를 잡았다. 올라타기 무섭게 출발한 버스 때문에 그는 한동안 버스 안의 물체조차 분간하기 어려웠다. 기사는 그가 경로우대증을 보여줄 틈도 주지 않고 잽싸게 기어를 바꾸었고 웃옷 안주머니에 손을 넣고 우물쭈물하던 그는 하마터면 채 닫히지 않은 차 문밖으로 나가떨어질 뻔했다. 경유 냄새가 코를 찌르는 버스 안은 운전사가 제멋대로 틀어놓은 유행가 소리로 사물들이 둥둥 떠다니는 것만 같았다. 이쪽에서 저쪽 끝이 어느 만큼인지 가늠할 수도 없었다. 김종구가 챙기지 않았다면 그는 어느 의자 모서리에 심하게 부딪쳤거나 좁은 통로 사이로 대차게 고꾸라졌을 것이다.

버스 안의 승객들은 노인정에서 대절한 관광버스가 아닌가 의심할 정도였다. 그들은 모두 비슷비슷한 등산복 차림이었고, 붉은색이나 하얀색 모자를 쓰고 있었다. 남자들 대부분은 등산용 지팡이를 들었고, 여자들은 하나같이 작은 손가방과 손수건을 가지고 있었다. 분위기는 약간 긴장돼 보였지만 소란스럽지는 않았다. 버스 안의 분위기를 흥분시키려는 사람은 오히려 운전기사였다. 그는 연신 고개를 쳐들어 거울 속의 노인들을 힐끔거렸다. 그가 거울 속으로 주시하는 노인들 몇은 전부터 알고 지내온 양 눈인사를 나누었다. 작모산으로 가는 버스가 하나뿐이니 몇 번 왕래한 사람이라면 운전사의 안면을 익히는 것도 무리는 아니다 싶었다. 기사는 음악이 끊어지기 무섭게 다른 테이프로 갈아 끼웠다. 어떻게 된 거야, 놀러 안 갔어? 비로소 한숨 돌린 그가 김종구에게 물었다. 3동에 사는 홀아비 김종구는 노인정에 행사가 있을 때만 나왔다. 오늘처럼 야유회에 간다거나 체육대회, 경로잔치, 온천 여행 등 평상시에는 코빼기도 내밀지 않다가 그런 일이 있을 때만 번지르르하게 차려입고 나타났다. 노인정에서 김종구를 달갑게 생각하는 사람은 없었다. 특히 남자들은 김종구를 나오지 못하게 하자는 의견까지 꺼냈었다. 여자 회장과 총무가 반대하지 않았다면 다른 사람들도 별다른 의견을 달지 않았을 텐데, 두 여자가 김종구 같은 위인이 있어야 노인정에 활기가 넘친다고 은근히 주장하는 바람에 흐지부지되고 말았다. 노인정 남자들은 여자들이 김종구를 연모하기 때문이라고, 그런 바람둥이를 좋아하는 여자들을 이해할 수 없다고 불만을 토로했다. 거기보다 더 중요한 데 가려구. 노인정 야유회는 한 번도 빠지지 않는 김종구가 작모산으로 가는 버스에 있는 것은 뜻밖이었다. 금자 씨가 나오지 않았나 보군.

전부터 김종구와 그녀가 수상한 사이라는 말이 돌고 있었기에 물었다. 그게 언제 적 얘기라고…… 그럼, 다른 사람이 또 있단 말이야? 당연하지. 김종구는 당당하게 대답했다. 묻고 있는 그가 더 조심스러웠다. 누군데? 왜 산으로 만나러 가는 거야? 그녀의 아지트가 거기 있어. 김종구가 그를 다른 사람보다 더 친밀하게 생각하는 데는 그만한 이유가 있었다. 알고 보니 김종구와 그는 같은 고향 사람이고 군복무도 철원에 있는 같은 부대 출신이었다. 이후 김종구는 한 살 적은 그를 친구처럼 잘 대해주었다. 때문에 노인정에서 김종구에 대한 탄핵이 논의되었을 때도 그는 일절 입을 열지 않았다. 고향이 같고 같은 부대 출신이라는 친분도 그렇지만 자신을 진정으로 생각해주는 사람에 대한 예의도 한몫했다. 어쨌거나 그는 작모산으로 가는 버스 안에서 김종구를 만난 게 싫지 않았다. 혼자 조용히 쉴 수는 없겠지만 산이 험하다니 김종구의 도움이 필요할지도 몰랐다. 대단한 여자야, 임자를 제대로 만난 것 같아. 이제 막 연애를 시작한 남자처럼 김종구는 들떠 있었다. 칠십이 다 된 노인이 아니라 스무 살 청년의 표정이었다. 그는 김종구의 위아래를 훑어보았다. 자신하고는 비교도 안 되는 체격과 호방한 성격, 세련된 외모, 거침없는 말솜씨, 어느 것 하나 견줄 것이 없었다. 그러나 아무리 그렇더라도 노인이었다. 그는 김종구로부터 나이를 먹었다는 자백 아닌 자백을 받고 싶었다. 그래서 물었다. 그럼…… 그 여자와 잠두 자봤냐? 당연하지, 좋아하는데 안 하고 배겨, 너 같으면 그럴 수 있어? 그가 몹시 답답한 듯 김종구가 흥분해서 말했다. 만날 적마다 했어? 그렇게 물으면서도 그는 화가 났다. 김종구한테 화가 난 것이 아니라 자신한테 화가 났다. 남들 다 하는 일을 자신만 못하고 산다는 생각이 들자 불현듯 허전해졌다. 가장 중요한 기능을 잃어버린 자신이 비참하다고 느끼는 것도 처음이었다. 그도 한때는 몸과 마음이 펄펄 끓었던 적이 있었다. 하룻저녁에 두 번 아니, 세 번도 별 무리 없이 치러냈고, 이튿날 그녀의 친절한 배웅을 받으며 출근했던 날들이 있었다. 그때는 모든 사물을 암놈과 수놈으로 구별했고 특히 여자를 만드신 하느님의 재주에 늘 경이로움을 표했다. 세상의 양기가 자신을 중심으로 뻗쳐 있다고 믿을 만큼 기가 충천했으니 그럴 수밖에 없었다. 그때는 정말 그랬다. 당연하지, 사람들이 다 자네처럼 사는 줄 알아? 자네는 몸만 병든 게 아니라 마음이 더 병들었어. 그러니까 우리 같은 사람들을 골 때리는 인간들로 보는 거라구. 그래, 늙은 거 인정한다구. 근데 그게 어쨌다는 거야? 생각이 없으면 모를까, 몸이 땡기면 풀고 살아야지. 밥 먹고 똥 싸는 거하고 별반 다를 게 뭐 있나. 나이는 정신이 먹는 거야, 자네처럼 나이 좀 들었다구 벌벌 기면 황천행이 코앞이야. 자네 부인 자네보다 훨씬 젊고 이쁘다고 했지. 자네 같은 사람하고 사니 불쌍하네. 혹시? 애인이 있는지도 모르지……

그는 참을 수 없는 모욕을 느꼈다. 그녀는 결코 그럴 사람이 아니었다. 가끔씩 투정하는 것을 보면 그에 대한 애정이 있었다. 그는 한 번도 그녀를 의심해보지 않았다. 그는 들고 있던 부채로 김종구의 허벅지를 세차게 내리쳤다. 밖이었다면 아마 그보다 더한 행동을 했을지도 모른다. 김종구가 손사래를 치며 농담이라고 웃었다. 건너편에 앉은 노인들이 무슨 일인가 쳐다보았다. 그는 그제야 자신이 지나치게 과민반응을 보였다는 것을 알았다. 누구나 그럴 수 있다는 명제는 아주 특별한 경우에만 쓰는 확률인 것이다. 그리고 확률이란 말은 당첨이란 말처럼 쉽지 않은 말이다. 사람들은 그 누구나에 속하지만 특별한 확률에 당첨되기란 쥐가 고양이 목에 방울을 다는 일만큼이나 어렵다. 그러니 그녀가 김종구와 같은 특별한 부류에 속하는 것 또한 쉽지 않은 일이다. 그는 지금껏 정리한 자신의 사변에 전혀 문제가 없음을 인정하고는 내처 잔기침으로 김종구의 화해를 받아들였다. 알았어, 공연히 화를 내고 그래, 농이야 농…… 하지만 기왕이면 인생 즐겁게 사는 게 낫지 않나. 두 사람은 작모산에 도착할 때까지 조용했다. 김종구는 흥얼거리며 노래를 따라 불렀고, 그는 창밖만 응시했다. 버스는 종착지인 작모산 초입에 사람들을 부려놓고 홀가분하게 사라졌다. 중간에 몇 번 버스가 멈추었고 서너 명의 사람들이 내린 것도 같았다. 사람들은 버스가 일으키고 간 뽀얀 먼지를 툴툴 털어내며 산을 오르기 시작했다. 마치 산에 무슨 행사가 있어 구경이라도 가는 양 어떤 기대와 긴장감으로 들떠 있는 듯 보였다. 끼리끼리 나뉜 여자들이 남자들보다 먼저 산행을 시작했고, 남자들은 담배에 불을 붙이거나 모자를 고쳐 쓰는 등 쓸데없는 일로 늑장을 부렸다. 멀쩡한 신발 끈을 다시 매는 이는 일부러 산행을 지체하려는 것처럼도 보였다. 그도 김종구가 건네주는 담배 한 대를 맛있게 피우고는 일행의 맨 뒤에 붙어서 걸었다. 산은 잔솔과 상수리나무가 많은 입구와 달리 올라갈수록 아카시아가 군락을 이루고 있었다. 두 사람이 빠듯하게 걸을 수 있는 등산로를 빼놓고는 사방이 온통 아카시아 꽃이었다. 멀리서 보면 하얀 성 같고 가까이서 보면 위험한 식충식물 같은 아카시아 숲은 벌떼들이 경호하고 있었다. 그는 꽃들이 내뿜는 열기와 향기 때문에 멀미가 날 지경이었다. 우거진 아카시아 숲으로 들어갔다가는 다시 빠져나오지 못할 것만 같았다. 그토록 지독한 냄새를 풍기는 아카시아 꽃은 처음이었다. 그는 현기증이 일었고 다리에 힘이 풀려 일행을 따라가기 벅찼다. 자네, 힘든가? 김종구가 식은땀을 흘리고 있는 그를 멈춰 세웠다. 아무래도 난 꼭대기까지 올라갈 자신이 없네. 이쯤에서 쉬고 있을 테니 올라갔다 오게.

그는 길가 소나무 숲으로 들어가 주저앉았다. 애당초 등산을 하려고 온 것은 아니었다. 산이 하도 좋다기에 궁금하였고 좋은 공기나 마시며 한나절 쉬고 갈 생각이었다. 진한 아카시 아 향기만 아니라면 좀더 올라갈 수도 있을 텐데, 그는 고산 병에 걸린 듯 숨쉬기가 어려웠다. 그에게 산은 그녀처럼 힘든 상대였다. 산이 유혹한다고 무작정 휘휘 오를 수는 없었다. 그녀라는 산은 마당 뒤꼍에 서 있는 작은 감나무가 아니었다. 뒷산처럼 낮아 보이지만 쉽게 오를 수 없는 고산봉이었다. 그 는 바라볼 수밖에 없는 산을 끼고 살지만 산을 물리칠 수도 산에서 떠날 수도 없었다.

그는 김종구의 호통에 다시 일어섰다. 등산로를 향해 가는 사람은 붉은 조끼를 입은 젊은 남자뿐이었고, 다른 노인들은 모두 사라지고 없었다. 관리사무소 박 소장이 말한 작모산이 라면 아카시아 숲 말고 무언가 다른 풍경이 있어야 했다. 계 곡도 나타나야 했고, 희귀한 나무와 꽃들도 볼 수 있어야 했 다. 보이는 것은 코를 찌르는 아카시아와 떡갈나무 숲뿐이었 다. 그는 헐떡거렸다. 오백 미터도 안 되는 완만한 경사를 오 르지 못한다는 것은 말이 되지 않는다고 김종구가 또 채근을 했다. 김종구의 콧노래는 갈수록 높아졌다. 조금만 더 가면 돼, 거기 가서 계곡물에 목욕하고 한숨 푹 자고 내려오자구. 내가 우리 점순 씨 친구 소개해줄게. 뜬금없는 소리에 그가 물었다. 무슨 소리야? 가보면 아니까 얼른 올라가기나 해. 진짜 여잘 만나러 가는 거야? 작모산이 좋다는 게 그런 뜻이었어? 그가 꼬치꼬치 묻자, 김종구가 작모산의 비밀에 대해 털어놓았다. 여기서 조금만 더 올라가면 넓은 계곡이 나타나는데, 그 계곡에 선녀들이 살고 있다네. 작모산을 찾으면 건강해진다는 그 비법이 바로 그 선녀들 덕분이야. 김종구의 이야기를 들은 그는 적이 놀라지 않을 수 없었다. 도심도 아닌 산에서 그런 일들이 벌어지고 있다는 것이 믿어지지 않았다. 노인 매춘에 대한 이야기를 듣기는 했지만 실제로 그가 오르고 있는 작모산에서 이루어지고 있다니 당황스러웠다. 모르고 왔다고 해도 여기까지 온 이상 그도 작모산의 속내에서 자유로울 수 없었다. 그렇게 놀랄 거 없어. 우리가 뭐 죄졌어, 남한테 해를 끼쳤어? 우리를 이상하게 보는 사람들이 문제지. 김종구는 다른 사람의 시선이나 생각 따위는 전혀 개의치 않았다. 산에 올랐으니 산의 아름다움을 맘껏 즐기고 가면 된다는 것이다. 선녀들은 작모산에 피어 있는 꽃이나 나무하고 다를 게 없다고, 산과 선녀를 감상할 줄 모르는 인간들이야말로 가장 속물이라고 했다.

이유야 어찌되었건 산을 내려가는 일도 쉽지 않았다. 그는 김종구의 화려한 말솜씨에 이끌려 한 걸음씩 산에 올랐다. 차디찬 계곡물에 목을 축이고 발을 담그면 그간의 피로가 모두 풀릴지도 모른다는 기대감이 없지는 않았다. 아카시아 숲을 벗어나고부터는 산의 경사가 가팔라졌다. 이제 김종구의 도움 없이는 돌아가지도 못할 듯싶었다. 아직 멀었어? 조금만 더 올라가면 되니까 힘내. 그의 팔을 잡아당기는 김종구의 손힘은 여전히 만만치 않았다. 그만 아니라면 벌써 정상에 오르고도 남았을 체력이었다. 이마와 콧등에 땀방울이 조금 맺혀 있을 뿐, 그는 숨소리조차 거칠지 않았다. 그는 그런 김종구한테 약간의 오기가 생겼다. 여기까지 와서 포기하고 돌아간다면 김종구가 더 이상 그를 사람 취급도 하지 않을 것이고, 자신 역시 생의 마지막 패배가 될지도 모른다는 생각이 들었다. 그는 김종구의 튼튼한 팔과 허벅지의 힘에 이끌려 한 걸음씩 선녀들의 마을로 들어섰다.

눈이 흐려서 잘못 본 것일까. 그는 흐르는 땀을 닦아낸 뒤 숨을 고르며 바로 앞에 펼쳐진 텐트촌을 둘러보았다. 김종구가 말한 대로 계곡에는 수십 개의 텐트가 있었다. 계곡 상류에서부터 하류까지 큰 바위와 고목 사이사이에 아슬아슬하게 자리 잡고 있는 텐트촌은 마치 화려한 독버섯의 군락처럼 보였다. 그는 계곡물에 발을 담그고 있는 여러 명의 노인들도 보았다. 그들은 5월의 숲에 스며든 겨울처럼 부드럽거나 달콤해 보이진 않지만 나름대로 풍경이 되고자 조용조용 소리와 빛을 만들어내고 있었다.

그는 천천히 숨을 돌렸다. 이 노란 텐트 말이야. 여기가 우리 점순 씨 집이야. 난 이리로 갈 테니까 자네는 요기로 들어가. 김종구는 활기가 넘쳤다. 당장이라도 자신이 가리킨 텐트 속으로 달려갈 듯 그의 대답을 재촉했다. 글쎄, 난 아무래도 자신이…… 막상 김종구가 말한 빨간 집으로 들어가려고 하니 그는 덜컥 겁이 났다. 왠지 시험을 치러야 하는 사람처럼 보기도 전에 낙방할지도 모른다는 두려움이 앞서는 것이었다. 그가 호주머니 속을 셈하는 줄 알았는지 김종구가 호기롭게 말했다. 여기까지 와서 무슨 소리야, 쓸데없는 소리 말고 이리 와. 내가 다 알아서 해줄 테니까. 김종구가 그의 팔목을 잡아끌었다. 그는 버티면서도 김종구의 힘과 빨간 집의 호기심을 이겨낼 수 없었다. 빨간 집 앞에 도착한 김종구는 조금도 망설이지 않고 텐트에 매달린 종을 흔들었다. 그는 김종구의 손에 잡혀 있던 오른팔을 슬그머니 빼 텐트 위에 떨어져 있는 나뭇잎들을 주워 계곡 쪽으로 날렸다. 많은 시험의 경험이 있는데도 처음 시험을 치르는 듯 긴장되었다. 그는 초조하게 입장을 기다렸다.

텐트 문이 열리면서 빨간 스카프를 맨 여자가 고개를 내밀었다. 몸은 절대로 내보이지 않을 듯 얼굴만 텐트 밖으로 삐죽이 내민 여자는 오십인지 육십인지 가늠하기 힘든 모습이었다. 시간 괜찮지? 내 친구니까 잘 좀 부탁해. 그는 김종구가 자신의 의중은 떠보지도 않고 맘대로 결정하는 것이 약간 불쾌했지만 선택의 여지가 없었다. 요즘 통 안 보이더니, 아주 잊지는 안 했구먼. 윗집에 다닌다며?…… 알았으니까 걱정하지 마. 여자는 그래도 잊지 않고 찾아준 김종구가 고마운 듯 손을 내밀어 흔들어 보였다. 김종구도 대충 손을 흔들어 답례를 보내더니 이내 주머니 속에서 만 원짜리 한 장을 꺼내 여자의 손에 쥐여주었다. 여자는 김종구가 쥐여준 돈을 확인하고는 기분 좋게 웃어가며 그를 들여보내라고 눈짓했다. 이제 됐으니까 들어가고, 내가 부를 때까지 놀고 있어. 마침내 김종구가 그를 텐트 안으로 밀어 넣었다. 더 이상 쭈뼛거리지 않으려 했는데 김종구의 서슴없는 행동에 그는 또 주눅이 들고 말았다. 김종구는 점순이가 있다는 노란 집으로 벌써 들어가버렸는지 보이지 않았다. 텐트 안은 바깥보다 훨씬 더웠다. 짧은 슈미즈 차림의 여자가 기다렸다는 듯 그에게 물수건부터 내밀었다. 곱상하게 생긴 여자였다. 그는 여자가 건네준 물수건으로 여자가 시키는 대로 손과 얼굴을 닦고 사타구니를 닦았다. 여자는 계속해서 땀을 흘리는 그에게 다시 물 한 컵을 권하더니 잠시 후 스스로 브래지어를 풀었다.

김종구가 들어간 노란 집에서 가벼운 움직임과 함께 도란도란 얘기 나누는 소리가 들려왔다. 목을 축인 그는 거칠어지는 숨결을 조심스럽게 달래며 여자 옆으로 다가갔다. 여자는 작모산의 마지막 봉우리인 셈이었다. 멀미 나는 아카시아 숲을 오르고 계곡을 건너 도착한 곳이었다. 젊어지고 건강해진다는 산이 바로 이 산이었다. 그는 산에 오를 준비를 시작했다. 그러나 마음과 달리 그는 점점 현기증이 일며 속이 울렁거렸다. 아직 산 탈 준비도 하지 않았는데 숨이 턱턱 막히면서 식은땀이 흘렀다. 기다리던 여자가 응원의 눈빛을 보내며 말했다. 할 수 있어? 그는 또 머뭇거렸다. 그러던 어느 순간, 그는 김종구의 텐트 속에서 들려오는 여자의 숨소리에 정신이 아득해졌다. 아주 오래전에 들어본 소리였지만 분명 그가 알고 있는 여자의 숨소리였다. 할 거야? 안 할 거야? 여자가 짜증 섞인 목소리로 말했다. 후텁지근한 텐트가 팽팽하게 부풀어 오르는 것만 같았다. 여자가, 아니 김종구가 만들어내고 있는 소리 때문이었다. 그 소리가 그를 사납게 흔들었다. 빨리 해! 여자의 핀잔에 그는 정신이 번쩍 들었다. 이상한 일이었다. 몸이 먼저 산을 타기 시작했다. 순간 아무 소리도 들리지 않았고 재촉하는 여자만 보였다. 노란 집의 점순이가 누군지도 궁금하지 않았고, 그 점순이가 지금 김종구와 함께 있다는 사실도 무슨 일인지 남의 일만 같았다. 그는 아랫도리가 서서히 뜨거워지면서 다리에 힘이 붙는 걸 느꼈다. 오늘만큼은 고산병에 시달리지 않고 산에 오를 수 있을 것 같았다. 까짓거 죽더라도 오늘은 기어이 산에 오를 작정이었다.

파
란

그가 내게 올 거라는 확신은 아주 오래전부터 해왔다.

새벽녘 잠에서 깨는 순간 오늘이 바로 그날이라는 걸 예감한 나는 흥분하기 시작했다.

침착해야 하는데 몸이 자꾸 방문 앞을 서성거렸다. 얼굴에 열이 오르고 멀쩡하던 손가락은 경련을 일으켰다. 그를 너무 오랜만에 만나 그런지도 몰랐다. 그동안 나는 그가 오기만을 고대했다. 그와 재회하는 순간만을 기다리느라 늘 혼자였고 외로웠다. 너무 외로워서 그를 잊어볼까 노력해보았지만 그에 대한 기억만 더 또렷해질 뿐이었다. 사실 그를 조금 더 일찍 만날 수도 있었다.

지난주에도 그가 날 찾아올 거라는 확신이 있어 한껏 들떠 있었다. 가만히 앉아서 기다릴 수 없었던 나는 그가 올 시간을 예상해 밖으로 나갔다가 그만 넘어졌고 무릎에 타박상을 입었다. 그 사고만 당하지 않았더라면 그와의 만남은 벌써 이루어졌을 것이다. 오늘은 별일이 없어 다행이었다. 콘크리트에 갈린 무릎도 다 나았다. 걸을 적마다 시큰거리는 것은 타박상으로 생긴 후유증이 아니라 관절이 좋지 않아서 생긴 문제였다.

사실 요양 보호사인 그녀가 그와의 재회를 어렵게 만든 측면도 있었다. 그녀는 내가 수영 이야기만 꺼내면 정색을 하며 핀잔을 주었다. 더럽거나 폭력적인 이야기를 꺼낸 것도 아니고 누구를 모욕하거나 비난한 것도 아닌데, 나는 단지 그가 보고 싶고 그리워서 만나야 한다는 소리를 했는데, 무슨 이유인지 그녀는 알지도 못하는 그 사람에 대해 무척이나 적대적인 감정을 드러냈다. 내 입에서 나오는 소리는 모두 헛소리라고 가정하는지 대체로 시끄럽다거나 그만하라는 투로 반응하다가 끝내는 나더러 미친 거 아니냐고 소리치기 일쑤였다. 그녀가 그럴 때마다 나는 내가 무슨 잘못을 한 것인지 한참 동안 생각해봐야 했는데, 그녀의 의도대로 뭔가 잘못했다는 반성은 들지 않았다. 그녀는 누구에게도 친절하거나 긍정적으로 말하는 법이 없었고 늘 자신만 억울한 일을 당하며 산다는 피해 의식에 사로잡혀 있었다.

그녀가 누구 소개로 언제부터 나를 돌보기 시작했는지는 모른다. 확실한 것은 나와 어떠한 실랑이를 벌여도 그녀는 다음날이면 어김없이 나타났다는 사실이다. 그녀처럼 자신의 일에 성실한 사람도 드물 것이었다. 솔직히 나는 그녀가 무서웠다. 그녀의 억세고 거친 말투와 내 몸을 함부로 만지는 손길이 싫었다.

이젠 그녀도 끝이었다. 수영이 오면 더 이상 그녀를 볼 일도 없을 것이었다. 그녀가 할 일을 수영과 내가 함께하면 될 테니 그녀로 인한 스트레스에 시달리지 않아도 되었다.

나는 방문만 쳐다보았다. 현관문 여는 소리는 들리지 않았다. 그가 내 다리를 보고 놀라지 말아야 할 텐데, 나는 두근거리는 숨소리에 맞춰 다시 방 안을 걸어보았다. 이 정도면 그를 감당하기 충분했다. 걸을 때만 살짝 불편할 뿐 두 팔과 가슴, 허리와 엉덩이가 모두 근력이 좋았다. 더구나 그는 체구가 작고 날씬한 몸을 가지고 있어 상대하지 못할 이유가 없었다. 그녀가 내 부탁을 깜빡하고 나타나 수영과 나의 재회를 훼방하지만 않는다면 아무 문제가 없었다.

그녀는 제멋대로 창문을 열어놓아 방 안을 얼음장처럼 만들어놓기도 했고, 시도 때도 없이 들어와 내 물건에 함부로 손을 댔다. 오늘은 일하러 오지 말고 쉬라고 분명하게 말했으니 그녀는 지금쯤 어느 찜질방에 처박혀 다른 여자들과 수다

삼매경에 빠져 있을 것이었다.

창문은 잠그고 두꺼운 암막 커튼으로 문틈을 막았다. 침대 옆 탁자 위에는 아침 일찍 준비해놓은 커피 두 잔이 놓여 있고 그가 앉을 의자는 침대 쪽에, 내가 앉을 의자는 그 반대쪽에 나란히 놓아두었다. 그가 선물해준 분홍색 와이셔츠에 검정 넥타이, 검정 양복은 아무리 봐도 잘 어울렸다. 바지가 조금 길어지긴 했지만 거울 속의 나는 여전히 사랑과 그리움 가득한 눈빛을 하고 있었다. 긴장한 입술이 알 수 없는 웃음과 말을 뒤섞어 소리 낼 때마다 손과 발이 마리오네트 인형처럼 움직였다. 그에게 긴장한 모습을 보이지 말아야 하는데, 나는 앉지도 서지도 못했다. 가슴에서 뛰기 시작한 숨소리는 점점 아래로 향하더니 발바닥에서까지 쿵쿵 울렸다.

침착해야 하는데, 내가 왜 이러는 걸까? 넘어져 다친 무릎을 다시 만져보았다. 통증이 느껴지지는 않았다. 어제 그녀가 소독을 하고 새 반창고를 붙였으니 상처가 덧날 일도 없고 양복 바지를 입고 있어 그가 눈치챌 일도 없었다. 어쩌면 넘어지면서 현관 계단에 머리를 부딪쳐 감정 조절이 안 되는 것인지도 몰랐다. 나는 띵한 머리를 만지며 커튼을 열어 창밖을 살펴보았다. 날은 잔뜩 흐려 있었다. 붉은 산수유 열매가 엊그제 내린 눈 속에서도 유난히 반짝거렸다.

현관 문소리가 요란하게 울렸다. 문을 열고 닫을 때마다 울리도록 매달아놓은 두 개의 종이 성탄을 알리는 종소리처럼 크게 울렸다. 그가 울리는 메시지였다. 기쁜 마음에 나는 얼굴을 두 손으로 감쌌다. 그러고는 방문 쪽으로 천천히 걸어갔다. 현관으로 들어선 그가 거실과 부엌을 지나 복도 맨 끝에 있는 내 방까지 오려면 시간이 걸릴 것이었다. 숨이 벅차 그런지 방문까지의 거리가 그를 기다려온 시간만큼 멀어 보였다.

숨을 조절하며 방문 손잡이를 향해 손을 뻗는 순간 그가 아니, 방문이 나를 세차게 밀어냈다. 문에 치받힌 나는 중심을 잃고 비틀거렸다. 그가 아니, 수영이, 아니, 그녀의 손이 내 어깻죽지를 낚아채지 않았다면 벽에 부딪친 뒤 방바닥으로 나자빠졌을 것이다.

느닷없이 방문이 열리는 순간 잠깐 정신을 잃었던 것도 같았다. 다릴 다친 뒤로 방 안에만 있어 기억력이 약해진 탓도 있었다. 문을 연 사람이 수영이 아니라 그녀라는 사실을 알아챈 것은 뒤로 넘어가려는 나를 붙든 억센 손길도 있었지만 손길보다 빠른 텁텁한 그녀의 목소리 때문이었다. 작은 덩치와 다르게 무겁고 굵은 그녀의 목소리는 듣기에 따라 이승이 아닌 먼 저승에서 들려오는 어떤 소리처럼도 들렸다. 가끔은 꿈속에서조차 그녀의 목소리가 들리곤 했는데, 그때마다 나는 속절없이 기분이 가라앉곤 했다.

"날 기다렸을 리는 없고, 왜 방문 앞에 서 있어요?"

그를 위해 차려입은 양복을 벗고 싶지 않았다. 특별 수당까지 주면서 오늘은 제발 오지 말아달라고 그토록 당부를 했건만 그녀는 어제 일 따위는 까맣게 잊어버린 듯 다른 날과 똑같이 행동했다. 두 팔을 걷어붙인 그녀가 엄한 유치원 선생님처럼 말했다.

"착하지, 빨리 양복 벗고 목욕탕으로 가세요!"

그녀도 완강하게 버티는 내 태도에 만만찮음을 느낀 듯 조금은 부드러워진 목소리로 말했다.

"목욕 안 하면 그 양복 더러워질 텐데?"

"싫어! 수영이 금방 온단 말이야."

어떻게든 그녀를 집에서 내보내고 싶었다. 더 세게 반항하며 욕지거리를 할 수도 있었지만 그럴 경우 자존심이 상한 그녀가 어떻게 나올지 불안했다. 솔직히 한 번도 그녀를 이겨본 적이 없는 나로서는 물리적인 방법보다 수영을 핑계 삼는 것이 상책이라 싶었다. 하지만 그녀는 팔짱을 낀 채 가소롭다는 듯이 말했다.

"또, 그 얘기! 헛소리 그만하시고 좋은 말 할 때 얼른 양복 벗으세요?"

조금 전까지 부드럽다고 느꼈던 그녀의 목소리가 검은 안개처럼 방 안을 휘감았다. 그녀가 침대 위로 올라오며 두 손을 뻗쳤을 때 나는 두 눈을 꼭 감았다. 그녀에게 길들여진 탓이거나 꿈일지도 모른다고 생각했다. 어젯밤에 나타난 그녀의 환영이 지금까지 나를 괴롭히고 있는 것이라고.

"그래봤자 소용없어요. 나도 이 일을 해야 먹고살 수 있으니까, 빨리 양복 벗으세요."

그녀가 힘을 쓰지 않도록 그녀를 더 설득해야 했다.

"오늘은 안 돼! 수영이가 좋아하는 양복이란 말이야. 자, 여기 돈 줄게."

나는 손을 뻗어 베개 밑에 넣어둔 돈뭉치를 꺼냈다. 큰 액수의 두툼한 돈뭉치지만 그를 위해서라면 아깝지 않았다. 그녀에게 베푸는 마지막 선심이라는 생각으로 나는 호기롭게 돈뭉치를 내밀었다. 그러자 그녀가 큰 소리로 웃으며 말했다.

"나 참!…… 이게 돈이에요?"

차츰 그녀의 표정이 굳어졌다. 그 큰돈을 받고도 이내 표정이 굳어진 그녀가 이해되지 않았지만 더 이상은 곤란했다. 베개 밑에 남아 있는 돈과 장롱 속에 숨겨둔 돈은 그를 위해 준비해둔 것이었다. 나는 그녀가 그만 방에서 나가주기를 기다렸다. 그러나 그녀는 내가 준 돈을 가만히 들여다보다가 돈뭉치를 감았던 실을 풀더니 나를 향해 휙 집어던졌다. 낱장의 돈들이 겨울밤 떡갈나무 잎처럼 쏟아졌다.

그녀가 어떻게 나올지 무서웠다. 침착함을 잃어버린 그녀는 상상하기 싫었다. 나는 그녀의 손이 닿지 않는 벽 쪽을 향해 조금씩 움직였다. 하지만 소용없었다. 침대 위로 몸을 날린 그녀의 손이 양복 깃을 옹골차게 휘어잡았다. 숨이 턱 막혔다. 어떻게든 그녀의 손아귀에서 벗어나려 안간힘으로 버둥거렸지만 결국에는 그녀의 손에 이끌려 침대 밑으로 내려졌고 목욕탕으로 끌려가는 꼴이 되었다.

목욕탕 문을 잠근 그녀가 숨을 몰아쉬며 혼잣말을 했다.

"마누라 안 따라가고 왜 이러고 사는지…… 어떤 스님이 그랬어, 같은 버스는 다시 와도 같은 인생은 절대 다시 안 온다고. 그러니까 오지 않는 그 버스 기다리지 말고 아무 버스나 타고 얼른 가요."

그녀가 무슨 말을 하고 있는지 들리지 않았다. 그를 맞이하기 위해서 입은 양복이 벗겨지고 억지로 빼낸 넥타이가 욕실 바닥으로 팽개쳐지고 그리고, 바지와 팬티가 한꺼번에 속수무책으로 아랫도리에서 빠져나가는 순간 나는 크게 울음을 터뜨렸다.

"제발! 더 이상은 안 돼!"

나는 두 손으로 사타구니를 감쌌다. 그를 위한 내 정체성의 보루마저 그녀의 손에 무너진다면 힘들게 참으며 버텨온 내 인생이 너무 가여웠다. 색색으로 변하는 계절에 감동하며 시끄러운 세상에 나와 수영의 자리를 만들고 싶었다. 그래서 수영이 아닌 다른 사람 앞에서는 옷을 벗고 싶지 않았다.

"누가 보면 내가 겁탈하는 줄 알겠네요."

그녀는 말이 끝나기 무섭게 나를 욕탕 속으로 밀어 넣었다. 공처럼 말려 있던 몸이 욕조 깊숙이 가라앉았다 둥둥 떠올랐다. 수면 위로 떠오르기 전 나는 어디선가 들려오는 파도 소리를 들었다. 그녀의 손이 몸에 닿을 때마다 나는 깊이 가라앉았는데, 그때마다 아주 먼 그리움 같은 것이 울컥울컥 가슴으로 치솟았다. 또렷한 것은 아니지만 하얗고 파란 집들과 구불구불한 골목, 터번을 쓴 남자들이 쉼 없이 담배 연기를 뿜어대는 이미지가 어렴풋이 기억났다.

짙푸른 바다를 끼고 있는 도시의 색들이 욕조 바닥으로부터 푸푸거리며 떠올랐는데, 이상한 것은 물속에서의 그 잠깐의 기억들이 몹시 따뜻하게 느껴진다는 사실이었다. 그녀가 나를 얼마 동안 물속으로 가라앉혔는지는 모르지만 그런 따뜻한 기억이 떠올라 나는 크게 반항하지 않았다. 끊어질 듯 말 듯 떠오르는 이미지에서 벗어나고 싶지 않았다. 나는 욕조 깊숙이 고개를 숙였다. 그녀에 의해서가 아니라 나 스스로 침잠해 들어갔다.

그러다 나는 울컥울컥 치밀어 오르던 것이 무엇인지 생각해냈다. 그곳이었다. 수영과 내가 처음으로 함께 살아 있음을 가장 크게 정직한 소리로 표현한 곳. 아잔(azān) 소리가 까마득한 시간의 골목을 뱀처럼 휘감으며 돌아다니던 곳, 그 소릴 들으며 스스로 갇히거나 멈추지 않고는 견딜 수 없는 비현실적인 아름다움이 숨어 있는 그곳에 수영과 내가 함께 있었다.

혹등고래처럼 욕조 밖으로 솟구쳐 오른 나는 그녀를 향해 물을 뿜었다.

"탕헤르야!"

그녀가 깜짝 놀라 뒤로 물러섰다.

"넌 탕헤르가 어딘지 모를 거야!"

"아시는 것도 참 많으셔. 이리 잘나신 분이 어쩌다 이리 되셨을까."

그녀의 눈에 나는 늙고 병든 노인에 불과했다. 멀쩡할 때보다 정신을 놓칠 때가 더 많은, 혼자서는 밥도 못 먹고 목욕도 할 수 없는 아무 쓸모없는 사람이었다. 나는 그녀의 일상에서 쉽게 다룰 수 있는 사사로운 수다의 소재일 뿐이었고, 시키는 대로 고분고분 말 잘 듣는 고객이어야 했다. 그녀의 이해를 구하거나 감동을 함께 나누고 싶어 탕헤르를 입 밖으로 내보낸 것은 아니었다. 그녀로 인해서 건져 올린 기억이라 참기 어려웠고 더구나 그곳은 탕헤르였다.

탕헤르는 부서지거나 매몰되어야 하는 어떤 삶을 그대로 풀어놓아도 무방한 곳이었다. 쓰레기처럼 버려지거나 발길에 채이지 않았고, 좋아하는 누군가를 종일 쳐다보며 손을 잡아도 되는 곳이 탕헤르이었다. 그곳에 수영과 나만의 세상이 존재했었다는 온전한 기억을 떠올리다니, 어쩌면 내게로 오지 못한 수영이 선물로 보낸 것인지도 몰랐다. 오래전, 누군가가 내게 말해주었다. 탕헤르에서는 귓속말과 눈빛만으로 사랑하지 않아도 된다고. 그곳에서는 파란 몸을 감출 필요도 없고 나를 원하는 그에게 달콤한 키스를 퍼부어도 모든 것이 파란 탕헤르가 받아준다고. 그날부터 나는 탕헤르를 꿈꾸기 시작했다.

아내한테는 열흘간의 공식적인 뉴욕 출장이라 말했지만 뉴욕에선 이틀만 머물렀다. 나는 곧바로 마드리드를 거쳐 탕헤르로 갔다. 수영이 먼저 도착해 있다는 사실을 알고 있어 초조함과 설렘은 갈수록 더했다. 탕헤르까지 오는 내내 나는 수영을 만나면 무슨 이야기를 할지, 만나자마자 그를 꼭 안아도 괜찮을지, 초췌해진 내 모습에 실망하는 것은 아닌지, 오랜 비행시간으로 인한 피곤함보다 그와의 밀회를 어떻게 할지가 더 걱정이었다.

공항에 도착하자마자 나는 택시를 타고 수영이 있는 숙소로 향했다. 삼십여 분을 달린 택시는 사람들이 와글거리는 곳에 택시를 세웠는데, 아무리 둘러봐도 시장 같았다. 메디나 깊숙이 있는 호텔로 가야 하는데 택시 기사가 내 말을 잘못 이해한 듯했다. 나는 몇 번이나 이곳이 메디나 입구가 맞느냐고 물었다. 기사 역시 계속 고개를 끄덕거리며 손가락으로 앞쪽 방향을 가리켜 나는 택시에서 내릴 수밖에 없었다. 나는 기사가 가리킨 방향으로 무조건 달려갔다. 곧장 달려가면 골목 어귀 어딘가에 수영과 만나기로 한 호텔이 나올 거라고 생각했다.

그러나 나는 몇 미터 달리지 못하고 걸음을 멈춰야만 했다. 그를 만날 생각에 판단력이 흐려졌던 것인지도 모른다. 택시 기사가 가리킨 곳에는 분명히 골목이 있긴 있었다. 곧게 뻗은 골목이 아니라 좁고 구불구불한 골목들이 수십 갈래로 이어지고 끊어지는 형상이었다.

방향을 따지는 것은 무의미했다. 막다른 곳에 몰린 사람처럼 당황한 눈길로 골목만 쳐다보았다. 그 많은 골목 중 어느 골목을 선택해야 수영이 있는 곳으로 갈 수 있을지 고민하던 나는 때맞춰 들려오는 아잔 소리에 귀 기울이며 소리의 잔영을 따라 바로 옆 골목으로 들어섰다. 소리는 끝없이 이어지고 갈라진 골목으로 연기처럼 쉴 새 없이 퍼져나갔다. 걷다가 뛰다가를 반복하며 골목을 누비고 다녔지만 내가 가야 할 목적지는 나타나지 않았다.

앞에도 뒤에도 똑같은 골목이었다. 그제야 나는 골목이 내 발길의 기억을 뚝뚝 끊어놓고 있다는 사실을 눈치챘다. 혼란스러웠다. 수영을 만나지 못하는 것은 아닌가 하는 두려움이 쩌렁쩌렁한 아잔 소리보다 더 크게 가슴을 휘저었다.

그렇다고 골목에 갇혀 있을 수는 없었다. 골목에서 빠져나가려면 또 다른 골목을 선택해야만 하는 아이러니 앞에서 이번엔 눈이 아니라 발길을 믿고 싶었다. 발길이라면 원하는 곳을 알아서 찾아갈지도 모른다고. 또다시 골목을 내닫기 시작했다. 가만히 서 있는 것보다는 뛰는 것이 덜 두려워 나는 닥치는 대로 골목을 뛰어다녔다.

얼마쯤 헤맸을까? 숨이 턱에 차도록 뛰고 있는 내 어깨 너머에서 누군가 날 부르는 소리가 들렸다. 아잔 소리 아래로 나직이 들려오는 그 소리는 마침내 꿈결인 양 날 돌아보게 만들었다. 수영이었다. 그토록 찾아 헤맸는데, 수영이 바로 뒤에 서 있었다. 설마 하는 눈길로 가까이 다가갔더니 그가 맞았다. 그를 찾느라 수십 수백 개의 골목을 뒤지고 다녔는데, 그 미로 같은 골목의 시간이 억만 년처럼 느껴졌는데, 그가 내 옆에 있었다니! 우리는 한동안 이상한 표정으로 바라만 보았다. 설레고 가슴이 터질 듯 숨이 차서 웃을 수도 애틋함을 표현하기도 어려웠다.

먼저 숨을 고른 수영이 말했다.

"선배, 달리기 잘하더라……"

"……"

탕헤르에서 만났으니 그를 꼭 안아줘야 하는데, 나는 그를 향해 두 팔을 벌리지 못하고 있었다.

"계속 날 부르며 쫓아온 거니?"

"아까 택시에서 내리는 거 보고 불렀는데, 선배가 너무 빨라서 놓쳤어."

"……우리 서로 술래잡기한 꼴이구나."

그가 애처로웠다. 택시에서 내리는 나를 보았다면 한참 전인데, 날 부르며 뒤쫓아 왔을 수영이 눈에 선했다. 하지만 우리는 만났고 탕헤르에 있었다. 아잔 소리가 사라진 골목은 더 없이 깊고 신비롭게 느껴졌다. 방금 전 혼자 헤매던 두려운 골목이 아니었다. 나는 비로소 수영을 똑바로 쳐다보았다. 그의 동그란 눈과 짙은 눈썹, 두툼한 입술이 닿을 듯 가까이에 있었다. 손을 뻗을 수도 가까이 다가갈 수도 없었던 수영이 오로지 나만을 위해서 내 앞에 서 있었다. 우리는 아주 오랜 시간 골목에 함께 있었다.

그날 우리는 어느 막다른 골목에 있는 한 호텔로 들어갔고 오후의 햇살은 뜨거웠다.

호텔의 삐쩍 마른 프랑스 남자가 손을 잡고 있는 우리를 여러 번 쳐다보았지만 나는 수영의 손을 놓지 않았다. 일층에서 삼층까지, 삼층의 긴 복도를 따라 걷는 내내 내 손을 놓지 않았다. 방문을 열고 가방을 내려놓고 침대 위에 걸터앉아서도 우리는 잡은 손을 놓지 않았고 서로의 눈에서도 벗어나지 못했다. 긴 여정의 종착에 이른 사람들처럼 우리는 서로에게 비장함과 서글픔, 애틋함과 뜨거움을 가지고 있었다.

불안한 빛과 색들이 은밀하게 춤을 추는 곳이었다. 창가로 들이치는 햇살은 혼미해질 지경으로 반짝거렸고 가슴팍까지 차오른 욕조 속에선 뜨거움이 꿈틀거리기 시작했다. 빛을 받아 푸르게 반짝이는 그의 몸이 나를 보았다. 눈보다 빠른 내 두 손이 그의 몸에 닿자, 좁은 욕조가 터져 나갈 듯 출렁거렸다. 내 손이 그의 어깨와 가슴과 배꼽에 이르기까지 지구를 한 바퀴 돌아온 느낌이었다. 그의 손이 내 입술과 가슴과 등뼈에 닿기까지 거친 바다와 사막과 폭풍의 시간을 견뎌왔을 것이었다. 네 개의 손이 자유로울 수 있기까지 우리는 서로 다른 사람이었다. 그가 울며 말했다.

"선배, 고마워!"

무슨 말을 해야 그가 웃을까?

"내가 더 고마워!"

"선배, 여기 참 좋다. 우리 여기서 살까?"

"그럴까?"

우리가 확실하게 할 수 있는 말은 고맙다는 말뿐이었다. 질문은 할 수 있지만 대답하기는 어려운, 말이 아닌 눈빛과 풍경으로 답을 구해야 하는 곳이었다. 한없이 바라볼 수 있는 자유와 끝없이 만질 수 있는 선택만으로도 우리는 충분했다. 욕조는 자주 파장을 일으켰다. 그의 발끝이 내게 닿았다. 아니 그의 발이 내 종아리를 간지럽히고 있다는 사실을 뒤늦게 눈치챘다. 그를 천천히 끌어안았다. 만난 지 꼭 십 년 만이었다. 우리는 항상 화해의 기회를 엿보는 사람들처럼 서로의 주변을 맴돌았다. 그가 누구와 어디에 있는지, 내 생각을 하고 있기는 한 것인지 궁금했지만 선뜻 다가가 물어보지 못했다. 만나야 한다는 걸 분명히 알면서 시간 밖으로만 맴돌았다.

불안하게 흔들리던 그의 눈빛은 평온과 사랑으로 가득 차 있었다. 메디나 골목은 우리에게 최고의 요새였고 우리는 그 안에서 속절없이 흘려보낸 시간을 차곡차곡 주워 담았다. 우릴 찾는 사람도 없었고 바라보는 사람도 없었다. 골목의 누추한 상인들 눈에 수영과 나는 흔하게 볼 수 없는 동양의 이방인들이었다. 그들이 난전에 펼쳐놓고 파는 물건들은 거의가 가난의 상징처럼 조악하고 부실한 것들이었는데, 웅크리고 앉아 석류 한 바구니와 브래지어를 파는 여인의 풍경이 그랬다. 여인의 눈길은 좀처럼 위로 향하지 않아서 장사를 하려는 것이 아니라 누군가의 도움을 기다리는 사람처럼 보였다.

우리는 매일 의미를 알 수 없는 소리와 향기에 취해 골목을 돌아다니다 피로가 몰려오면 파란 욕조가 있는 둘만의 공간으로 돌아갔다. 그러나 수영과 나의 시간을 멈출 수는 없었다. 나는 서울로 돌아가야만 했다. 탕헤르에 처음 도착했던 그곳에서 나는 초연하게 택시를 잡아탔다. 그가 어디선가 날 지켜보고 있을 거라는 믿음이 있어 두리번거리지 않았다. 이별이 아니라 재회를 위한 잠깐의 헤어짐이라고 생각했다.

그리고 우리는 서로의 약속을 어기지 않았다. 탕헤르에서 돌아온 이후에도 나는 자주 수영을 만나러 갔다. 그는 내 회사에서 멀지 않은 곳에 살았고, 이슬람인이 운영하는 할랄 식당에서 일했다. 그가 왜 좋아하는 노래를 포기하고 식당 일을 하게 되었는지는 말하지 않아도 짐작할 수 있었다. 그는 탕헤르에서의 시간을 평생 지키고 싶었던 것인지도 몰랐다. 나도 좋았다. 그를 만나면 우리가 그때로 돌아간 듯 그곳의 소리와 향기가 그에게서 맡아졌다.

그만큼 우리는 서로의 인생에서 특별하고도 중요한 사람이었지만 흐려지고 무뎌지는 몸의 감각을 어찌할 수는 없었다. 노인정에 모여 있는 여느 노인들처럼 갈수록 우리 몸은 굼뜨고 눈은 시력을 잃어갔다. 설렘보다 연민이 더 커졌지만 그래도 꽤 오랜 시간 나는 일상처럼 그를 만났고 사랑했다. 그를 마지막으로 본 것은 아마 삼사 년 전이었을 것이다.

그날도 나는 수영을 만나러 그의 집으로 갔다. 나와 만나는 동안 그는 다섯 번이나 이사를 했고 식당 일도 그만둔 상태였다. 과일이 든 봉지를 들고 그가 살고 있는 연립주택 이층으로 올라갔다. 방 하나와 거실, 욕실이 달려 있는 집은 다소 옹색해 보였지만 그는 한 번도 집이 비좁다는 소릴 하지 않았다. 그에게 집은 나를 만나기 위한 공간일 뿐, 다른 목적은 없었다. 벨 소리를 들은 그가 문을 열자 눅눅하면서도 비릿한 냄새가 훅 달려들었다.

"창문 좀 열어놓지, 답답하지 않아?"

그는 어정쩡한 자세로 서서 나와 눈을 맞추고는 이내 거실로 소파로 가 앉았다.

"허리가 더 안 좋은 거야?"

물었지만 그는 대답하지 않았다. 그의 아픈 허리를 만져볼까 했지만 웬일인지 손이 덥석 가지 않았다. 탄력을 잃어 부서질 듯 보이는 그의 몸을 확인하기 싫었다. 창가의 화초들도 바짝 말라 있었고 언제 적 먹은 것인지 뚜껑이 열려 있는 요구르트 병에선 상한 냄새가 진동했다. 무슨 말을 해야 하나? 우리는 한참 동안 바짝 마른 화초와 상한 요구르트 병만 바라보았다. 익숙해진 것 같은데, 가끔은 견딜 수 없는 고요가 가슴을 옥죄었다. 나는 다른 곳을 보았다.

열려 있는 욕실 안으로 파란 욕조가 보였다. 욕실 바로 옆 그의 방에 있는 침대도 보였다.

물을 담은 지 오래된 욕조는 검은 때로 덮여 있어 파란색을 잃어버렸고, 낮게 가라앉은 매트리스 역시 제 기능을 잃어버린 지 오래되었다. 수영과 내가 함께했던 시간만큼 그것들도 부서지고 퇴색해진 것이었다.

나는 봉지 속에서 귤을 꺼냈다. 그가 먹기 좋도록 껍질을 벗겨 조각조각 떼어놓았다. 그는 말없이 귤을 집어 먹었다. 몇 조각의 귤을 먹던 그가 재채기를 하자 귤 알갱이들이 사방으로 튀어 나갔다. 나는 주머니 속에 있던 손수건을 꺼내 그의 입을 닦아주었다. 거칠거칠한 입술 사이로 그의 누런 이가 보였다. 어깨 위에는 머리카락과 비듬이 허옇게 쏟아져 있었다. 더럽다는 생각은 들지 않았다. 우리는 여전히 서로를 똑바로 바라보지 않았고 어딘가를 응시하거나 조는 듯한 모습으로 앉아 있었다. 기침을 멈춘 수영의 옆모습은 조금 편안해 보였다.

　그를 두고 다시 집으로 돌아가야 한다는 생각은 평생의 습관처럼 나를 일으켜 세웠다. 그만 돌아가야 했다. 내가 일어서자 그가 아픈 허리를 만지며 날 올려다보았다.

　"괜찮아, 그냥 있어."

　그는 기어이 일어나 현관 앞까지 따라 나왔다. 무슨 말을 하려는 것도 아니면서 돌아가려는 날 지켜보겠다는 심산이었다. 그 불편함이 거슬렸던 것인지 다시 뒤돌아선 나는 흘러내리고 있는 그의 허리춤을 끌어 올려주며 말했다.

　"이게 뭐야! 언제까지 이렇게 살 건데?"

　당황한 그가 뒷걸음질 쳤다. 내가 허리춤을 잡고 있지 않았다면 뒤로 넘어졌을지도 모른다. 다시 그의 바지를 추켜올려주면서 나는 파란 욕조가 놓여 있던 탕헤르를 기억해냈다. 수영과 나의 삶은 탕헤르의 기억이 전부여야만 했다. 돌아갈 수 없거나 돌아가지 못하는 곳의 기억이 어쩌면 축복의 끝이라는 걸 너무 늦게 깨달은 것이다.

그가 날 붙들었다. 한 번도 잡지 않던 그가 두 손으로 내 어깨를 감싸 안고는 한참 동안 움직이지 않았다. 내 얼굴을 하나하나 쓰다듬으며 떨리는 소리로 말했다.

"괜찮아……"

수영에게 말했어야 했는데, 나는 끝내 미안하다는 말을 입 밖으로 꺼내지 못했다. 무엇이 미안한지는 생각나지 않지만 그를 떠올리면 그냥 미안한 마음이 들었다.

그날 이후 나는 수영을 만나지 못했다. 언제부턴가 그의 집과 연락처가 기억나지 않았다. 그를 잊은 것은 아닌데, 어디로 가야 그를 만날 수 있는지 그의 전화번호가 어떻게 되는지 기억이 나지 않았다. 탕헤르는 하얗고 파란 무엇의 이미지로만 기억이 날 뿐이었다.

닳아빠져 조각난 비누처럼 건조해진 내 기억이 문제였다.

그녀가 내 등에 비누칠을 하며 말했다. 그녀의 손이 언제 어깨와 등허리를 훑고 앞쪽으로 넘어올지는 여전히 두려웠지만 욕조를 떠다니는 비누 거품 같은 탕헤르의 기억 한 점을 놓치지 않으려 애를 썼다.

"너는 절대 탕헤르를 모를 거야."

그녀를 화나게 하려고 한 소리는 아니었다. 그 순간은 내 등을 훑는 그녀의 손길이 부드럽게 느껴지기까지 했다. 그러나 비누 거품이 사라질 즈음 그녀가 강한 스매싱을 날렸고, 내 몸은 심하게 경련을 일으켰다. 긴 꿈에서 깨어난 나는 몽롱한 시선으로 욕조 속에 갇혀 있는 나를 보았다. 급작스레 넘어온 그녀의 손길을 피하려고 몸을 더 동그랗게 말아보지만 이미 욕조 속으로 쑥 들어온 그녀의 다리를 치우기는 어려웠다. 그녀의 다리 하나가 웅크리고 앉은 내 가랑이 사이를 비집고 들어왔고 그녀의 손에 머리카락이 잡힌 머리통은 더 이상 정면을 바라보지 못할 지경이었다. 내 두 손은 허우적거릴 뿐 아무것도 지켜낼 수 없었다. 목덜미와 어깻죽지, 가슴팍과 아랫배를 휘젓고 다니는 그녀의 손길을 막을 길은 소리치는 것뿐이었는데, 그럴 때마다 그녀는 머리채를 세차게 흔들었다. 그녀가 벌어진 내 입에 대고 말했다.

"그래요, 나는 절대 당신처럼 되지 않을 거예요. 아주 점잖고 우아하게 살다 죽을 거니까."

나는 잔뜩 겁먹은 소리로 말했다.

"아파! 아프단 말이야!"

그녀의 손바닥이 다시 내 등짝으로 떨어졌다. 나는 온몸을 뒤틀며 욕조 속으로 가라앉았다. 몸부림을 쳐보지만 깊고 까마득한 세상에서 벗어날 길은 없었다. 그 속에서 잠깐 눈을 떴을 때 푸르스름한 새벽안개가 소용돌이치면서 달려들었다. 창밖 산수유나무를 감싸고 있던 그런 안개가 아니었다. 나를 혹하고 빨아들일 것 같은 그 푸른 안개 때문에 나는 더 세게 그녀의 두 다리를 붙들어야만 했다.

연거푸 욕조 속으로 가라앉았던 몸이 간신히 중심을 잡자 이번에는 그녀가 손에 때수건을 둘둘 말더니 가차 없이 사타구니를 휘젓기 시작했다. 저항해보지만 욕조로부터 도망치기는 어려웠다. 버둥거리다 보니 팔다리에 힘이 빠졌다. 욕조 속으로 한없이 가라앉아도 속수무책이었다. 그녀의 말소리와 물소리만 윙윙거렸다. 창밖에서 나는 소린지 집 안에서 나는 소린지도 알 수 없었다. 몸이 한없이 내려앉는 것도 같고 가볍게 날아오르는 것도 같았는데, 눈꺼풀의 무게에 눌려 그런 착각이 든 것인지도 몰랐다. 욕실의 불빛이 서서히 희미해지는가 싶더니 어느 순간 깜깜해졌다.

오늘은 장식장 속에 있는 물병 모양의 청자가 또렷하게 보였다. 불을 켜면 청자에 새겨진 소나무와 한 마리 학도 볼 수 있었다. 날개를 활짝 펼친 채로 소나무 가지에 앉아 있는 학을 보고 있으면 기분이 한결 가벼워졌다.

청자에는 한 가지 비밀이 있었다. 아마 장식장에 청자가 자리 잡으면서부터이었을 것이다. 나는 아무도 모르게 청자 속에 동전을 집어넣었다. 청자 가득 돈이 채워지면 무엇을 할지는 생각해보지 않았다. 동전을 받으며 들려주는 청자의 울림이 좋을 뿐이었다. 문득 한 번도 들어보지 않은 청자의 무게가 궁금해졌다. 먼 그리움을 담고 있을 테니 적어도 지금의 나보다 무거울 것이었다. 어쩌면 내가 들지 못할 정도로 무거워졌을 청자의 무게에 조바심이 났다.

우선 방 안을 밝혀야 했다. 당장이라도 날 듯 날개를 푸드득거리고 있는 한 마리 학을 보기 위해서라도 얼른 일어나 방 안에 붉을 켜야 했다. 나는 너무 오랫동안 청자의 무게를 가늠해보지 않은 것을 후회하면서 침대로부터 천천히 몸을 일으켰다. 마음만 급했던 것일까, 반쯤 일으킨 몸이 다시 뒤로 넘어가면서 나는 침대머리 장에 쾅 하고 부딪쳤다. 정신이 번쩍 든 것은 머리를 부딪치며 옆에 있던 베개를 감싸 안으면서였다. 베개에서 수영의 냄새가 났다.

"깜박했네! 오늘 그가 오는 날이잖아!"

여행 갔던 그가 돌아오는 날이라는 걸 까맣게 잊고 있었다. 분명히 기억하고 있었는데, 어제 그녀가 목욕탕에서 기운을 빼는 바람에 고단해서 늦잠을 잔 탓이었다. 그가 이 사실을 알면 무척이나 서운해할지도 몰랐다. 나는 부랴부랴 옷장을 열어 양복을 챙겨 입었다. 그가 좋아하는 검정 양복에 분홍색 셔츠를 입었다. 검정 넥타이는 벗어놓은 그대로 목에 걸었고 양말도 검정으로 맞춰 신었다.

장롱 거울 속으로 젊고 건강한 내가 보였다. 오늘따라 분홍색 와이셔츠가 하얀 얼굴과 잘 어울렸다.

그는 정장 차림의 내 모습을 보며 함박웃음을 짓곤 했다.

"선배는 언제 봐도 멋있어! 왜 늙지도 않는 거야?"

오늘도 그가 똑같은 말을 해주었으면 싶었다. 물론 아무것도 변한 것이 없으니 당연할 테지만, 그래도 나는 수영이 긴 여행의 피로감 때문에 혹시라도 내게 실망하는 것은 아닌지 은근 걱정되었다. 그가 좋아하는 향수를 뿌리고 머리에 젤까지 발랐는데도 왠지 자신이 없었다. 다친 무릎은 아프지 않았는데 가슴을 들뜨게 하는 것이 그를 만나기 위한 설렘인지 불안감인지 알 수 없어 나는 쉬지 않고 방 안을 서성거렸다.

거실로 나가 그를 기다릴까 싶어 방문 가까이 다가갔지만 손잡이를 비틀지는 못했다. 방문 앞에만 서면 이상하게 몸이 굳어졌다. 아무도 나를 가둬놓지 않았는데, 언제부턴가 문밖에 대한 관심이 멀어졌다. 사실 수영을 기다려야 해서 밖으로 나가면 안 되었다. 밖으로 나갔다가 혹시라도 수영과 길이 엇갈리면 큰일이었다. 처음 그대로 나는 방문 앞에 서서 그가 오기를 기다렸다. 가끔 손잡이를 만져보기도 하고 문틈에 귀를 대보기도 했다. 그러다 다리가 아프거나 지루해지면 창가로 가 커튼을 열고 산수유 열매를 보았다. 산수유 열매는 눈속에서도 여전히 붉었다. 홍시 하나 매달려 있는 감나무와 홍단풍나무 아래로 새들의 발자국이 선명했다. 철쭉과 정원석은 두꺼운 눈으로 덮여 있고 담장 너머 마을도 조용한 듯 아무 소리도 들려오지 않았다.

아무리 기다려도 그는 오지 않았다. 길을 잃었을 리 없는데, 현관문이 열리면 울리는 종소리는 들려오지 않았다. 젊고 영리한 그가 집을 잃어버렸을 리 없었다. 그에게 무슨 일이 생기지 않았다면 이토록 오랜 시간 나를 기다리게 하지 않을 것이었다. 겨울은 해가 짧았다. 해가 지기 전에 그가 돌아와야 하는데, 나는 점심도 거른 채 방문 앞을 떠나지 못하고 있었다.

그렇게 시간이 흘러갔다. 더 이상 그를 기다리고 있을 수만은 없었다. 그를 마중 나가야 했다.

나는 떨리는 손으로 방문 손잡이를 비틀었다. 다행히 문은 쉽게 열렸고 집 안은 텅 비어 있었다. 나는 어둠을 가르며 거실을 가로질렀다. 쉬지 않고 달려야만 갈 수 있는 그곳이 어디든 나는 가야 했다.

구두를 신었다. 그가 좋아하는 부드럽고 따뜻한 베이지색 구두였다. 커져버린 구두를 신고 현관문을 닫자, 종소리가 울렸다. 이상했다. 자주 듣던 종소리 느낌이 아니었다. 내가 서 있는 바로 옆 현관문에서 들려오는 소리가 아니고 멀고 먼 어디선가 은은하게 밀려오는 소리였다. 언젠가 한 번쯤 들어본 적 있는 것도 같은 그 소리는 종소리라기보다 누군가 날 부르는 메아리 같았다. 현관문에 매달린 쇠붙이가 낼 수 있는 소리가 아니었다.

뛰어야 했다. 수영이 날 부르고 있는 것이 틀림없었다. 양복 단추도 잠그지 않은 채 나는 무작정 집 앞 골목을 향해 뛰어갔다. 시큰거리던 무릎이 날아갈 듯 가벼웠다. 그를 만나러 간다고 생각하니 춥지도 덥지도 않았다. 여전히 나는 그에게 젊고 멋진 선배이고 연인이고 싶었다. 그와 함께하려고 열심히 돈을 벌고 공부를 했으니 이제는 그와 나 둘만 생각할 것이었다. 이 순간이 오기를 오랜 시간 기다려왔기에 한시도 지체할 수 없었다.

몇 개의 골목을 벗어나자 하얀 들판이 나왔다. 멀리 도로가 보였고 들판 가운데로 드문드문 전신주가 있었다. 눈이 부셨다. 해가 사라진 지 한참 되었는데, 이상하게 눈이 부셔 들판을 똑바로 쳐다볼 수가 없었다. 하얀 들판이 자꾸만 파란색으로 출렁거렸다. 파란 물결이 출렁거리며 날 부르고 있는 것만 같았다. 현관의 종소리가 아직도 울리고 있는 것은 아닌가 해서 뒤돌아보았지만 소리의 방향은 집 쪽이 아니라 하얀 들판,

아니 파란 물결 아니, 커다란 욕조에서 나는 소리였다. 눈을 크게 뜨고 보니 정말 하얀 들판에 파란 욕조가 놓여 있었다.

수영이 준비해놓은 것일까? 그럴지도 몰랐다. 그가 욕조 가득 물을 받아놓고선 날 기다리고 있는 것이 확실했다. 날 깜짝 놀라게 하려고 그가 장난치고 있었다. 그의 장난기 가득한 모습을 떠올리자 가슴이 쿵쾅거리기 시작했다. 나는 다시 욕조를 향해 쉬지 않고 달려갔다. 신발이 벗겨지고 옷자락이 펄럭거렸지만 내 눈엔 파란 욕조만 보였다.

마침내 나는 파란 욕조에 도착했다. 지구 한 바퀴를 돌아온 듯한 긴 여정이었다. 이제 옷을 벗고 욕조 속에 몸을 담그기만 하면 되었다. 따뜻한 욕조 속에 몸을 담그고 있으면 저기 어디쯤에서 날 발견한 그가 부끄러운 미소를 지으며 내게 올 것이었다. 나는 양복과 와이셔츠를 벗어 욕조 옆 하얀 바닥에 내려놓았다. 바지와 팬티를 벗어 정갈하게 내려놓은 뒤 파란 욕조 속에 천천히 몸을 담갔다. 따뜻한 기운이 온몸을 감쌌다. 나는 그가 올 때까지 눈을 꼭 감고 기다릴 참이었다.

오
키
나
와

무
지
개

며칠 전 그녀는 한 홈쇼핑에서 무지개를 샀다. 건강식품이나 프라이팬 같은 살림살이가 아니라 오키나와 무지개 여행 상품이었다. 무지개를 상품이라고 팔다니, 돈이는 옥자 씨가 오키나와에 가고 싶어 말도 안 되는 무지개를 핑계 삼는다고 생각했다.

"왜? 나는 일본에 가면 안 된다더냐?"

"그게 아니라……"

돈이는 옥자 씨가 무지개를 진짜 상품으로 믿는 것은 아닌지 이해할 수 없어 못 들은 척했다. 무지개를 여행 상품의 옵션처럼 팔아먹는 홈쇼핑도 문제지만 그것에 홀림을 당하는 사람이 있다는 게 더 한심했다. 자장면 한 그릇 허투루 시켜

먹지 않는 옥자 씨였다. 나들이는 그만두고 명절 때조차 가게 문을 열어놓는 사람이 제주도도 아니고 대뜸 해외여행을 가겠다고 나섰다. 두꺼운 담요로 덮여 있던 과일 상자를 내려 차례로 진열하던 돈이는 옥자 씨의 호통에 금세 기가 죽었다. 스물다섯 필리핀 여자 포짜쭌 돈잉은 옥자 씨 목소리가 조금만 커져도 당황해서 고개를 숙였고, 옥자 씨가 돈잉이 아닌 돈이라고 잘못 불러도 부정하지 않았다. 무어라고 부르든 이름은 상관없었다. 중요한 것은 옥자 씨가 자신을 과일 가게에서 오래 일할 수 있게 해주는 것이었다. 돈이는 옥자 씨 가게에서 몇 년 더 일해 돈을 모은 다음 한국 대학에 다시 복학할 예정이었다. 돈이의 목표는 대학 졸업 후 한국 기업에 정식으로 취직해서 돈을 버는 것인데, 벌써 두번째 휴학 중이었다. 돈이가 자신의 여행 계획에 호응을 보이지 않자 옥자 씨가 눈을 흘기며 다시 말했다.

"왜? 돈 없을까 봐! 나도 그 정도는 있다. 걱정 말고, 저기 김밥집 순자하고 너하고 셋이 갈 거니까 얼른 가서 송금하고 와."

팔십만 원씩 셋이면 이백사십만 원이고, 돈이의 석 달 치 월급이었다. 그 큰돈을 들여 여행을 가겠다고, 그것도 앙숙인 김밥집 순자 씨하고? 돈이는 옥자 씨가 제정신인가 싶어 그녀가 건네준 결제카드를 받아들고도 믿기지 않는 표정으로

서 있었다.

"저도 가요……?"

옥자 씨는 여전히 텔레비전에만 정신이 팔려 있었다. 꽃무늬 원피스를 입은 호스트가 오키나와 섬 해변가에 있는 고급 호텔과 파인애플 농장, 왕이 살았다는 궁전 등에 대해 설명하고 있었다. 추위와 더위가 번갈아 기승을 부리는 지하상가에서 봄날 같은 오키나와의 풍경은 매우 유혹적이었다. 화면 가득 푸른 바다가 넘실거리고, 고운 모래사장이 끝 간 데 없이 펼쳐져 있는 오키나와가 손에 잡히는 듯 옥자 씨 몸이 점점 텔레비전 앞으로 기울었다.

"돈아! 저기 무지개 봐라."

옥자 씨가 어느 순간 텔레비전을 가리키며 돈이에게 소리쳤다. 돈이는 배값을 묻는 손님을 상대하고 난 뒤 사과 상자 위 텔레비전을 보았다. 옥자 씨가 보았다는 무지개는 사라지고 없었다. 텔레비전 화면을 다시 채우고 있는 것은 오키나와의 따뜻한 햇볕이 아니라 사망 사고 시 받을 수 있는 보험 상품이었다. 해변을 거닐던 비키니 여자는 사라지고 검정 양복 차림의 젊은 남자가 친절하고도 단호한 목소리로 지금 당장 당신의 불안한 삶을 보장받을 수 있는 것은 오키나와 여행이 아니라 보험이라고 돈이에게 말하고 있었다. 돈이는 자신도 모르게 좀 전의 옥자 씨처럼 텔레비전 속으로 빠져들었다. 그녀에게 필요한 것은 오키나와 여행이 아니라 진짜 보험일지도 모른다는 생각이 들었다. 자신의 꿈과 가족의 생계를 보장해줄 수 있는 보험일지도 모른다는 생각을 하느라 무지개를 보았느냐는 옥자 씨의 말을 잊어버렸다. 돈이의 대답을 기다리다 지친 옥자 씨가 바닥의 귤껍질을 주워 그녀의 얼굴에 집어던졌다. 돈이는 그제야 옥자 씨의 무지개가 떠올랐다.

"어디요? 없는데……"

"너는 여태 뭐 봤니, 아까부터 계속 나왔는데."

돈이는 옥자 씨의 눈을 피해 귤 상자를 풀어놓기 시작했다. 수입 과일이 늘어나면서 귤을 찾는 손님들은 갈수록 줄었고 값도 예전만 못했다. 돈이는 열린 박스를 들어 들썩거린 후 아래쪽에 있는 귤 하나를 집어 상태를 확인했다. 다행히 귤은 얼지 않았다. 담요를 두 개씩 덮어도 얼 때가 많아 귤 상자는 대부분 가게에 달린 방에서 그녀와 함께 지냈다. 옥자 씨 과일 가게는 주변의 상가들 중 가장 크고 장사가 잘된다고 소문이 났다. 사과와 배, 귤 같은 국산 과일뿐만 아니라 수입 과일인 바나나와 망고, 체리, 오렌지, 두리안, 자몽 등 모든 열대 과일이 거의 다 있지만 딱 한 가지 파인애플은 없었다. 참 이상한 일이었다. 두리안이나 라임 같은 흔치 않은 과일은 팔면서 파인애플 같은 흔한 과일은 팔지 않았다. 그래서 어느 날 돈이가 파인애플은 왜 팔지 않는 것이냐고 옥자 씨에게 물었

다. 옥자 씨가 굳은 얼굴로 말없이 돈이를 바라보았다. 별것
도 아닌 질문에 그러한 반응을 보이다니, 이후 돈이는 두 번
다시 옥자 씨에게 파인애플에 대해 묻지 않았다.

"가서 순자한테 여행 가자고 전해라."

무지개를 보지 못한 돈이의 무관심에 화가 난 옥자 씨가 텔
레비전을 꺼버리더니 손가락으로 순자 씨를 가리키며 말했
다. 옥자 씨가 파인애플을 팔지 않는 것도 이상하지만 그보다
더 이상한 것이 오키나와 여행에 김밥집 순자 씨를 데려간다
는 것이었다. 순자 씨는 옥자 씨 과일 가게 바로 앞에서 열심
히 김밥을 말고 있었다. 단체 주문이 있는 듯 김밥집 앞에는
아까부터 젊은 여자 둘이 지키고 서 있었다. 옥자 씨가 직접
할 일이었으면 돈이에게 시키지도 않았을 것이기에 언제까지
눈치만 보고 서 있을 수는 없었다. 지하상가의 터줏대감 격인
옥자 씨와 순자 씨는 절대로 말을 섞지 않았다. 만일 누군가
먼저 말을 걸거나 잘못 스치기라도 한다면 바로 싸움이 벌어
졌다. 엊그제도 돈이가 일층에서 사과 상자를 들고 지하로 내
려와 김밥집 앞을 지나다 그만 떨어트리고 말았다. 때맞춰 돈
이 옆을 지나간 세탁소 장씨의 소행 같았지만 돈이는 아무 말
도 할 수가 없었다. 장씨는 돈이가 옥자 씨 가게에 올 때부터
여러 가지 방법으로 그녀를 괴롭혔다. 이를 눈치챈 옥자 씨가
장씨에게 한소리 했지만 그가 돈이를 완전히 단념한 것은 아

니었다. 돈이에게 장씨는 지하상가에서, 아니 한국에서, 아니 스물다섯 청춘에게 가장 불안하고 위협적인 대상이었다. 돈이가 좀 전 홈쇼핑에서 팔던 보험 상품이 못내 아쉬운 것도 그러한 이유 때문일지도 몰랐다. 그나저나 돈이에 대한 장씨의 그러한 행동과는 상관없이 당장 사과 박스의 불똥이 순자 씨 가게를 덮쳤다. 새벽부터 김밥을 말아 층층이 쌓아놓고 손님을 기다리던 순자 씨가 사과 박스에 눌려 내려앉은 진열장을 붙들고 난리를 쳤다.

"이런 죽일 년, 옥자가 시켰냐! 그년이 시켰지? 맞지!"

세탁소 장씨는 모른 척 밖으로 튀어 올라가고 상가 사람들은 자주 보는 풍경인 듯 아무도 흥미를 보이지 않았다. 돈이는 나뒹구는 사과 대신 주저앉은 김밥집 진열장을 일으켜 세우면서 사태가 심각하다는 걸 알았다. 옥자 씨가 바람처럼 달려와 떨어진 사과를 줍고 있었다.

"내 그럴 줄 알았어, 길목까지 차지하고 돈을 벌더라니."

김밥집 진열대가 길목 가까이 나온 것은 사실이지만 가게가 좁아 그도 어쩔 수 없는 일이었다. 김밥집 진열대가 바로 서고 돈이가 허리를 펴는 순간, 순자 씨 목소리가 춥고 어두운 지하상가를 흔들었다. 팽팽한 소리 위로 김밥이 날아다니고 붉은 사과가 직구로 왕복했다. 돈이는 몸을 낮춰 한쪽으로 피했다. 말릴 수도 없고 말려서도 안 되는 그녀들의 싸움을 돈이는 늘 지켜볼 수밖에 없었다. 편을 들든지 중재를 하든지 할 때는 가장 공정하면서도 균형 있는 이론이 필요했다. 돈이는 아직 그녀들에 대해 아는 것이 없을뿐더러 스스로의 세상에 대한 확신도 없었다. 지금까지 그래왔듯이 시작과 끝에 대한 열망과 믿음만 있었다. 어떠한 상황이든 지나가게 마련이라는 믿음과 그러고 나면 모든 게 좋아질 것이라는 열망이 그녀를 살아가게 했다.

"그래 내가 시켰다! 네년 김밥 팔아 돈 버는 거 꼴 보기 싫어서 내가 엎으라고 시켰다. 어쩔래! 어쩜 그렇게 모든 게 남 탓이냐?"

"그러는 너는, 그리 사리분별 강한 년이 왜 남의 제삿밥에 재 뿌리고 그 모양으로 사냐? 그 시커먼 속 다 알아 이년아!"

김밥이 다 떨어지고 사과 상자가 다 비워질 때까지 두 사람의 목소리는 잦아들지 않았다. 그녀들의 싸움은 얼었다 녹았다를 반복하며 지하상가 사람들을 애먹이는 수도관하고 별다를 것이 없었다. 저절로 풀릴 때까지 기다려야 했다. 돈이는 통로 사이로 떨어진 사과를 주울까 말까 망설였다. 깨진 사과는 따로 모았다가 필요로 하는 손님에게 팔기도 하지만 대개는 돈이와 옥자 씨가 두고 먹었다. 뜻 모를 이야기를 하며 악다구니를 퍼붓던 두 사람의 손이 비자 돈이는 성질 급한 순자 씨가 먼저 달려들어 옥자 씨 머리채를 잡는 것은 아닌가 조마조마했다. 다행히 그날 두 사람의 싸움은 그쯤에서 끝이 났다.

　순자 씨로부터 아직 옥자 씨와 함께 여행을 가겠다는 동의를 구한 것은 아니지만, 아무리 생각해도 이번 여행 자체가 이해할 수 없는 불가능한 일이라는 생각이 들었다. 그런데 기우였다. 순자 씨는 뜻밖에도 오키나와에 함께 가자는 옥자 씨의 제안을 받아들였다. 손뼉을 치며 좋아한 것은 아니지만 분명 오키나와라고 하자, 돈이가 옥자 씨에게 파인애플은 왜 팔지 않느냐고 물었을 때처럼 한동안 침울한 표정을 짓더니 가겠다고 대답했다. 돈이는 왠지 옥자 씨와 순자 씨가 어딘가 닮았다는 느낌을 지울 수가 없었다. 지긋지긋하게 싸우긴 하지만 둘 사이에는 뭔가 겹쳐지는 부분이 있는 것 같았다. 두 사람이 공유할 수밖에 없는 그 부분이 서로 싸우면서도 오키나와 여행을 결심하게 한 것이라는 생각이었다.
　옥자 씨의 성화에 못 이겨 여행사에 돈을 송금한 뒤 게걸음으로 조심조심 김밥을 말고 있는 순자 씨에게 다가가 여행 이야기를 꺼냈는데 예상 밖의 대답을 들어 돈이는 싱거운 걸음으로 돌아섰다. 과일을 진열하는 척 김밥집을 살피던 옥자 씨도 돈이가 김밥집에서 바로 나오자 헛기침을 하며 묘하게 웃었다. 여행비도 지불하고 순자 씨 대답까지 들었으니 오키나와 여행은 기정사실화된 셈이었다. 옥자 씨와 순자 씨 돈이까지, 세 여자의 오키나와 여행은 이렇게 시작되었다.

옥자 씨는 비행기에 타고부터 돈이에게 한마디도 건네지 않았다. 비행기 타기 전에는 돈이와 함께 면세점을 구경하며 이런저런 이야기를 하더니 자리에 앉고 나서는 팔짱을 낀 채 입을 꾹 다물었다. 순자 씨와 자리를 바꿔 앉은 돈이는 왼쪽으로도 오른쪽으로도 고개를 돌릴 수 없어 설친 새벽잠이나 자려고 눈을 감았다. 비행기를 타기 전 화장실 앞에서 잠깐 옥자 씨와 신경전을 벌이던 순자 씨도 비행기에 오르고 나서는 깊은 한숨과 함께 좌석 등받이에 머리를 대더니 바로 눈을 감았다. 돈이는 비행기가 하늘을 날기 시작하면서 오키나와 여행이 진짜 실감이 났다. 처음에는 믿기지 않아서 여러 번 주저했지만 옥자 씨가 여행을 핑계로 평상시에 하지 못했던 순이네와의 화해를 하기 위해서 그런 확고한 의지를 보인 것이라고 생각을 바꾸었다. 타인의 굳은 의지는 때로 일을 단순화하는 데 명약이었다. 쓸데없이 주저하게 만드는 감정의 과잉까지 타인의 의지로 해결되니, 내 선택에 대한 부담도 덜어낼 수 있었다.

한동안 눈을 감고 있던 옥자 씨가 몸을 숙여 창밖을 내다보았다. 비행기는 시커먼 구름 위를 날고 있었다. 그녀는 회한 깊은 눈빛으로 무거운 구름층을 바라보았다. 오래전의 그 하늘과 다르지 않았다. 삼십팔 년 전 그때도 강원도 황지를 떠나 오키나와로 가던 비행기를 탔었다. 물난리로 마을이 쑥대밭이 되고 옥자 씨네 가족은 당장 살길이 막막했다. 태백의 탄광에서 일하던 아버지는 때맞춰 진폐증이 심해져 병원에 입원해 있던 처지였다. 일곱 식구의 가장이나 다름없었던 옥자 씨는 정부에서 나오는 보조금에만 의지해 살 수 없다는 걸 알고는 오키나와로 갈 결심을 했다. 당시 옥자 씨 나이 스물둘이었다. 군청에서 나온 남자가 두어 차례 서류를 가져와 도장을 찍게 하고 사진을 박아 가더니 며칠 후 다시 와서는 삼 일 뒤 새벽 여섯시까지 황지읍으로 나오라고 했다. 정부에서 특별히 수해 입은 지역 주민들 중 스무 살 남짓 된 여자들을 선발해 오키나와의 파인애플 공장에 취업을 시켜주었다. 지원자가 많은 까닭에 수해 가구에 우선권을 주었고 나머지도 강원도나 경기도 지역의 형편이 어려운 사람들에게 기회를 주었다. 이장을 통해 자신이 직접 신청서를 낸 것인데, 옥자 씨는 이상하게 지원했다는 느낌이 들지 않고 징집당했다는 느낌을 지울 수가 없었다. 오키나와에 함께 가기로 한 같은 마을 친구 순자 씨 역시 영 좋은 기분만은 아니라고 했다. 순자 씨는 옥자 씨보다 늦게 지원 신청서를 냈지만 운이 좋은 것인지 나쁜 것인지 옥자 씨와 함께 같은 날 오키나와로 출발할 수 있게 되었다. 옥자 씨와 순자 씨를 비롯해 다섯 명의 어린 처자들이 마을을 떠나던 날 새벽, 마을 사람들은 큰길 버스 정류장까지 나와 그녀들을 마치 출세시키기 위해서 멀리 떠나보내는 양 떠들썩하게 배웅해주었다. 당시 공무원들보다 많은 월급을 보장받고 가는 일자리니 그럴 만도 했다. 남은 식구들은 더 이상 고생하지 않아도 되고, 그녀들 역시 우리보다 잘사는 일본 땅에 가 일하니 훨씬 잘 먹고 잘살 거라는 기대를 걸었다. 사람들은 황지에서 일 년 내내 바위산을 일궈 감자와 옥수수를 심어봤자 그녀들이 받는 한 달 월급만도 못하다고 했고, 또 누군가는 그녀들이 목돈을 벌어 오면 서울로 이사를 가겠다고도 했다. 그러니까 그때 황지를 떠나 오키나와로 가던 다섯 명의 처자들은 감자나 심어 먹고사는 가난한 마을 사람들을 구원해줄 하느님 또는 당첨된 복권 같은 존재들이었다. 그날 옥자 씨와 순자 씨는 태어나 처음으로 황지를 떠나 서울 가는 고속버스를 탔고 다시 김포공항으로 갔다. 새벽부터 어스름 저녁이 될 때까지 종일 버스에 시달리다 보니 자신이 어디로 가고 있는지조차 모를 정도로 정신이 흐물흐물해졌다.

한복 차림의 그녀들이 공항청사로 들어서자 사람들의 시선이 일제히 그녀들에게 쏠렸다. 옥자 씨와 순자 씨는 여전히 불안과 설렘을 끌어안고 있어 사람들의 시선이 불편하기만 했다. 그녀들을 자랑스럽게 바라보며 손을 흔들어주는 사람

들이 왠지 자신들에게 어떤 보이지 않는 희생을 강요하는 것
만 같아 손이 저절로 올라가지도 않고 미소가 저절로 지어지
지도 않았다. 자신의 의지로 언제든지 돌아올 수 있다는 전제
가 있긴 했지만, 옥자 씨는 서류에 적혀 있던 '계절노동자'라
는 표현이 영 마음에 걸렸다. 계절노동자라는 신분으로 오키
나와로 떠나는 어린 여자들에게 과연 박수를 쳐주고 태극기
를 흔들어줄 수 있는 것인지 이해가 가지 않았다. 옥자 씨 손
을 꼭 잡은 순자 씨도 그녀와 같은 마음인 듯 한 번도 사람들
을 향해 시선을 보내지 않았다. 그 순간 서로 믿고 의지가 되
는 것은 옥자 씨와 순자 씨뿐이었다. 두 사람은 비행기를 타
고 가는 중에도 서로의 손을 놓지 않았다. 같은 마을에 살며
눈만 뜨면 제 집 드나들 듯해 식구나 다름없는 사이였고 초등
학교와 중학교도 함께 다녔다. 겨울이 지나고 두 사람은 서울
에서 큰 양장점을·하는 순자 씨 이모한테 함께 가기로 약속했
다. 양장점에서 옷 만드는 일을 배우며 미니스커트를 입고 종
로바닥을 마음껏 돌아다닐 참이었다. 그녀들의 인생에서 오
키나와는 지나가는 소나기를 맞는 정도일 뿐이라고 서로를
위로했다.

　그리고 옥자 씨는 육십에 그 두려운 땅 오키나와에 다시 왔
다. 햇볕은 따뜻하고 바람은 살랑거렸다. 두꺼운 스웨터와 발
목부츠가 대번에 무겁게 느껴졌다. 그녀는 비행기에서 내리

는 순간 삼십팔 년 전 맡았던 그 냄새가 훅 끼쳐 무릎에 힘이 빠졌다. 옥자 씨도 순자 씨도 비행기를 타고 오는 동안 십 년은 더 늙은 듯 주름이 짙었다. 돈이는 혹여 옥자 씨가 쓰러지는 것은 아닌가 싶어 그녀의 겨드랑이 깊숙이 팔짱을 끼었다. 김밥을 던지고 사과를 던지며 싸울 때는 쟁쟁하기 이를 데 없더니, 나하국제공항으로 들어선 옥자 씨와 순자 씨는 신경통을 심하게 앓는 팔십 노인들 같았다. 순자 씨는 계단 하나 내디딜 때마다 바들바들 떨었고, 옥자 씨는 서울과는 다른 날씨가 적응이 안 되는 듯 연신 재채기를 하느라 몸을 제대로 가누지 못했다. 비행기 안에서는 아무 일 없다가 공항에 도착하고부터는 두 사람 모두 출발할 때와 다른 모습이었다. 보너스로 받은 공짜 여행인 만큼 두 여자를 잘 챙겨줘야 한다는 의무감을 갖고는 있었지만, 살얼음판 같은 두 사람 사이를 오가며 눈치를 보자니 돈이 역시 지치고 힘이 들었다.

공항청사를 빠져나오자 여행사에서 준비한 현지 버스가 기다리고 있었다. 이박삼일 동안 함께할 여행객들은 젊은 사람보다 나이 든 사람이 많았고, 남자보다는 옥자 씨와 순자 씨 또래의 여자들이 더 많았다. 돈이는 옥자 씨와 나란히 앉고 순자 씨는 앞자리에 혼자 앉았다. 버스 좌석보다 여행객 숫자가 적어 자리는 비교적 여유로웠지만 엔진 소리는 경운기처럼 시끄러웠다. 옥자 씨와 순자 씨는 표정 없는 얼굴로 창밖 풍경만 바라보았다. 두 사람 모두 서로 신경을 건드리지 않으려 노력하는 것도 같고, 각자 자기 상념에 빠져 있느라 다른데 신경 쓸 여력이 없어 보이는 것도 같았다. 돈이는 무엇보다 오키나와 날씨가 따뜻해서 마음에 들었다. 지하상가에 살면서 가장 견디기 힘든 것이 추위였다. 처음 한국에 왔을 때보다 적응이 되긴 했지만 그래도 한겨울마다 손끝과 발끝이 시려 고통스러웠다. 운동화 속에 핫팩을 넣어도 보았지만 과일 상자를 옮기느라 힘을 쓰다보면 터지기 일쑤여서 그도 감당하기 어려웠다. 하지만 다른 일자리보다 월급이 많아 그만둘 생각은 전혀 없었다. 그녀에게 추위보다 더 무서운 것은 가난이었다. 영양실조에 걸려 터질 듯 부풀어 오른 동생들의 배가 떠오를 때마다 돈이는 라면 한 그릇도 쉽게 사 먹을 수가 없었다. 그녀가 필리핀으로 보내는 칠십만 원은 그녀의 가족들이 남부럽지 않을 만큼 살아갈 수 있는 큰돈이었고, 그녀의 힘든 한국 생활을 버티게 해주는 큰 보람이었다.

버스가 공항을 빠져나간 지 십여 분도 안 돼서 쨍쨍하던 하늘이 시커멓게 내려앉으며 비를 뿌리기 시작했다. 사람들이 당황해서 창밖으로 눈을 돌리자 가이드가 태연하게 말했다.

"걱정들 마세요. 여기서는 흔한 일이고 비는 바로 그칩니다."

가이드가 밝은 목소리로 말하자 사람들은 다시 가이드에게 집중했다. 옥자 씨만이 여전히 비 내리는 창밖 풍경에서 눈을 떼지 않았다.

"다들 아시겠지만, 오키나와는 동양의 하와이라고 할 만큼 천혜의 환경을 갖추고 있어 살기 좋은 곳이지만 겉과 달리 아주 슬픈 역사를 가진 곳이기도 합니다. 오키나와는 본래 류큐 왕국이라는 독립국이었습니다. 그런데 1609년 일본에 의해 정복되었고, 1879년 메이지정부에 의해 오키나와현이 되었습니다. 2차 세계대전 때 오키나와는 다시 미국이 점령하였다가 1972년 정식으로 일본 영토가 되었지만 여전히 영토의 70퍼센트 이상이 미군기지로 사용되고 있습니다."

창밖을 주시하던 옥자 씨는 어느 시가지를 지나다 한 건물 앞에 서 있는 여자들을 보았다. 한 무리의 여자들이 현수막을 들고 빗속에 서 있었다. 옥자 씨는 여자들이 들고 있는 현수막에 적힌 글자들을 읽었다. '우리 딸들을 지키자! 불안해서 못 살겠다! 미군은 물러가라! 물러가라!' 옥자 씨가 붉어진 눈으로 흐린 유리창을 닦아내며 뚫어져라 밖을 내다보았다. 버스는 점점 거세지는 빗속을 달렸고, 남태평양의 쪽빛 해변은 좀처럼 나타나지 않았고, 옥자 씨가 보고 싶어 하는 무지개도 시커먼 구름 속에 파묻혀 보이지 않았다. 그녀는 축축한 유리창에 이마를 묻고 한숨 같은 욕 한마디를 내뱉었다. "우라질 놈들!" 분명 눈에 익었다. 시위하는 여자들 무리가 아니라 그녀들 뒤로 보이는 낡은 창고였다. 그 창고를 보는 순간 옥자 씨는 눈꺼풀이 바르르 떨리며 가슴이 후닥닥거렸다. 믿고 싶지 않지만 삼십팔 년 전 자신이 일하던 그 파인애플 공장이 맞았다. 순자 씨와 밤마다 공포에 떨며 일했던 그 공장이었다. 유리창으로 올라가 있던 옥자 씨 손이 스르르 미끄러졌다. 지옥 같았던 하루하루가 어제 일처럼 떠오르며 그녀를 옥죄었다. 끔찍했던 기억도 시간의 힘으로 부패해 흔적도 없이 사라졌을 거라 믿고 무지개를 보러 왔는데, 그녀 인생의 진창이었던 파인애플 공장은 여전히 건재했다. 그녀의 기억은 죽은 것이 아니라 파인애플 깡통 속에 갇혀 있었다. 단단하고 튼튼한 파인애플 깡통 속 기억에 옥자 씨는 절망했다. 그녀는 창틀 사이로 앞자리에 앉은 순자 씨를 보았다. 억지로 아문 그날의 상처가 아직도 순자 씨 귓불과 목덜미를 타고 줄줄 흘러내리고 있었다. 옥자 씨는 침묵하고 있는 그녀의 어깨를 바라보았다. 순자 씨도 빗속의 그 풍경을 본 것일까?

그날, 옥자 씨와 순자 씨는 밤늦도록 잔업을 해야 했다. 계절노동자의 숙명이라 공장 사람들 거의가 잔업과 야근으로 하루도 쉬는 날이 없었다. 수당으로 받는 돈 이상의 혹독한 노동에 시달려야 했지만 5만4천 엔의 월급에 만족하는 사람들이 더 많았다. 공장 마당에 산처럼 쌓여 있는 파인애플을 공장 안으로 옮기는 일도 힘들지만 가시가 돋친 파인애플 껍데기를 하나하나 벗기는 일은 살갗을 찢는 통증을 감수해야만 하는 일이었다. 그보다 더 무서운 일은 껍질 벗겨진 파인애플을 규칙적으로 돌아가는 날카로운 톱날에 밀어 넣어 일정한 간격으로 잘라내는 것이었는데, 처음 기계 앞에 앉은 여공들은 굉음에 지레 겁을 먹어 작업반장한테 혼쭐이 나기 일쑤였다. 아무리 경력자라고 해도 일주일에 한두 명씩은 날카로운 칼날에 손가락이 날아갔다. 다들 어떻게든 그 일만은 피하려고 애를 썼지만, 여공들은 작업반장의 횡포와 폭력에서 자유로울 수 없었다.

손이 빠른 순자 씨 덕분에 잔업을 빨리 끝낸 옥자 씨는 서둘러 공장 뒤에 있는 기숙사로 돌아왔다. 같은 방을 쓰던 또래 세 명이 며칠 전 서울로 돌아가 옥자 씨와 순자 씨 둘뿐이었다. 두 사람은 늦은 저녁을 먹고 고단함도 잊은 채 고향 황지 얘기를 하느라 시간 가는 줄 몰랐다. 종일 파인애플 껍질을 벗긴 탓에 손가락은 쑤시고 화끈거렸지만 아직은 서로 의지가 되어 견딜 만했다. 누군가 방문을 열고 들어와 그녀들의 대화를 방해하지만 않았다면 지금쯤 아마 두 사람은 그때 꿈꿨던 대로 잘살고 있을지도 몰랐다.

작업반장과 그의 밑에서 경리를 보는 남자가 문을 열기 무섭게 방 안으로 들어섰다. 작업반장 손에는 뚜껑이 뜯겨진 파인애플 깡통 두 개가 들려 있었다. 그들을 본 순간 옥자 씨와 순자 씨는 파인애플 커터기 앞에 선 듯 몸이 떨렸다. 그들은 웬일이냐고 묻는 옥자 씨 말을 무시한 채 그녀와 순자 씨 옆에 바짝 다가앉았다. 가까이 해변에서 바람이 불어왔고, 방안의 정적을 더 무섭게 팽창시켰다. 작업반장이 방 안에 있던 접시에 깡통 속의 파인애플을 쏟아놓았다. 파인애플 통조림은 처음이었다. 껍질을 벗기고 자르는 과정에서 생기는 조각은 맛보았지만 통조림으로 만들어진 파인애플은 먹어보지 못했다. 순간 누군가의 침 넘어가는 소리가 들렸고, 또 누군가의 교활한 웃음소리가 들렸다. 옥자 씨는 잠깐, 두 남자가 잘해보자는 뜻으로 파인애플을 가져온 것이지도 모른다고 생각했다. 함께 일하는 사람들이니 그럴 수 있었다. 경리 보는 남자가 순자 씨 어깨를 감싸며 파인애플을 먹어보라고 했다. 순자 씨가 남자의 친절에 보답이라도 하듯 파인애플 한 조각을 집어 입에 넣었다. 그러자 경리 보는 남자가 기다렸다는 듯 순자 씨 치마 속으로 손을 집어넣으며 그녀의 어깨를 무너트렸고, 키득거리며 지켜보던 작업반장 역시 다짜고짜 옥자 씨를 두 팔로 찍어 눌렀다. 처음부터 각자의 몫을 정하고 온 듯, 한 남자는 옥자 씨에게 덤벼들었고, 또 한 남자는 순자 씨에게 덤벼들었다. 방문은 잠겼고 비명 소리는 거대한 파인애플 공장이 가로막았다. 방 안은 굴복시키려는 두 남자와 대항하려는 두 여자로 난장판이었다. 살려달라고 몸부림쳤지만 아무도 그녀들을 위해 달려오지 않았다. 옥자 씨는 필사적으로 짓누르는 남자를 밀쳐내다 바닥에 뒹굴던 파인애플 깡통을 집어들었고, 순자 씨를 덮치고 있던 남자의 종아리를 힘껏 찍었다. 남자가 피가 솟구치는 종아리를 붙들며 나가떨어졌다. 하지만 옥자 씨는 다시 거구의 작업반장 밑에 깔리고 말았다. 엄청난 토사에 깔려 꼼짝달싹할 수 없는 느낌이었다. 그녀는 큰 수치심을 느꼈다. 작업반장이 흡족하지 못한 표정으로 일어나 말했다.

"쌍년들! 돈 벌러 왔으면 값을 해야지…… 조선년들 옛날부터 이런 식으로 돈 벌러 다닌 거 다 아는데 새삼스럽게 왜 이래."

욕지거리를 하고도 성이 차지 않는 듯 작업반장이 깡통을 들어 울고 있는 순자 씨를 향해 집어던졌다. 깡통은 순자 씨 얼굴에 정확히 맞았다. 순자 씨가 비명을 지르며 방바닥으로 나뒹굴었다. 두 남자는 그제야 흡족한 미소를 지으며 방 안에서 나갔다. 두 남자가 사라지고 남은 것은 파인애플 깡통 뚜껑에 맞아 피 흘리는 순자 씨와 보잘것없어진 옥자 씨의 순결이었다. 순자 씨가 깡통에 맞아 피범벅이 된 얼굴을 감싸며 말했다.

"옥자야 걱정하지 마, 영원한 비밀로 해줄게."

두 사람은 밤이 새도록 부둥켜안고 울었다. 상처로 인한 고통보다 더 고통스러운 것은 아무에게도 위로받지 못한다는 사실이었다. 박수를 받으며 떠나온 오키나와는 결코 그녀들에게 친절하지 않았다. 계절이 바뀌기 전에 빼먹어야 할 노동력일 뿐이었다. 이후 옥자 씨와 순자 씨는 절대로 공유할 수 없는 오키나와의 비밀을 나눠 가진 채 고향으로 돌아왔다. 파인애플 공장을 떠나던 날 옥자 씨는 공항으로 가는 버스 안에서 크고 고운 무지개를 보았다. 그토록 화려하고 예쁜 무지개는 처음이었다. 그녀는 무지개를 보는 순간 그동안의 일들이 아무것도 생각나지 않았다. 오키나와에 대한 기억도 어느 순간 무지개처럼 사라질 거라 믿었다.

그러나 사람들은 더 이상 그녀들을 반갑게 맞아주지 않았다. 한복을 곱게 입고 떠날 때는 박수를 쳐주더니, 붉은 원피스를 입고 돌아와 그런지 눈치를 주며 쉬쉬했다. 옥자 씨는 무슨 일인지 알 수가 없었다. 자신이 무슨 잘못을 한 것인지, 피해자인지 가해자인지 판단이 서지 않았다. 그녀들에게 돌아온 것은 산업일꾼으로의 노고에 대한 치하도 아니고, 식구들을 책임진 가장으로서의 공도 아니었다. 부모들조차 남부끄러우니 멀리 서울로 가 살라고 했다. 혼기에 찬 옥자 씨와 순자 씨에게 결혼은 먼 나라 얘기처럼 비껴갔고, 오키나와의 비밀은 지병처럼 깊어졌다. 결국 옥자 씨와 순자 씨는 오키나와에서 돌아온 지 반 년도 안 돼 다시 황지를 떠날 수밖에 없었다.

쪽빛 바다와 해변은 내일 본다고 해도 버스 앞 유리의 와이
퍼가 숨이 넘어갈 듯 헐떡거리는 걸 보니 돈이는 은근히 속이
상했다. 해변에서 입으려고 친구한테 빌려온 꽃무늬 반팔은
버스 안의 냉기 때문에 속옷으로 전락하고 말았다. 급기야 앞
자리에 앉아 있던 순자 씨가 한마디 했다.

"비도 지랄같이 오네."

파인애플 농장에 대해 설명을 하던 가이드가 순자 씨에게
시선을 던지며 잠깐 표정을 굳히는가 싶더니 이내 창밖을 바
라보며 유창하게 말꼬리를 돌렸다.

"잠깐씩 내리다 그치는데, 오늘은 이상하게 비가 많이 내리
네요. 아마 우리 손님들에게 더 큰 추억을 만들어드리려고 하
는 모양입니다. 비가 그치면 아주 커다란 무지개를 볼 수 있
을 테니 조금만 기다리세요."

무지개가 뜬다는 소리에 환호하는 사람은 없었다. 버스 안
의 사람들은 그냥 주룩주룩 퍼붓는 빗줄기를 심란하게 바라
볼 뿐이었다. 무지개를 보려고 비를 감수하는 사람은 없기 때
문일 것이다. 무지개는 이박삼일간의 여행 상품에 포함되어
있지 않은 일종의 믿거나 말거나 한 보너스 상품인데, 홈쇼핑
에선 마치 오키나와 최고의 관광 상품인 양 팔아먹었다. 물론

무지개에 혹해서 상품을 선택한 옥자 씨와 순자 씨 같은 손님
들이 있으니 그럴 것이긴 하지만. 이십 년째 오키나와 남자와
살고 있다는 가이드에게 어설픈 관광객의 항의쯤은 아무 문
제가 되지 않을 것이었다. 가이드에게 중요한 것은 시간일 것
이었다. 비가 내리든 눈이 오든 계획된 일정은 시간에 맞춰
흘러갈 것이고, 무지개가 뜨든 안 뜨든 사람들이 그 무지개
에 관심을 보이든 안 보이든 그녀의 하루는 정해진 멘트대로
흘러갈 것이기 때문이다. 준비한 멘트가 끝나자 가이드는 마
이크를 내려놓고 제자리에 가 앉았다. 돈이는 슬슬 답답해졌
다. 옆자리에 앉은 옥자 씨는 입을 꾹 다문 채 창밖만 내다보
고 있어 말 붙이기가 어려웠다. 앞자리 순자 씨도 옥자 씨와
같은 표정이라 함께 여행 온 것이 맞나 싶을 정도였다. 결국
첫날 일정은 파인애플 농장 견학 대신 가공식품 매장 쇼핑으
로 방향을 바꾸었다. 버스가 멈추고 문이 열리자 사람들은 조
금도 망설이지 않고 버스에서 내렸다. 쇼핑센터에는 비와 상
관없는 물건들로 가득했다. 뜨지 않는 무지개를 기다리지 않
아도 되고 그치지 않는 비를 원망할 필요도 없었다. 가이드가
버스에서 내린 사람들을 쇼핑센터 매장으로 줄줄이 들여보냈
다. 버스에서 내리지 않은 사람은 옥자 씨와 순자 씨, 돈이뿐
이었다. 돈이도 사람들을 따라 버스에서 내리려다 꿈쩍 않고
있는 두 사람을 보고는 슬그머니 엉덩이를 내렸다. 가이드가

세 사람 곁으로 다가와 물었다.

"오키나와에서 유명한 것 중에 하나가 파인애플인데, 면세 점보다 싸요."

돈이는 공연히 얼굴이 빨개졌다. 사람들로부터 왠지 낙오 되었다는 공연한 부끄러움이 가이드의 얼굴을 똑바로 쳐다볼 수 없게 만들었다.

"따님이라도 가서 구경하지 그래요. 파인애플 케이크 진짜 맛있는데."

딸이라는 소릴 들으니 돈이는 이상하게 마음이 따뜻해졌 다. 돈이는 그저 옥자 씨 과일 가게 종업원일 뿐이었다. 무거 운 과일 상자를 나르고 배달을 하고 과일값을 깎아달라는 손 님들과 수시로 실랑이를 벌이며, 새벽부터 저녁 늦게까지 일 하고 월급을 받는 과일 가게 일꾼이었다. 그런데 가이드가 딸 이라고 하니까, 돈이는 마치 자신이 옥자 씨 종업원이 아니라 진짜 가족이라는 착각이 들었다

"우리 딸 단 거 싫어하니까 신경 쓰지 말아요."

내내 못 들은 척 침묵하고 있던 옥자 씨가 가이드를 향해 대차게 말했다. 옥자 씨가 하도 차갑고 단단하게 말해서 돈이 조차 민망스러울 정도였다. 하지만 돈이는 옥자 씨에 대한 자 신의 믿음이 틀리지 않은 것 같아 가슴이 벅찼다. 그녀는 차 돌같이 단단해 보이지만 속내는 무르고 따뜻한 사람이 분명

했다. 가이드가 쉬라는 말과 함께 밖으로 나가자 버스 안은 잠시 알 수 없는 정적이 감돌았다. 돈이는 벅찬 가슴을 토닥거릴 사이도 없이 옥자 씨와 순자 씨 사이에 흐르는 미묘한 전류를 감지해야만 했다. 잠시 후, 그 어색한 침묵이 견딜 수 없었던 돈이가 가방 속에서 물을 꺼내 옥자 씨에게 건넸다.

"아줌마, 물 좀 드세요."

옥자 씨가 말없이 물병을 받아드는 순간 앞자리에서 순자 씨 목소리가 들려왔다.

"필리핀 딸도 생기고, 너는 아주 복 터졌구나. 사람 꾀는 재주는 타고났어……"

순자 씨 말투는 옥자 씨에게 싸우자는 얘기나 마찬가지였다. 가만히 있을 옥자 씨가 아니었다.

"야! 너처럼 사람 이간질시키는 재주보다는 백 번 낫지. 왜, 돈이가 내 딸이라니까 부럽냐? 그러니까 맘보를 곱게 먹어, 이년아!"

순자 씨가 일어나 삿대질하고 앉으면 옥자 씨가 바로 일어나 순자 씨를 향해 삿대질하며 욕지거리를 했다. 오랜 갈증을 참아온 듯 두 사람은 서로에 대한 분노를 벌컥벌컥 토해냈다.

"내가 언제 그놈하고 헤어지라고 했냐! 그놈이 네년 싫다고 나한테 왔지."

순자 씨는 시종일관 비겁하면서도 뻔뻔한 표정으로 옥자

씨를 공격했다. 돈이에게 순자 씨는 그래 보였다. 내용을 정확히는 모르겠지만 순자 씨가 옥자 씨한테 뭔가 잘못한 것만은 틀림없어 보였다.

"이런 쳐죽일 년, 네년이 먼저 철통같이 지키자고 한 그 비밀을 내 약혼자한테 털어놓는 바람에 파토가 난 거 아녀. 그래놓고 뻔뻔하게 내 약혼자를 홀려, 그러고도 네가 사람이냐 이년아!"

옥자 씨는 더 이상 자리에 앉지 않았다. 당장이라도 순자 씨 머리채를 쥐어뜯을 듯 일어나서는 저지하는 돈이를 치우려고 애를 썼다.

"나는 잘못 없어 이년아, 오키나와에 간 것도 네 잘못이고 그놈들한테 당한 것도 네 잘못이야. 모든 게 다 이놈의 오키나와 때문이지 내 잘못은 아니야. 나는 그 사람 좋아한 죄밖에 없어……"

순자 씨가 말끝을 흐리며 흐느끼기 시작했다. 알 수 없는 일이었다. 순자 씨가 싸우다 말고 울다니, 돈이는 순자 씨의 그런 모습에 당황하지 않을 수 없었다. 순자 씨 눈물에 옥자 씨 목소리도 차츰 가라앉았다.

"내 비밀까지 까발리며 그놈 유혹했으면 잘살지 왜 못살고 여태 그 모양이냐?"

"그놈이 나까지 의심하니 살 수가 있어야지."

"그게 다 천벌 받아 그런 거야 이년아. 아무리 사내놈이 좋기로 그 지옥 같은 곳에서 약속한 비밀을 바로 고자질하냐? 천벌을 받을 년아."

황지를 떠나 서울에 온 옥자 씨와 순자 씨는 지금의 지하상가에 둥지를 틀었다. 황지와 오키나와는 그녀들에게 씻을 수 없는 상처였고 평생 떠올리고 싶지 않은 악몽이었다. 두 사람은 아무도 모르는 지하상가 쪽방에서 과일을 팔고 김밥을 팔며 과거의 기억으로부터 자유롭게 살았다. 한 남자가 옥자 씨에게 구애를 하지 않았다면 그녀는 계속 그렇게 순자 씨와 부부처럼 살았을 것이다. 남자는 그녀를 포기하지 않았고 옥자 씨도 결국 남자를 받아들였다. 그런데 어느 날 그 남자가 기억하고 싶지 않은 오키나와 이야기를 꺼냈고, 옥자 씨는 더이상 남자를 잡지 못했다. 그 남자가 순자 씨와 동거하기 전까지는 팔자려니 생각해 남자에 대한 원망을 갖지 않았다. 그러다 순자 씨가 그 남자와 함께 있는 걸 본 순간 옥자 씨는 삶의 이중성과 잔인함에 분노를 느꼈다. 누군가에 대한 믿음을 두터운 겨울 외투처럼 생각했다면 화려한 봄꽃의 배신도 생각했어야만 했다. 옥자 씨가 순자 씨보다 더 큰 소리로 울었다. 앞자리 순자 씨도 고개를 숙인 채 계속해서 흐느꼈다.

돈이는 두 사람을 어떻게 해야 할지 난감했지만 그녀들이 왜 오키나와에 온 것인지 그리고 옥자 씨가 왜 파인애플을 싫어하는지는 짐작할 수 있었다. 그녀들의 오랜 갈등이 어디서부터 출발한 것이고 그 애증 너머에 있는 감정이 무엇인지 조금은 알 수 있을 것 같았다. 아직은 갈 길이 멀어 보이는 두 사람이지만 한바탕 소동을 치르고 나니 돈이도 후련한 느낌이었다. 돈이는 잦아드는 두 여자의 울음소리에서 알 수 없는 평화를 느꼈다. 돈이는 창밖을 내다보며 처음으로 무지개가 뜨기를 기다렸다. 옥자 씨와 순자 씨가 보고 싶어 하는 그 무지개가 오키나와 하늘에 높이 걸려 그녀들이 상처를 잊었으면 싶었다.

파인애플 가공식품 매장 쇼핑을 마친 사람들이 하나둘 버스에 오르면서, 버스 안은 금세 달콤한 향기로 가득했다. 여행은 눈으로 하는 것이 아니라 맛으로 한다는 말이 옳을지도 몰랐다. 달콤한 파인애플 맛을 끌어안은 사람들의 표정에는 더 이상 여행의 목적 따위는 필요치 않아 보였다. 기억이 그리고 추억이 파인애플 통조림이 되어 깡통 속에 갇히기 전에 오늘을 소비할 줄 아는 현명한 사람들이었다. 돈이는 잠깐 오키나와의 슬픈 역사를 떠올렸다. 옥자 씨와 순자 씨도 그들처럼 부디 오키나와의 슬픈 역사에서 벗어나 파인애플의 단맛에 취할 수 있기를 바랐다. 통로 옆에 앉은 할머니가 돈이에게 파인애플 과자 한 봉지를 건넸다. 돈이는 받을까 말까 망설였다. 옥자 씨가 울음을 달래며 촉촉한 눈으로 돈이를 보았다.

"받아먹어."

순간 돈이는 옥자 씨 눈에 떠 있는 무지개를 보았다. 비 그친 하늘에 떠 있어야 할 무지개가 옥자 씨 눈 속에 떠 있었다. 돈이는 손가락으로 무지개를 가리켰다. 사람들이 일제히 비 오는 창밖으로 고개를 돌렸다. 밖에는 아까보다 더 세찬 비가 쏟아지고 있었다. 사람들이 실망한 눈빛으로 돈이와 옥자 씨를 쳐다보았다. 돈이는 신경 쓰지 않았다. 무지개는 꼭 하늘에서 볼 수 있는 것만은 아니었다.

리
버
뷰
8
번
가

그가 오고 있었다. 4톤 트럭이 맞은편 지구대를 나온 그를 잠깐 가렸다. 그는 일찌감치 지구대로 나와 내 출근 시간을 기다렸을 것이다. 지구대 유리창으로 지켜보다가 내가 나타나자마자 움직이기 시작했을 것이 분명했다. 그가 횡단보도를 단숨에 건너왔다. 가게 앞 쌓인 눈더미가 회오리바람을 일으켰다. 공교롭게도 나는 왼손에 몽키스패너를 든 채 그와 대면했다. 붉은 손잡이가 달린 십 인치짜리 몽키스패너를 들고 그와 마주하는 순간, 나는 긴장하기 시작했다. 들고 있던 몽키스패너를 어떻게 처리할지 잠시 고민하느라 그의 말을 알아듣지 못했다. 박 형사라는 소리만 정확히 알아들었다. 너이 여자 알고 있지?

엊그제 밤에 어디 있었냐? 딴소리할 생각하지 마. CCTV 보니까 너 하루도 안 빼놓고 나오더라. 밤마다 다리에서 살았더구먼…… 다리에서 뭐했냐? 그는 내 위아래를 훑으며 쉬지 않고 말했다. 나는 아무 말도 하지 못했다. 갈 곳 모르고 가게 안으로 소용돌이치는 눈과 채 확인하지 못한 공구 박스가 신경 쓰였다. 들고 있던 몽키스패너는 뜯지 않은 전동드릴 박스 위에 올려놓았다. 전동드릴이 들어 있는 박스는 내일 확인한 뒤 몽키스패너와 같이 재포장해서 주문자에게 보내면 되었다. 너 이 여자 진짜 몰라? 박 형사가 급기야 버럭 소릴 질렀다. 손이 가벼워지자 마음도 가벼워졌다. 박 형사의 손에 들린 사진 속의 여자는 다리 위에서 봤을 때와 다른 모습이었다. 오래전 사진일 테지만 여자는 밝고 건강해 보였다. 여자가 죽었다는 사실이 믿어지지 않았다. 처음에 사장으로부터 누군가가 다리 위에서 죽었다는 이야기를 들었을 때는 내가 알고 있는 그 여자라고 생각하지 못했다. 다리에 산책로가 생기면서 자살하는 사람들이 늘었기 때문이다. 사람들은 종종 다리 위를 산책하다가 빛과 소리와 강물에 유혹당해 돌아갈 곳을 잃어버렸다. 이번에 죽은 여자도 그런 사람들 중 하나일 거라고 생각했다. 여자는 자살이 아니라 타살이라고 했다. 다리에서 길을 잃은 것이 아니라 누군가 갑자기 길을 끊어버렸다는 것이다. 다리가 생긴 이래 그런 일은 처음이라고 했다.

내가 다리에 가 있던 시간과 여자가 죽은 시간이 일치한다는 걸 알고 나서야 나는 여자가 죽었다는 걸 알았다.

여자를 만난 곳은 리버뷰 8번가였다. 그러니까 작년 여름이었다. 나는 가게 정리를 끝내고 셔터를 내렸다. 사장은 일찌 감치 감자탕집으로 퇴근한 후였다. 공구 거리 사람들의 단합 대회는 주로 감자탕집에서 열렸고, 감자탕집 여주인은 사장의 친척이었다. 처음부터 감자탕집을 거절한 덕분에 사장도 공구 거리 사람들도 더 이상은 나를 찾지 않았다. 나는 여느 날과 다름없이 횡단보도를 건너 지구대 뒤쪽 골목에 있는 집으로 갔다.

기왓장이 온전하게 붙어 있는 집을 구경하기 힘든 동네였고, 옆구리에 천막이나 비닐을 두르지 않으면 강바람을 견뎌 낼 수 없는 동네였다. 바람에 시달리고 무른 땅을 딛고 사느라 강의 운치와 다리의 낭만을 마치 만날 달고 다니는 비염처럼 여기는 동네였다. 집들은 거의가 한강을 등지고 있거나 옆으로 비스듬히 서 있거나 낮게 엎드려 있었다. 내 집은 그런 집들보다 강과 더 가까워 삽질 몇 번이면 바로 강물이 솟구칠 그런 곳에 있었다. 할아버지는 해방 전에 만들어진 광진교 밑에서 찍은 사진을 남겼고, 아버지는 밀레니엄 시대에 만든 새 광진교에서 찍은 사진을 남겼다. 정확히 사진과 집만 남았을 뿐이었다. 한강에 물난리가 날 때마다 집은 조금씩 움직였다. 강과 더 가까워지거나 강과 더 멀어졌다. 어둡고 냄새나는 집에 혼자 있으면 강물이 모래톱을 움직이는 소리가 들렸다. 집을 움직이는 모래톱의 아우성이 나를 집 밖으로 내몰았다. 다리 위에서 강과 집을 보아야만 안심할 수 있었다.

여자는 여덟번째 교각 위 리버뷰 8번가에 앉아 담배를 피우고 있었다. 강을 보기 위해서가 아니라 울고 싶거나 담배를 피울 장소가 필요해 그곳을 찾은 듯 보였다. 가까이 갔지만 여자는 나를 의식하지 않았다. 처음 보는 여자였고 급하게 뛰쳐나온 차림이었다. 그녀와 달리 나는 그녀가 신경 쓰였다. 늦은 시간이었고 다리였다. 다리 위에는 그녀와 나, 둘뿐이었다. 차량은 뜸했고 강물은 서서히 물안개를 피우고 있었다. 나도 모르게 멈칫 그녀를 쳐다보았다. 안 죽어! 안 죽어! 순간, 강물 소리가 뚝 끊겼다. 그녀의 슬리퍼 한 짝이 나무 계단으로 미끄러졌다. 차들이 방지 턱을 넘어가며 덜컹하고 소릴 냈다. 다리를 건너는 밤바람은 다리 위 회양목 숲에 갇혀 윙윙거렸고, 조팝나무와 영산홍 꽃잎이 강물로 툭툭 떨어졌다. 밤 열두시 광진교는 꽃잎을 흔드는 바람과 하류를 향해 소용돌이치는 강물 소리, 그리고 다리를 휘감는 물안개로 예기치 않은 11월을 만나고 있었다.

다리 밑 전망대로 향하던 나는 그녀의 비명에 놀라 그 자리에 섰다.

여자는 계속해서 죽지 않겠다고 말하고 있었다. 여자의 발버둥에 나머지 슬리퍼 한 짝이 전망대 유리벽으로 굴러가 부딪쳤다. 여자의 소리는 점점 약해지면서 흐느낌으로 바뀌었다. 여자의 담배 연기 속에서 진득한 비린내가 났다. 나는 성큼성큼 다리 밑 전망대로 내려갔다. 여자를 걱정할 필요는 없었다. 일기를 태우는 행위는 새로운 시작을 위해서지 끝을 위해서가 아니었다. 설사 여자가 다리 난간 위에 위태롭게 서 있다고 해도 내가 여자를 위해 할 수 있는 것은 없었다. 죽음이 여자의 또 다른 시작이라면 일기장을 태우며 의지를 다진 여자는 불행하지 않을 수도 있었다. 하지만 여자는 죽으려고 이곳을 찾은 것이 아니라, 살려고 찾아온 것처럼 보였다. 나는 다리 밑 유리벽 전망대에 몸을 기대고 섰다. 이상하게 이곳에만 서면 마음이 편안해졌다. 물살이 순하게 뒤척이고 있었다. 낮에는 굶주린 곰 같은 강이 밤이면 깊은 동면에 든 듯 고요했다. 집을 움직이는 모래톱은 보이지 않았다. 강물이 집이 아닌 하류로 흐르고 있었다. 집은 아직 안전했다.

여자가 다리 밑으로 내려왔고 아무 일도 없었다는 듯 내 옆으로 다가왔다. 어디 살아요? 여자가 물었다. 저쪽이요. 나는 턱으로 다리 남단을 가리켰다. 나는 저쪽에 사는데. 여자는 손가락으로 다리 북단을 가리켰다. 여자가 가리킨 다리 북단에는 워커힐과 현대아파트와 한강호텔이 있고, 새로 지은 아파트 단지가 있었다. 구리와 양평으로 통하는 아차산대교가 시원하게 뚫려 있었다. 여자와 내가 가리킨 저쪽과 저쪽은 전혀 다른 모습의 저쪽과 저쪽이었다. 내가 살고 있는 저쪽은 공구 거리와 밤마다 움직이는 가난한 연립주택과 시장으로 건너가는 좁은 사거리가 있었다. 여자와 나는 저쪽과 저쪽의 딱 중간 지점인 리버뷰 8번가에 서 있었다. 나는 리버뷰 8번가를 지나 다리 북단으로 넘어가본 적이 거의 없었다. 리버뷰 8번가는 내가 건너갈 수 있는 다리의 끝이었다. 속이 좀 풀렸나 봅니다. 내가 물었다. 네…… 가끔 이렇게 소리치고 나면 마음이 편해져요. 여자가 실없이 깔깔거렸다. 좀 전의 행동은 까맣게 잊은 듯했다. 그러는 당신은 이 시간에 왜 여기 있어요? 여자가 생글거리며 물었다. 뭐 그냥…… 나는 대답을 얼버무렸다. 속마음을 내보일 사이는 아니었다. 여자는 투명한 유리 바닥 밑으로 흐르는 강물을 내려다보았다. 가느다란 여자의 발가락이 시커먼 강물 위에서 꼼지락거렸다. 풀어진 머리카락 끝에선 노란 머리끈이 나풀거렸다. 무너져 내릴 것 같은 유리 바닥 위를 여자는 아슬아슬하게 걸으며 흥얼흥얼 노래까지 불렀다. 밝고 명랑한 노래는 아니었다. 동요 같은데 여자가 잘못 부른 탓인지 구성진 가요처럼 들렸다. 끊어진 시간을 이으려 애를 쓰며 반복하는 여자의 노래가 전망대 유리

벽을 울렸다. 밤 열두시의 강은 고요하고도 음험했다. 무엇을 담아도 그 모습이고 무슨 짓을 해도 그 모습일 듯 보였다. 고요하고 너그러운 듯 보이는 강이 야금야금 안개를 피워 올리자 여자가 노래를 멈췄다. 내가 물었다. 저쪽에서는 강이 더 잘 보이지 않나요? 여자가 사는 저쪽은 다리 위에서처럼 강을 내려다볼 수 있을 것 같았다. 잘 보여요. 당신이 살고 있는 저쪽도 보이고 강과 다리도 한눈에 내려다보이죠. 여자는 당연하다는 듯 말했다. 그런데 뭐하러 여기까지…… 강과 다리를 한눈에 내려다볼 수 있는 집이라면 여자의 생활을 짐작할 수 있었다. 열등감일지 모르지만 나는 여자에게 좀 전과는 다른 이질감을 느꼈다. 올려다보는 것과 내려다보는 것은 달랐다. 여자가 내려다보는 강은 내가 올려다보는 강과 다른 풍경일 것이었다. 여자와 나의 다리는 같을 수가 없었다. 열기가 식어 공기는 시원했다. 여자가 내게 한 발짝 다가오며 말했다. 강이 아니라 다리가 나를 이리로 오게 만들어요. 이곳이 내 피난처인 셈이죠. 여자가 계집애처럼 폴짝폴짝 유리 계단을 뛰어서 다리 위로 올라갔다. 이상하게 여자의 피난처란 말이 조금은 위로가 되었다. 아까 불렀던 노래 무슨 노래죠? 들어본 것 같아서요. 내 진지한 질문이 엉뚱했던지 여자가 눈을 동그랗게 뜨고 쳐다보았다. 아마 처음 들어보는 노래일 거예요. 내가 만든 노래거든요. 여자는 나를 경계하지 않았다. 그

시간 나는 결코 편한 존재일 수 없는데 여자는 아무렇지도 않은 듯 대했다.

여자와의 첫 만남은 그게 다였다. 다리 위 전망대와 다리 밑 전망대에서 몇 마디 나눈 뒤 헤어졌다가 엊그제 여자가 죽던 날 밤에 다시 만났으니까 딱 두 번이었다. 그것도 다리 위에서 잠깐씩 만난 여자일 뿐인데, 박 형사는 그 여자를 죽인 범인이 나라고 단정했다. 여자를 아는 것은 사실이지만 내가 죽인 것은 아니라고 말할 자신이 없었다. 박 형사의 태도는 당장이라도 내 손에 수갑을 채울 듯 확신에 차 있었다. 두렵지는 않지만 약간 흥분되기는 했다. 여자를 죽인 것도 같고 죽이지 않은 것도 같아 혼란스러웠다. 박 형사의 눈빛을 피하기는 어려웠다. 그는 한순간도 내게서 눈을 떼지 않고 있었다. 여자를 만난 적은 있어요. 그렇지만 죽이지는 않은 거 같아요. 순간, 박 형사의 눈빛이 번쩍했다. 분명 죽이지 않은 거 같다고 말했는데, 그는 내가 범인이라고 자백이라도 한 듯 어깨를 들썩거렸다. 혹시 내가 말을 잘못한 것은 아닌가 하는 생각이 들어 긴장을 풀고 다시 말하려는데, 때맞춰 사장이 가게로 들어왔다. 평소보다 이른 출근이었다. 콧노래를 부르며 가게 안으로 들어선 사장은 박 형사가 자신을 소개하자 표정이 싹 바뀌었다. 박 형사는 사장에게도 여자의 사진을 보여줬다. 젊은 여자가 안됐군. 사장은 여자의 사진을 건성으로 보았다. 대신에 불편한 기색으로 나를 쳐다보았다. 어쩌다 그런 일을 저질렀니, 하는 표정이 아니라 저런 놈을 내 집에서 일하게 하다니, 하는 표정이었다. 사장은 다리가 내 놀이터라는 걸 누구보다 잘 알았다. 내가 왜 걸핏하면 다리를 향해 달려가는지 이해할 거라고 생각했는데, 사장은 박 형사보다도 더 단호하게 나를 범인이라고 확신하는 듯했다. 경찰서 가면 다 밝혀질 테니까 가서 얘기하자. 사장님, 데려가겠습니다. 박 형사가 가자고 손짓했다. 그렇게 하십시오, 죄를 지었으면 죗값을 치러야지요. 사장은 두말없이 박 형사에게 나를 내주었다. 나는 사장을 쳐다보았다. 손가락 하나 까딱하지 않던 사장이 비어 있는 공구 상자들을 이리저리 옮겨놓고 있었다. 다녀오겠습니다. 나는 사장의 등에다 인사를 했다. 사장은 돌아보지 않았다.

눈이 내리고 있었다. 다리 산책로도 눈으로 하얗다. 저기 리버뷰 8번가에도 눈이 내리고 있을 것이었다. 나는 박 형사와 나란히 횡단보도에 서 있었다. 건너편에서 지구대 차량이 나와 박 형사를 기다리고 있었다. 몇몇의 눈들이 날 지켜보았다. 그들은 내가 횡단보도를 건너 지구대 차를 타는 순간 놀랄 것이다. 그리고 매일같이 감자탕집에 모여 살인자에 대한 좋지 않은 기억들만 안주 삼아 술을 마실 것이다. 몽키스빠 그놈이 여자를 죽였대, 한번 해보려다 안 되니까 강으로 처넣은 거 아니야, 어쩐지 처음부터 인상이 안 좋더라, 생전 사람들하고 어울리는 걸 못 봤다니까…… 의심은 눈에서 눈으로 옮겨지고, 소문은 사람과 사람 사이의 틈을 비집고 들 것이다.

이곳 사람들은 나를 몽키스빠라고 불렀다. 공구 거리에서 일하는 종업원들 대부분은 이름이 아닌 자신의 가게 취급 품목으로 불렸다. 이를테면, 야, 볼트! 야, 천막! 야, 톱! 야, 콤프레샤! 하는 식이었다. 같은 종업원들끼리도 서로 그렇게 부르기 때문에 기분 나쁘게 생각하는 사람은 없었다. 이름이나 직책이 아닌 망치나 톱 같은 공구로 불리어 오히려 평등한 느낌이었다. 나는 더위에 지친 사람처럼 무료하게 걸었다. 아무렇지 않은 것은 아니지만 분노가 이는 것도 아니었다. 뭔가 잘못되어가고 있다는 걸 느끼고는 있었지만 거칠게 저항해야 한다는 생각에까지는 미치지 못했다. 내가 여자를 알고 있는 것과 그 여자가 죽었다는 사실이 깊은 연관성을 가지고 있을지도 모른다는 생각만 들었다. 박 형사는 횡단보도를 건너 지구대 차에 오를 때까지 내게서 떨어지지 않았다. 지구대 차가 방향을 틀어 경찰서로 향하자 낯익은 공구 거리 사람들이 뚫어져라 쳐다보았다. 사장의 모습도 보였다. 나와 끝까지 눈을 마주치지 않던 사장이 가게 앞에 서 있었다. 차는 빠르게 공구 거리를 한 바퀴 돌아 광진대교로 향했다. 옆자리 박 형사는 하품과 함께 지그시 눈을 감았다.

다리를 건너가고 있었다. 차 안에서 바라보는 다리의 모든 것들은 순간처럼 지나가버렸다. 가로등과 벤치, 산책로 등이 눈에 들어오기 무섭게 사라졌다. 거리감과 공간감이 사라졌다. 늘 머물러 있다고 생각한 다리의 시간들이 휙휙 지나가고 있었다. 아주 많은 시간을 다리에서 보냈는데, 하얗게 눈 덮인 다리는 차창 밖의 풍경으로 스치고 있었다. 다리는 강을 건너는 수단이지만 그렇지 않은 경우도 있다. 어떤 사람들은 다리를 살아가는 삶의 도구로 삼지만 누군가는 삶을 끊는 도구로도 쓴다. 아버지에게 다리는 삶의 위로가 되었지만 어머니에게 다리는 삶의 고통을 끊어버리는 도구일 뿐이었다. 어머니가 다리 위에서 떨어져 죽었을 때, 나는 다리가 더 이상 사람들을 품지 않을 것이라고 생각했다. 잘못된 생각이었다. 다리가 사람들을 필요로 하는 것이 아니라 사람들이 다리를 원한다는 것을 알았다. 다리가 어머니의 죽음 이후 내가 아는 또 한 여자의 죽음을 확인해달라고 했을 때, 기왓장을 뜯어낼 듯한 세찬 강바람 소리만 들렸다. 다리가 끊어진 듯 기억이 끊어져 여자에 대한 느낌이 분명치 않았다. 아니 어쩌면 또 다른 기억의 방해 때문에 아무것도 기억해내고 싶지 않았던 것인지도 모른다.

어느 날 새벽이었다. 옆에 있어야 할 어머니가 보이지 않았다. 아버지가 집을 나간 이후 어머니와 단둘이 사는 집엔 강바람의 텃세가 심했다. 어머니는 자주 지붕으로 올라가 기왓장을 단속하고 문짝을 손봐야 했다. 그날도 어머니가 집단속을 하러 밖으로 나간 줄만 알았다. 날이 밝도록 어머니는 내 곁으로 오지 않았다. 기다리는 어머니는 돌아오지 않고 낯선 남자가 나를 강으로 데려갔다. 어머니는 모래톱 위에 반듯하게 누워 있었다. 강을 싫어하던 어머니는 보란듯이 그 강에 자신을 묻었다. 혼자가 된 나는 혼란스러웠다. 겨우 열두 살이었다. 아버지는 강가에서 살라고 했고, 어머니는 떠나라고 했다. 아버지는 강을 낭만적이라고 했고, 어머니는 가난이 대물림되는 곳이라고 했다. 아버지는 할아버지를 따라 광나루에서 원주로 장사하러 다니던 추억을 이야기했고, 어머니는 얼음장을 깨고 빨래를 하던 혹한의 강을 한탄했다. 아버지는 그 강에서 고기를 잡고 수영을 하지 못하는 걸 절망하다 죽었고, 어머니는 아버지가 절망하며 살게 만든 강이 원망스러워 강으로 몸을 날렸다. 나는 밤마다 강물이, 모래톱이 집을 움직이고 있다는 사실이 두려웠다. 빈집에 혼자 있으면 기왓장이 날아다니는 소리가 들렸고, 짐승들의 울부짖는 소리가 창문을 흔들었다. 나는 하루 종일 이불을 뒤집어쓰고 집 안에 숨어 있거나 다리 위로 올라가 강물을 내려다보았다. 학교에 가는 날보다 다리에서 시간을 보내는 날이 많다 보니 내게 공부하라는 사람은 없었다. 동네 사람들은 그놈의 다리가 또 한 사람을 잡을지 모르니 챙겨야 한다고 수군거렸다. 내가 다리에 너무 오래 머물러 있거나 한동안 나타나지 않으면 이상하게 생각했다. 날이 갈수록 집은 강과 더 가까워졌다. 다리 위에서 내려다보면 아무렇지도 않은 듯 보이지만 집은 분명 모래톱에 쓸려 매일 조금씩 강 쪽으로 움직이고 있었다. 그런데도 나는 집을 떠나지 못하고 있었다.

다리를 벗어난 경찰차는 여자가 저쪽이라고 가리킨 동네에 도착했다. 강과 다리를 내려다볼 수 있는 고층 아파트와 빌딩 사이로 카페와 도서관과 꽃집이 전철역과 맞닿아 있는 곳이었다. 나는 리버뷰 8번가를 넘어온 것이다. 어디를 둘러봐도 천막과 비닐을 둘러쓰고 있는 집들은 없었다. 건물은 튼튼해 보였고 사람들은 밝고 깨끗해 보였다. 죽은 여자도 여기 어디쯤에서 살았을 것이었다. 거실 창으로 강이 훤히 내려다보인다고 했다. 여자의 집은 저쪽 가장 높은 아파트일 것이 분명했다. 나는 산자락 밑으로 우뚝 솟은 아파트를 바라보았다. 아파트를 빠져나온 여자가 다리를 향해 달려가고 있을 것만 같았다. 다리로 돌아가고 싶었다. 다리 위에서 여자가 맨발로 울고 있을지도 모른다는 생각이 들었다. 몸이 다리를 향해 자꾸 돌아갔다. 박 형사가 단단히 팔짱을 끼었다. 딴생각은 하지 않는 게 좋을 거야. 낮고 위협적인 그의 말이 옆구리를 가격했다. 나는 어느새 경찰서 두꺼운 유리문 안으로 떠밀렸다.

조사실에 앉은 박 형사는 공구 거리에서보다 훨씬 차갑게 굴었다. 질문은 짧고 단호했다. 그가 이름! 하고 물었다. 나는 어려운 답을 구해야 하는 양 끙끙거렸다. 몽키스빠가 내 이름인 것도 같고 아닌 것도 같았다. 분명 알고 있는데 이름이 입 밖으로 튀어나오질 않았다. 주소! 그의 목소리는 더 높아졌다. 저어기 다리 밑…… 뭐야! 너 지금 나랑 장난하자는 거야. 박 형사의 고함 소리에 고개가 절로 떨어졌다. 옆자리 남자가 피식거리며 웃었다. 나에게 이름과 나이, 주소를 말하라고 한 사람은 박 형사가 처음이었다. 나는 아무도 쓰지 않는 공구처럼 녹이 슬어 있었다. 나 자신조차도 나와 나의 쓰임에 대해 기억하지 못하고 있었다. 잊은 것이 아니라 쉽게 기억해내지 못하고 있을 뿐인데, 그는 아무 쓸모없는 버려도 시원찮을 공구처럼 날 바라보았다. 기억의 재생은 기억해내려는 자보다 기억을 불러내려는 자의 역할이 더 크다. 나는 박 형사의 질문에 한 가지도 정확하게 대답하지 못했다. 더듬거리거나 우물쭈물하거나 전혀 상관없는 대답으로 그의 화를 돋웠다. 그가 무서워서 그런 것도 아니고 기억이 아주 없는 것도 아닌데, 나는 그 어떤 물음에도 난시 환자처럼 흔들거렸다.

박 형사는 복잡한 절차를 생략한 듯 내 앞에 CCTV 화면을 디밀었다. 여기 봐봐, 너 맞지? 여자와 내가 맞았다. 리버뷰 8

번가였다. 나는 고개를 끄덕거렸다. 그래. 너랑 여자랑 내내 같이 있었던 거 맞잖아. 그런데 말이야, 여기 잘 봐봐…… 하부 전망대로 내려갈 때는 둘이 나란히 내려갔는데 올라올 때는 너 혼자잖아. 또 봐봐, 다리 밑으로 내려갈 때는 옷을 다 입고 있었는데 올라올 때는 겉옷을 안 입었잖아, 맞지? 박 형사가 틀어 앉은 다리를 바꾸며 어깨를 들썩거렸다. 얼굴빛도 달라졌다. 그러니까, 하부 전망대로 내려가서 그 여자 한번 안아보려고 덤볐는데 여자가 싫다고 그랬지, 맞지? 그래서 밀고 당기고 그러다가 성질나서 여자를 강물로 확 밀어버린 거 맞잖아. 박 형사 말이 틀리지 않았다. 화면에는 나와 여자가 다리 밑으로 내려가고 잠시 후 나 혼자만 다리 위로 올라와 남단으로 향하고 있는 모습이 담겨 있었다. 다리 밑의 풍경은 보이지 않았다. 박 형사는 화면에 담지 못한 다리 밑 풍경을 자기 눈으로 본 듯 확신했다. 대답해! 고의가 아니라 실수로 그랬다고 자백하면 정상은 참작될 거야. 모니터를 닫고 서류를 간추리는 박 형사의 손이 경쾌했다.

그날 나는 여자와 두번째로 만났다. 나는 밤마다 다리 위에 있었고 여자는 여름에 만난 이후 처음이었다. 리버뷰 8번가에서 여자를 기다린 적은 없었다. 조금 궁금하긴 했지만 여자가 그리워 다리에 대한 생각이 달라진 것은 아니었다. 다리 위에는 많은 풍경들이 있었고 여자도 그 풍경들 중 하나일 뿐이었다. 익숙한 산책로에서 새로운 꽃이나 새를 발견했을 때처럼 느낌이 조금 다르긴 하지만 늦은 밤 그 느낌이 그리워 다리로 달려왔을 만큼 나는 따뜻한 사람이 못 되었다. 밤마다 언제 집을 덮칠지 모르는 모래톱과 강바람에 시달리느라 다른 무엇에 신경 쓸 겨를이 없었다.

CCTV 화면에 나온 것처럼 눈이 엄청 내린 밤이었다. 이불을 뒤집어쓰고 있던 나는 부엌 문짝이 떨어져 나가는 소리를 들었다. 비닐을 덧댄 합판이 강바람에 나뒹굴며 울기 시작했다. 무섭기도 하고 슬프기도 했다. 어머니가 우는 소리 같기도 하고 어머니가 다리 위에서 떨어지는 소리 같기도 했다. 아무리 이불을 뒤집어쓰고 귀를 막아도 그치지 않았다. 이번에는 모래톱이 아니라 바람이 집을 밀어버릴 것 같았다. 나는 또 집에서 도망쳐 나왔다. 다리로 가면 괴기한 바람 소리도 들리지 않고 빈집의 찬 기운도 느껴지지 않을 것 같았다. 다리로 가면 어머니를 만날 수 있을 것도 같았다.

다리와 강은 눈이 두껍게 덮여 있었다. 가로등 불빛만 점점이 떠 있을 뿐 소리도 형체도 없었다. 그 어떤 것도 구분할 수 없을 정도로 모든 것이 고요하고 평화로웠다. 울퉁불퉁 시끄러웠던 세상이 완벽한 평면으로 조용히 떠 있어 멀미가 날 지경이었다. 무엇이든 바로 묻히거나 사라져버릴 것 같은 무중력의 다리 위에 나는 서 있었다. 여자를 다시 만날 거라고는 전혀 예상하지 못했다. 여자가 그곳에 있었다. 여자는 처음 만났을 때처럼 나무 계단에 웅크리고 앉아 담배를 피우고 있었다. 당황한 것은 여자를 다시 만나서가 아니라 그곳에 누군가 있었기 때문이었다. 놀랍기도 하고 반갑기도 했다. 눈을 뒤집어쓰고 있던 여자가 내 기척에 후드득 일어섰다. 당신 맞군요. 전처럼 울고 있었던 것 같지는 않았다. 죽겠다고 소리칠 표정이 아니라서 다행이었다. 여자가 날 기다렸을지도 모른다고 생각했다. 우습게도 나는 여자와 아는 사이라는 게 기분 좋았다. 여자가 먼저 알은체해주어 기분 좋으면서도 멋쩍었다. 오래 있었나 봐요? 여자의 몸에 붙은 눈을 털어주고 싶었다. 괜찮아요. 여자가 웃으며 두 팔을 흔들었다. 나는 바라보기만 할 뿐 여자의 몸에 손을 대지 못했다. 여자는 괜찮아 보이지 않았다. 맨발에 슬리퍼 차림이었고 온몸을 후들후들 떨고 있었다. 저쪽에 산다는 여자의 옷차림치고는 지나치게 얇고 허름했다. 저쪽 사람들이 모두 따뜻하게 살 거라는 내 기대와 달리 여자는 춥고 허술하기 짝이 없어 보였다. 추운데 다리 밑으로 내려가요. 나는 추워서 이를 딱딱거리는 여자를 데리고 하부 전망대로 내려갔다. 여기가 훨씬 낫군요. 여자가 시퍼런 입술을 열어 내게 웃어 보였다. 눈이 가는 곳은 얼굴과 손이 아니라 여자의 발이었다. 여자의 발이 헐렁한 슬리퍼에 끼여 얼어가고 있었다. 추운데 왜 나왔어요? 나도 모르게 짜증이 났다. 안 추워요. 여자가 다리를 오므리며 말했다. 지금 농담해요! 이게 안 춥다고? 정말 안 추워요? 나는 여자의 정강이를 걷어차며 소리쳤다. 왜 그런 짓을 한 것인지 알 수 없었다. 잘 알지도 못하는 여잔데, 순간은 춥다고 사실대로 말하지 않는 여자에게 화가 났다. 놀란 여자가 내게서 떨어졌다. 나는 여자가 내게서 도망쳐버리는 것은 아닌가 싶어 후회했다. 당신은 강을 내려다보고 산다면서요, 근데 왜 춥게 살아요? 더 이상 여자를 놀라게 하고 싶지는 않았다. 나는 침착하게 다가가 아이를 달래듯 말했다. 다행히 여자는 아무렇지도 않았다. 자리를 피하거나 무슨 상관이냐고 대들지 않았다. 유리 난간에 기대어 오들오들 떨면서도 그다지 힘든 기색이 아니었다. 나는 안심하며 여자의 시선을 좇았다. 깊이를 감춘 강은 끝조차 영원으로 착각하게 만들었다. 여자는 멀리 그 영원의 흰 강으로 달려가는 자동차의 불빛들을 바라보았다. 정신 차리지 않으면 그 알 수 없는 흰 기운에 홀려버릴 것 같은 강을 여자는 취한 듯 바라보며 나직이 노래를 불렀다. 아니, 노랫소리가 아니라 이 부딪치는 소리와 발 구르는 소리였다. 여자는 추워서 더 크게 발을 굴렀고 더 크게 이를 부딪쳤다. 온몸의 추위를 모두 떨쳐내려는 듯 진저리를 치고 악을 썼다. 이봐, 정신 차려! 나는 여자를 흔들었다. 여기 있다가는 얼어 죽어요. 얼른 집으로 돌아가요. 나는 소리치며 그녀를 챙기기 시작했다. 강에서 건져 올린 꽁꽁 언 엄마에게 그랬듯이 점퍼를 벗어 여자의 어깨를 감싸주고 양말을 벗어 여자의 발에 신겨주었다. 달달 떨리는 여자의 손을 잡아주고 새빨개진 볼을 비벼주었다. 그러나 여자의 몸부림은 가라앉지 않았다. 내가 아무리 입김을 불어도 녹지 않던 엄마와 다르지 않았다. 그대로 둘 수는 없었다. 다리는 위험해요, 빨리 집으로 가요! 순간, 여자가 째려보며 말했다. 신경 쓰지 말고 꺼져! 여자가 점퍼와 양말을 벗어 집어던졌다. 저쪽으로 가라고 소리치며 유리 바닥에 털썩 주저앉더니 이를 딱딱 부딪치며 울었다. 아무리 소리치며 애를 써도 나를 받아주지 않던 엄마와 여자는 다르지 않았다. 하지만 여자를 그대로 둘 수는 없었다. 딱히 누구에게인지는 모르겠지만 나 역시 화가 나 있었다. 누구에 대한 걱정이 아니라 나를 받아들이지 않는 그 누군가가 참을 수 없었다. 나는 여자보다 더 큰 소리로 말했다. 내 말 안들려요! 빨리 집으로 가세요! 여자가 내 손길을 사납게 뿌리쳤다. 집?…… 집이 내 숨통을 조이는데 나더러 집으로 가라고…… 그건 집이 아니라 감옥이야. 여자가 중얼거렸다. 나는 점퍼와 양말을 집어다 여자에게 입히려고 애를 썼다. 그러나 아무리 끙끙거리며 애를 써도 여자는 내게 몸을 맡기지 않았다. 두 팔을 마구 휘두르며 발버둥을 쳤다. 점퍼는 한쪽 팔조차 끼우기 힘들었고 양말은 신기 무섭게 벗어버렸다. 나는 여자와 한참을 엎치락뒤치락했다.

　내 친절은 그렇게 여자에게 무시당하고 말았다. 무시당한 친절에 화가 나거나 우울해야 하는데 나는 오히려 아무렇게나 흩어져 있던 공구들을 깔끔하게 정리한 기분이었다. 이미 얼어버린 엄마가 살아오지는 않을 것이었다. 여자의 말대로 나는 여자와 다른 쪽에 살고 있고 리버뷰 8번가에서 잠깐 만났을 뿐이었다. 리버뷰 8번가는 저쪽과 저쪽의 중간 지점이고 첫 지점이었다. 내가 여자한테 베풀려 했던 친절은 어쩌면 저 하얀 강이 만든 오로라 같은 것이었는지도 모른다.

　박 형사가 커피를 권했다. 자백을 듣기 위해 내게 베푸는 마지막 배려였다. 목이 마르던 차였다. 나는 박 형사가 권한 커피를 사양하지 않고 천천히 마셨다. 커피는 달고 부드럽고 뜨거웠다. 뱃속이 따뜻해지면서 피곤이 몰려왔다. 박 형사에게 마지막 대답을 해줘야 하는데, 아무리 기억을 뒤져도 적절한 말이 떠오르질 않았다. 박 형사는 내가 커피 잔을 비울 때까지 조용히 지켜보았다. 어느 순간 나를 향해 '네, 정답입니다'를 외치기 위해 커피 한 잔의 시간을 인내하고 있었다. 나는 빈 종이컵을 책상 위에 올려놓은 뒤 박 형사를 쳐다보았다. ……다리 밑에서 여자와 함께 있었던 거 맞습니다. 우물쭈물하지 않았다. 발음은 정확했고 목소리는 차분하면서도 정직했다. 맞아, 그거야! 박 형사가 자리에서 벌떡 일어섰다.

기운 빼지 말고 진작 말하지 그랬어, 그러니까 니가 다리 밑에서 그 여자 죽인 거 맞지? 맞잖아! 사무실 안에 있던 사람들의 시선이 내게로 쏠렸다. 대놓고 욕을 퍼붓는 사람도 있고 굳은 얼굴로 슬쩍슬쩍 곁눈질하는 사람도 있었다. 누군가는 한 건 할 것 같은 박 형사를 부러운 눈으로 쳐다보았고, 또 누군가는 모두를 한심한 듯 바라보았다. 박 형사가 승리의 깃발을 꽂으려는 듯 몸을 틀어 내게로 향했다. 나는 자리에서 꼼짝하지 않았다. 체념도 아니고 여유도 아니었다. 도망칠 용기를 잃어버린 것이 아니라 그럴 의욕이 생기지 않았다. 누군가 박 형사를 불러 세웠다. 박 형사보다 더 젊고 깐깐해 보이는 남자였다. 죽은 여자가 심한 우울증을 앓았답니다. 툭하면 죽겠다고 집을 뛰쳐나가 식구들이 고생 좀 한 모양입니다. 여자가 다닌 병원 기록까지 확인했습니다. 자살이 맞는 거 같은데요. 박 형사가 걸음을 멈추고 깊은 시름에 잠겼다. 젊은 남자가 수첩을 펼쳐 박 형사에게 보여줬다. 수첩을 바라보는 박 형사의 옆모습이 다시 신경질적으로 바뀌었다. 그럴 리가 없는데, 분명 이 새끼가 죽인 거 맞는데…… 남편 만나서 얘기들은 거 확실한 거야? 박 형사가 따지듯 물었다. 여기, 여자가 다리에서 자살 시도한 횟수하고 날짜까지 있잖아요. 남편이 얼마나 꼼꼼하고 깐깐한지 여자가 제 손으로 생리대 한 번을 못 샀대요. 아무리 그래도 박 형사는 받아들이기 어려운 모양이었다. 그는 계속해서 젊은 남자 주위를 맴돌았다. 젊은 남자도 박 형사에게 밀리지 않으려는 듯 흔들리지 않았다. 증거 불충분인데 잡아넣었다가 무슨 일 생기면 선배님이 책임지실 겁니까. 남자가 단호하게 말했다. 확실한 거지? 좋아, 그럼 일단 내보내고 더 캐보자구. 박 형사는 비로소 남자의 뜻을 받아들였다. 젊은 남자가 밖으로 나가자 박 형사가 책상으로 돌아와 도끼눈을 뜨고 내게 말했다. 몽키스빠, 너 운 좋은 줄 알아. 하지만 내가 계속 지켜볼 거니까 각오하고 있어. 박 형사가 불안한 음정으로 말했다. 그가 운이 좋다고 말했는데도 나는 어떤 운이 좋았다는 것인지 아무리 생각해도 이해되지 않았다. 나는 책상 위에 놓인 종이컵이 박 형사의 손에 우그러지는 걸 보고는 경찰서를 나왔다. 여자를 만난 일이 사실인 것도 같고 아닌 것도 같고, 꿈인 것도 같고 현실인 것도 같았다. 나는 우두커니 거리에 서 있었다. 눈발이 흩날리기 시작했다.

공구 상가의 불빛들이 하나씩 꺼지고 있었다. 차들은 공구 거리를 지나 다리 남단과 북단을 향해 달렸다. 아무것도 변하지 않을 거라고 믿었던 나는 비로소 어두운 거리에 혼자 서 있다는 걸 알았다. 시간이 점점 조여오고 있는 느낌이었다. 공구 거리의 셔터는 굳게 닫혔고 눈발은 점점 굵어졌다. 나는 리버뷰 8번가로 향했다. 여자와 어머니가 죽고 또 누군가의 죽음을 알릴 다리의 안부가 궁금했다. 다리는 반듯했다. 흔들리거나 비틀려 있어야 할 다리는 깊고 아늑한 산책로를 끼고 조용히 잠들어 있었다. 물살의 파동을 고스란히 드러낸 채 얼어붙은 강 역시 아무 일 없어 보였다. 상류의 강바람이 굽은 물살을 품어야만 지나갈 수 있는 리버뷰 8번가, 여자는 보이지 않았다.

달
의

무
덤

새벽 달빛에 고약한 냄새가 스며들었다.

나는 안개가 출렁이는 부둣가를 심상치 않은 눈길로 바라보았다. 몽이도로 급하게 피신한 배들의 흔적도 보이지 않는데, 난데없는 냄새라니? 얼핏 시체 썩는 냄새 같기도 해서 섬뜩했다. 방금 전에는 시커먼 개 한 마리까지 나타나 선착장을 배회하기 시작했다. 부두의 느낌이 분명 어제와는 달랐다. 장화 한 짝을 물고 부둣가를 배회하는 개는 마치 장화 주인을 기다리기라도 하는 양 바다를 보며 끙끙거렸다. 나는 창밖으로 고개를 내밀어 안개 속을 떠다니는 장화의 실체를 확인하려 애를 썼다. 육지 사람이 버리고 간 개인 듯 낯설었지만, 놈이 물고 있는 장화는 색이 낯설지 않았다. 목이 짧은 파란색 장화를 어디서 보았을까? 딱히 누구 것인지는 떠오르지 않지만 분명 몽이도 어딘가에서 본 기억이 있었다. 개는 선착장 주변을 계속해서 맴돌았다. 장화의 주인은 쉽게 떠오르지 않았다. 나는 고약한 냄새와 장화 때문에 여느 때하고는 다른 부두의 풍경이 영 께름칙했다.

사실 한가롭게 부두나 내다보고 있을 상황은 아니었다.

주말에는 단체 손님이 많아 영주에게 가끔 도움을 청하지만, 그녀 역시 펜션을 운영하고 있어 쉽게 부탁할 일은 아니었다. 그녀의 바다펜션은 내가 운영하는 달펜션에서 백 미터 정도 떨어진 바다 가까이에 있었다. 달펜션이 규모가 큰 지중해풍 화이트하우스라면 영주네 바다펜션은 아기자기한 일본식 건물이었다. 두 집 모두 특색이 있어 손님이 적지 않은 편이지만 달펜션이 언덕에 있어 전망 좋다는 소릴 더 많이 들었다.

열한시쯤 첫 배가 닿으면 손님들이 몰려올 것이었다. 내가 빈 병에 샴푸와 린스를 담는 동안 영주는 쌓여 있던 수건을 모두 개키고는 아몬드 봉지를 집어들었다. 그녀는 나를 바라보며 한 번에 하나씩 아몬드를 꺼내 오독오독 씹어 먹었다. 그럴 때 보면 가볍지 않은 사람이라는 생각이 들다가도 뭔가 숨기고 있는 것 같아 내가 늘 손해 보는 기분이었다. 그녀를 먼저 찾아가거나 부르는 쪽은 매번 나였고, 그녀는 마지못해 시간을 내주고 있다는 느낌을 버릴 수가 없었다. 그래서 그녀가 가끔은 멀게 느껴지지만, 그녀는 내가 무리해서라도 사고 싶은 명품 가방 같은 존재였다. 무엇이든 그녀와 함께 공유해야만 마음이 놓였고 그래야만 내 삶이 조금씩 성장하고 있는 것만 같았다.

몽이도에서 말이 통하는 친구라고는 그녀뿐이었고 솔직히 속마음 털어놓기는 남편보다 더 편했다. 샴푸와 린스를 대량으로 사다가 용기에 덜어 쓰는 방법도 그녀가 알려주었고, 커피와 녹차도 제 거래처를 소개해주었다. 그녀는 서산에서 남편과 부동산을 하다 섬으로 들어와 정착한 경우라 몽이도 원주민은 아니지만, 그전부터 몽이도를 자주 왕래하며 낚시도 하고 외지인들한테 땅도 팔아주며 친해진 덕분에 현재 몽이도 주민 대표를 맡고 있었다.

몇 방울 흘리긴 했지만 빈 용기에 샴푸와 린스를 채워 넣는 일은 예상보다 빨리 끝났다.

"자기가 좋아하는 코스타리카 원두 사놨어."

영주가 아몬드를 씹으며 환하게 웃었다. 영주의 그런 모습을 자주 보기 위해서 나는 그녀가 좋아하는 커피와 간식들을 꼭 준비해두었다. 주전자에 물을 받다가 문득 뒤돌아보니 그녀가 놀란 얼굴로 내 등뒤에 서 있었다.

"뭐야! 왜 그래?"

아몬드 봉지를 손에 든 그녀가 큰 눈으로 날 바라보다 스윽

거실 쪽으로 고개를 돌렸다. 중지 씨가 거실을 가로질러 현관
으로 향하고 있었다. 검정 목도리로 얼굴을 칭칭 감싸고 무릎
까지 닿는 점퍼를 입은 중지 씨가 현관으로 달려가 신발장 문
을 세차게 열어젖히더니 내가 감춰둔 빨간 장화를 용케도 찾
아 신었다.

"귀신인 줄 알았네. 또 나가는 거야?"

"말려도 소용없어."

중지 씨가 매일 바다에 나가는 걸 막을 수는 없었다. 남편
이 여러 차례 말려도 보고 방문을 잠가보기도 했지만 괴성을
지르며 난동을 부려 펜션 손님들만 놀라게 할 뿐이었다. 평생
바다만 보고 산 사람인데 설마 그 바다에서 집을 못 찾아올까
싶지만, 그녀는 오래전에 방향 감각을 잃어버렸다. 그래봤자
늘 개펄 한가운데서 발견되긴 하지만, 펜션 일로 바쁜 남편과
내 입장에서 중지 씨의 그런 행동은 몹시 성가신 일이었다.

"자기 정말 짜증나겠다, 요양원에 집어넣지그래?"

중지 씨가 밖으로 나가자 영주가 나를 식탁 의자에 눌러앉
히며 말했다. 그녀가 들고 있는 아몬드 봉지는 그새 홀쭉해
져 있었다. 나는 살이 찔까 봐 하루에 대여섯 개만 먹는 아몬
드를 그녀는 한 주먹씩 집어서 하나씩 연속적으로 입안에 넣
었다. 나는 그녀의 수상한 눈길보다 그녀의 가느다란 손목과
주름 하나 없는 목이 더 신경 쓰였다. 갸름한 얼굴에 피부까

지 하여서 몽이도로 휴양 온 어느 재벌 집 여자 같은 모습에 가끔은 질투가 났다. 무슨 일이든 머리가 아닌 온몸으로 해결하며 살아가는 나와 달리, 그녀는 희고 가는 손가락과 언제나 주판알처럼 움직이는 눈빛만으로도 원하는 삶을 살고 있는 것 같아 부러웠다.

골똘한 눈빛으로 아몬드를 오도독거리던 그녀가 다시 말했다.

"자기야, 중지 씨 언제까지 저렇게 둘 거야. 저 할망구만 보면 왠지 모르게 불길한 느낌이 들어. 더 심해지기 전에 다시 요양원에 집어넣어."

중지 씨가 아들인 남편조차 알아보지 못하고 며칠 동안 헛소릴 해 요양원에 보낸 적이 있었다. 나이가 있으니 당연히 치매라고 생각했고 내가 감당할 수 있는 일이 아니었다. 남편도 흔쾌히 동의한 일이라 시설 좋은 요양원이 집보다 낫다는 생각이었는데, 그녀는 입원한 지 한 달 만에 되돌아오고 말았다. 노인장기요양보험의 수급자로 인정받으려면 건강 심사 평가를 받아야 하는데, 등급 외 판정을 받아 보험금 지급이 어렵다는 이유였다. 사전에 그토록 교육을 시켰는데도 불구하고 그녀는 평가원 직원의 질문에 또박또박 정확히 대답하는가 하면 그들이 보는 앞에서 보란듯이 멀쩡하게 걸어 다녔다. 집에서는 자신의 이름조차 잊고 엉뚱한 소리만 하는데,

요양원에만 들어가면 허리까지 꼿꼿해지는 것이었다. 다른 노인들은 없는 병도 만들어 백여만 원씩이나 타먹도록 자식을 도와주는데, 그녀는 어림도 없었다. 남편과 나는 당장에라도 개펄로 뛰어나갈 듯 팔팔한 그녀를 요양원에 가두려 한다는 비난을 받으며 집으로 데려올 수밖에 없었다. 이후에도 그녀의 병증이 심해진 듯 보여 다시 요양원에 데려갔지만, 그녀는 전하고 똑같이 언제 아팠느냐는 듯 벌떡 일어나 병실 문을 박차고 뛰쳐나갔다.

"바다에 나가는 것만 막지 않으면 괜찮아. 뭐가 불길하다고 그래? 지금도 봐, 조용히 나가잖아."

영주는 그녀를 볼 때마다 뭔가 이상하다고 말했다. 정신이 오락가락해서 하는 허튼소리를 두고 하는 얘기가 아니었다. 그녀는 마치 중지 씨를 무슨 사건에 얽힌 범인처럼 예민하게 관찰하고 의심을 키웠다. 중지 씨가 평범한 치매 노인이 아니라는 것은 나도 알고 있지만 아무리 그래도 힘없는 노인이었다.

"아니야, 저 노인네 분명히 뭔가 있어……"

영주가 고개를 빼고 그녀가 나간 현관을 바라보았다. 현관문은 꼭 닫혀 있었다. 개펄로 나간 그녀는 어제와 똑같은 곳에서 길을 잃고 마냥 앉아 있을 것이 분명했다. 나와 남편 둘 중 누군가 찾으러 올 때까지 그곳에 앉아 자기만의 망상에 빠져 말인지 노래인지 모를 소릴 해가며 바다를 보고 있을 것이 틀림없었다.

"개펄 같은 그녀의 시커먼 속을 누가 알겠어. 짜증나도 할 수 없지. 그나저나 자기 서산에 건물 샀다며? 경매로 헐값에 샀다고 소문났더라. 나도 여유 자금 조금 있는데, 자기가 좀 알아봐줘."

건물 얘기를 꺼내자 중지 씨에 대한 의심으로 가득했던 영주의 눈빛이 확 달라졌다. 영주는 펜션을 운영해서 번 돈으로 그새 건물을 두 채나 사두었다. 부동산 중개소를 한 이력 때문인지 돈 굴리는 소질이 있는 게 분명한데, 남에게는 절대로 중요한 정보를 털어놓지 않았다. 아몬드 봉지에서 손을 뗀 영주가 조심스럽게 커피 잔을 들어 향을 맡더니 홀짝거리기 시작했다. 그녀도 나도 이보다 더 평화로운 일상을 시작할 수는 없었다. 거실 창으로 들이친 겨울 볕이 부엌까지 넘실거렸다. 이제 겨우 마흔넷이었고 바다가 이처럼 축복된 삶을 살게 할 줄은 짐작하지 못했다. 나는 아침 햇살을 받으며 커피를 홀짝거리는 영주에게서 지금의 내 모습을 확인하는 걸 즐겼다. 어쩌면 그녀도 나와 같은 생각일 것이다.

중지 씨 얘기를 끝으로 영주는 그만 집으로 돌아갔다. 그녀와 나는 하루에도 서너 번씩 만났는데 매번 할 얘기가 남은 듯 아쉬움이 남았다. 그녀를 배웅하고 현관으로 들어섰는데,

한 남자가 성큼성큼 펜션으로 들어오고 있었다. 첫 배가 도착하지 않았으니 남자는 어제나 그제 들어와 야영한 낚시꾼일 것이었다. 남자는 마치 아는 집이라도 찾아온 양 곧바로 걸어와 현관문을 두드렸다. 이미 거실 창으로 눈이 마주쳤으니 모른 척할 수도 없어 얼떨결에 현관문을 열어주었다.

"펜션이 아주 삐까번쩍하네. 돈 많이 벌겠어요. 근데, 기흥이는 어디 갔어요?"

남자가 삐딱한 자세로 서서 집 안을 훑었다. 좁은 이마와 푹 꺼진 눈저위가 어디서 본 듯한 인상이었다. 그나저나 남자가 남편 친구라면 미리 연락을 했을 텐데, 아무리 살펴봐도 남자를 본 기억은 떠오르지 않았다. 남편은 몽이도로 이사 오면서 친구들과 연락을 끊은 지 오래되었다. 친구라고 찾아온 사람은 남자가 유일했다. 남자의 차림새도 오랜만에 친구 집에 찾아온 사람이라고 하기는 어딘지 구질구질해 보였다. 사업이 망해서 고향으로 내려오긴 했지만, 그래도 남편은 서울에서 어엿한 대학을 나와 대기업에서 일했던 사람이고 그에 걸맞은 친구들도 많았다.

"처음 뵙는 것 같은데, 동창이세요?"

"……뭐, 아주 친한 사이라고 할 수 있죠. 찐한 얘기는 차차 하기로 하고 우선 방부터 하나 줘요, 내가 좀 피곤해서."

남자는 허름한 후드티에 얇은 청바지를 입고 있어 바다낚시를 하러 온 것 같지도 않았다. 무엇보다 남자의 불안정한 눈빛이 거슬려 마주보고 있기가 불편했다.

"방 있지요?"

내 대답을 듣기도 전에 남자가 운동화를 벗으려는 듯 현관 바닥에 털썩 주저앉았다. 없다고 할걸, 하는 후회가 들었지만 남자를 돌려보낼 용기가 나지 않았다. 남편의 이름까지 알고 있는 걸 보면 친구이건 아니건 우리 펜션을 알고 찾아온 게 틀림없어 함부로 대하기도 그랬다. 작정하고 찾아온 것 같은 그 느낌과 누군가를 닮은 것 같은 남자의 인상이 맘에 걸렸지만 나는 그를 거절할 타이밍을 놓치고 말았다. 삼 년 전 바다펜션에서 한 남자가 자살하는 바람에 영주가 큰 곤욕을 치르는 걸 본 적 있었다. 그런 일이 자주 일어나는 것은 아니지만 그렇다고 손님들에 대한 경계를 늦출 수는 없었다. 남자가 낡은 운동화 끈을 차례로 풀더니 번갈아 다리를 흔들었다. 남자의 더러운 운동화가 나란히 놓여 있는 내 구두와 남편 구두 위로 툭 떨어졌다. 남자한테 내줘야 할 방도 하필 남편과 내 방이 있는 삼층이었다. 생각할수록 꺼림칙했다. 이미 투숙할 준비를 마친 남자에게 더 이상 저항할 힘이 없었다. 나는 남자의 눈치를 살펴가며 게걸음으로 남자를 앞질러 삼층으로 올라갔다. 남자가 바로 등뒤에 서 있어 그런지 방문까지 잘 열리지 않았다. 손님이 잘 들지 않아 열쇠 구멍이 녹슨지도 몰랐다. 한 번 더 시도해보고 안 되면 비상키를 가져올 생각이었는데, 남자가 느닷없이 날 밀쳐내더니 문고리를 잡고 세차게 흔들어댔다. 신기하게도 방문이 덜컥 열렸다. 방문이 열리자 남자는 마치 자기 집에 온 듯 방 안으로 들어가 들고 있던 가방을 침대 위에 집어던졌다. 그러고는 바다 쪽으로 나 있는 작은 창문을 떨어져 나갈 듯 열어젖히고는 그 앞에 떡하니 버티고 섰다. 바다를 그토록 당당하다 못해 비장하게 바라보는 사람은 남자가 처음이었다. 남자의 탄력 있는 등판은 마치 이곳에 쉬러 온 것이 아니라 전쟁을 하러 온 듯 잔뜩 긴장한 모습이었다. 나는 무서운 짐승 한 마리를 방 안에 가둔 양 방문을 꼭 닫고는 살금살금 계단을 내려왔다.

첫 배를 타고 온 손님들이 펜션에 도착했다. 젊은 손님들은 방 열쇠만 건네주면 더 이상의 친절을 원하지 않았다. 몽이도에 대해 섬 주민들보다 더 잘 알고 있었고, 배를 타기 전 모두 마트에 들렀다가 와, 횟감 말고는 달리 제공해줄 물건도 없었다. 또 그들이 먼저 찾지 않으면 아무것도 간섭하지 않는 게 펜션 주인이 지켜야 할 예의였다. 손님 중에는 하루 종일 방 안에만 처박혀 있는 사람들도 있고, 저녁 늦게까지 바닷가에서 노는 사람도 있었다. 층마다 밖으로 들고 나는 문이 따로 있다 보니 어느 때는 그 많은 사람들이 실제로 펜션에 머물고 있나 의심스러울 때도 있었다. 펜션 손님들은 애초부터 자신들이 머물고 갈 방에 대해서만 관심을 보였다. 펜션의 주인과 구태여 말을 섞지도 않을뿐더러 섬 주변에 대해 궁금해하지도 않았다. 그건 마치 섬은 좋은데 섬사람들은 관심 없다는 태도로, 사람들이 살고 있어서 지금의 섬이 되었음을 알지 못하는 것과 같았다. 별채와 이층 큰방을 빌린 사람들은 마지막 배로 올 모양인 듯 아직 도착하지 않았다. 하루에 두 번 왕래하는 배 때문에 손님은 오전, 오후로 나뉘어서 몰려왔고, 더러는 마지막 배를 타고 섬에 들어와서도 놀다가 늦게 펜션을 찾아오는 경우가 있어 밤늦도록 손님을 기다려야 했다.

포구에 나간 남편은 잠깐 영주 남편을 보고 오겠다고 했다. 남편이 영주네 바다펜션에 간 거라면 영주가 내게 전화로 알렸을 텐데, 남편은 아마 영주 남편과 술집에 있는 건지도 몰랐다. 그리고 보니 통화할 때 남편이 약간 취해 있었던 것 같기도 했다. 낮부터 무슨 술을 마시나 싶어 물었더니 남편은 별일 아니니 걱정 말라며 밖에 나가 있는 중지 씨나 찾아보라고 했다. 그제야 나는 중지 씨가 밖에 나간 지 오래되었다는 사실을 깨달았다. 매일 반복되는 일인데도 남편이 얘기하지 않으면 그녀의 존재를 자꾸 깜빡했다. 그녀가 우리 가족이고 나와 함께 살고 있다는 사실을 일깨워주는 것은 시계 소리였다. 그녀의 방 안에 있는 시계가 댕댕거릴 때만 그녀의 존재감이 악몽처럼 되살아났다. 술에 취해 그런지 남편의 목소리는 평소보다 낮고 힘이 없었다. 펜션에 이상한 남자 손님이 들었다는 얘기를 하려던 나는 금방 들어갈 테니 걱정 말라는 남편의 말꼬리를 붙들지 못했다. 내가 남자에 대해 설명하는 것보다 남편이 들어와 직접 확인하는 게 이해가 빠를 것 같았다.

바다로 나간 중지 씨를 데려와야 했다. 몽이도로 오는 마지막 배가 도착하려면 아직 두 시간 정도 여유가 있었다. 나는 별채에 들러 난방 스위치를 켜놓고는 서둘러 바닷가로 나갔다. 저녁이 되면 별채는 다른 방보다 추워 미리 방을 덥혀놔야 했다. 젊은 사람들도 따뜻한 방바닥을 좋아해 겨울이면 난방비가 한여름보다 두 배는 더 나왔다. 기름값을 감당하기 어려워 전기보일러로 바꿨지만, 그 역시 펜션 관리비의 반 이상을 차지했다. 영주네처럼 손님이 나간 눈치면 수시로 들락거리며 전기 코드를 빼버려야 할지도 몰랐다.

중지 씨는 선착장을 지나 십여 분쯤 걸으면 나타나는 개펄에 있었다. 펜션이 들어서기 전 몽이도 사람들은 그 개펄을 터전 삼아 먹고살았다. 배가 있는 서너 집 말고는 거의가 개펄에서 조개를 캐고 낙지를 잡으며 살았다. 남편을 따라 처음 몽이도에 왔을 때는 정말이지 마지막 배를 타고 다시 돌아가고 싶었다. 갯바닥에 엎드려 있는 중지 씨도 꼴 보기 싫었지만, 달랑 방 한 칸뿐인 집을 보니 결혼이고 뭐고 때려치우고 싫었다. 오랫동안 몽이도를 찾지 않은 것도 그래서였다.

그러나 지금의 몽이도는 서해안의 어느 섬보다 아름다웠다. 몽이봉의 빽빽한 소나무 숲도 볼 만하지만 한여름 1킬로미터에 이르는 해안가 팽나무 숲은 장관이었다. 팽나무를 처음 보았을 때는 마디마다 굽고 비틀려 노인들만 사는 몽이도와 닮았다는 느낌을 버릴 수가 없었다. 팽나무 숲에서 나는 우우거리는 바람 소리조차 개펄에 엎드려 사는 늙은 여자들의 한숨 소리 같아서 지겨웠다. 그 팽나무 숲이 이제는 몽이도의 낭만적인 산책로로 바뀌었다. 예전 그 가난했던 몽이도가 맞나 싶을 정도로 섬의 모든 것들이 달라졌다. 나는 한가한 선착장을 지나 긴 팽나무 숲길을 걸었다. 멀리 큰 파도가 몰려오는 것도 같았지만, 만조까지는 아직 시간이 남아 있었고 개펄은 더없이 평화로워 보였다.

개펄 한가운데, 겨울새들 무리 속에 앉아 있는 중지 씨가 보였다. 얼핏 봐선 그녀도 큰 새와 다르지 않았다. 날지 못하는 가마우지나 바다오리가 꼼짝없이 개펄에 갇혀 있는 형상이었다. 가마우지 같은 그녀를 집으로 데려가는 일은 쉽지 않았다. 남편이라면 억지로라도 업어서 데려갈 테지만, 나는 그녀를 업을 힘도 설득할 자신도 없었다. 더군다나 그녀는 개펄 한가운데 진을 치고 있어 낚싯대를 던질 수도, 그물을 쳐 끌어올릴 수도 없었다. 나는 또 고민에 빠졌다. 그녀를 섣불리

건드렸다가는 나 혼자 동문서답하다 날 샐 것이 뻔했다. 그녀의 반복되는 개펄행을 아주 이해 못하는 바는 아니지만, 시간이 갈수록 그녀에 대한 이해가 뭔지 모를 불길함으로 바뀌었다. 그녀가 있는 개펄 한가운데로 들어가고 싶지 않았다. 개펄이 그녀만의 성역 같기도 하고 불길함의 뿌리 같기도 해서 발을 들여놓기 싫었다. 나는 푹푹 빠지는 개펄이 아닌 안전한 갯바위로 올라가 그녀를 불렀다.

"어머니!"

개펄이 일순 소란스러워지며 층층이 출렁거렸다. 검은 융단 같은 개펄이 몸을 틀자 바닷새가 푸드덕 날아올랐고, 게들이 놀라 달아났고, 총총한 구멍들이 일제히 문을 닫았다. 저만치 밀려난 바다가 까칠하게 철썩거렸고, 중지 씨가 희미한 하현달인 양 내 쪽으로 슬쩍 고개를 돌렸다. 그러나 그뿐이었다. 바닷새보다는 크고 조개나 게보다는 느린 바다 생물 중지 씨는 개펄 깊숙이 박힌 듯 더 이상 꿈쩍하지 않았다. 할 수 없었다. 갯바위에서 내려선 나는 두어 발짝 더 그녀에게로 다가갔다.

"어머니! 빨리 일어나요, 집으로 가요!"

그녀가 희미하게 날 쳐다보는가 싶더니 또다시 못 들은 척 바다로 고개를 돌렸다. 잔잔한 겨울 바다가 그녀 앞에 있었다. 수십 년 동안 지겹도록 봐왔을 바다에 넋을 빼앗긴 듯, 그녀는 다른 소리에 귀를 막았다. 나는 조금 더 가까이 다가가 그녀를 향해 손짓했다. 생각 같아서는 단숨에 개펄로 뛰어들어가 그녀를 번쩍 안아다 갯바닥에 내동댕이치고 싶었다. 솔직히 그만하면 됐다고 따귀라도 한 대 올려붙이고 싶은 적이 한두 번이 아니었다. 바다를 싫어하는 것은 아니지만 그녀가 있는 바다를 보는 것은 나는 물론이고 몽이도 사람들 모두에게 곤혹스런 기억을 떠올리게 만들었다. 이제 와서 하는 말이지만 아무도 그날을 기억하려 하는 사람이 없는데, 그녀가 자꾸 개펄에 나와 청승을 떨어 불편한 기억들을 불러냈다. 물론 그녀가 제정신이 아닌 것은 다행스러운 일이었다. 아무도 그녀가 멀쩡한 정신으로 그런다고는 생각지 않기 때문이었다.

"어머니 자꾸 이러시면 이제 데리러 오지 않을 거예요."

"……"

개펄은 언제나 차지고 윤택했다. 편편한가 싶으면 출렁이고 고요한가 싶으면 떠들썩했다. 그녀만 주인인 양 행세하지 않는다면 발끝에서 방정 떠는 게와 조개 한 바가지 정도는 쉽게 잡아갈 수 있는데, 내 속이 개펄만큼이나 시끄러워 그녀밖에는 보이지 않았다.

"해 떨어져요, 빨리 가요!"

"에미야, 저기 봐라!"

그녀가 바다를 가리키며 날 불렀다. 내게는 좀처럼 말을 걸지 않는 그녀가 나더러 바다를 보라고 했다. 그녀가 반응을 보였으니 집으로 데려가는 일이 아주 어려울 것 같지는 않았다.

"뭐요?"

그녀가 바다에서 뭔가 보았다면 몽이도로 오는 마지막 배여야 하는데, 배는 아직 들어올 시간이 아니었다.

"저기 시커먼 괴물이!"

그녀가 놀란 표정으로 다시 바다를 가리켰다.

"무슨 괴물이야…… 빨리 가요!"

그녀는 엊그제도 남편에게 시커먼 괴물 얘기를 했다고 했다. 남편은 그녀의 병세가 깊어지는 것 같다며 조금만 더 지켜보자고 했다. 남편의 말은 조만간 그녀를 다시 요양원에 입원시키겠다는 뜻이고 나는 내심 환영했다.

"집채만 한 시커먼 괴물이 바다에서 쑥 올라왔단다. 처음에는 주먹만 하더니 달을 먹고 자라는지…… 수박만 해지고, 자동차만 해지고, 학교 운동장만 해지고…… 아무래도 막달이가 찾아온 것 같다."

치매 걸린 그녀가 혼자 중얼거린 소리였지만 아니, 다른 소리는 모두 헛소리였지만 말끝에 매달린 막달이란 이름은 헛소리가 아니라 진짜였다. 다른 말은 모두 환상이고 환청이라고 해도 막달이는 진짜였고, 그녀의 둘도 없는 친구였다. 몽이도 개펄이 고향인 막달이와 중지 씨의 삶을 뒤집어놓은 것

은 우리가 아니라 저 바다였다. 그런데도 나는 두려웠다. 말
도 안 되는 소리지만 막달이는 여전히 두려운 실체였다. 막달
이는 오래전에 죽었는데, 그날의 일들이 마치 어제 일처럼 생
생하게 떠오르면서 불안이 살금살금 갯바닥을 기어다녔다.
막아야 했다. 그녀의 헛소리를 막아야만 낭만적인 바다를 지
킬 수 있었다.

"괴물 같은 소리 말아요! 어머니, 자꾸 이러면 요양원에 집
어넣을 거예요. 막달이 죽은 지가 언젠데, 아들 잘사는 거 보
고 싶으면 그 입 다물어요."

그녀가 제 발로 걸어 나오길 바랐지만 더는 기다릴 수가
없었다. 그녀는 계속해서 바다를 가리키며 혼잣말을 이어갔
다. 설움과 분노와 안타까움이 뒤섞인 그녀의 목소리는 대부
분 깨지고 갈라져 바람에 흩어지고 개펄에 스며들었지만, 간
간이 튀어나오는 막달이란 이름만큼은 정확하고 또렷해서 내
참을성을 시험했다.

"제발 그만하세요!"

뒤쪽에서 끌어안았지만 그녀는 쉽게 빠지지 않았다.

"막달이 엄마가 막달이 불쌍하다고 잘 지내라고 했는데, 막
달이는 까막눈이고 귀도 먹어서 내가 옆에 붙어 있어야 하는
데, 막달이 엄마한테 미안해서 어떡하나. 막달이 신발 찾아야
하는데, 그노무 새끼들이 우리 막달이를 죽였어! 막달이는 내

친군데……"

나도 모르게 그녀의 등짝을 후려치고 말았다. 내가 죽을힘을 다해 들어올리면 그녀는 다시 밑으로 쑥 빠져 개펄에 콕 처박혔다. 마지막 배가 들어올 시간인데 개흙투성이 그녀는 헛소리를 멈추지 않았다.

"빨리 일어나지 못해요! 어서요!"

놀란 그녀가 고둥이 눈으로 날 빤히 바라보았다. 눈물을 흘린 듯 진흙 묻은 볼 가운데로 긴 갯지렁이 자국이 나 있었다. 그녀와 그렇게 가까이 마주한 적은 처음이었다. 그녀가 치매에 걸리기 전에는 그런대로 시어머니와 며느리라는 관계를 유지했다. 그런데 그녀의 정신이 퇴행을 거듭하면서 나는 그녀를 몽이도의 또 다른 섬으로 만들어버릴 수밖에 없었다. 막달이가 죽고 그녀가 몽이도에 남은 마지막 원주민이라는 사실 또한 내게는 큰 부담이었다. 몽이도에서 나만 왠지 쓸모없는 골동품과 함께 사는 느낌이었다. 나는 그녀와 더 이상 마주하고 싶지 않았다. 순진한 것도 같고 엉큼한 것도 같은 그녀의 눈에 속아 넘어갈 시간이 없었다. 나는 이때다 싶어 그녀를 다시 거칠게 끌어안았다. 순간 그녀가 세차게 몸을 비틀었고 나는 그녀를 놓치지 않으려 꼭 끌어안은 채 개펄을 나뒹굴기 시작했다. 아무리 일어나려 애를 써도 내 옷자락을 앙칼지게 움켜잡고 씨부렁거리는 그녀를 당해낼 재간이 없었다.

"미쳤어요! 도대체 왜 그래요. 이젠 부자로 잘사는데, 뭐가 부족해서 난리예요. 이 지긋지긋한 개펄에 무슨 미련이 있다고."

그녀에게 애원했지만 소용없었다. 그녀는 점점 더 개펄 속으로 내려앉고 있었다. 멀리 몽이도로 들어오는 배가 보였다. 달펜션으로 오는 손님들이 타고 있는 배였다. 이제 더는 기다릴 수 없었다. 집으로 돌아가 그들을 맞이할 준비를 하려면 무슨 수를 써서라도 그녀를 개펄에서 치워야 했다. 내 미래는 그녀와 개펄이 아니라 달펜션을 찾아오는 손님들이었다. 서울에서 공부하는 두 아들의 성공도 달펜션의 한 달 수입에 달려 있었고, 몽이도 최고의 숙박 시설을 만들겠다는 남편의 꿈도 펄투성이 그녀 따위가 아니라 하룻저녁에 이삼십만 원을 주고 놀러 오는 손님들이었다. 그녀가 미끄러운 손으로 날 움켜잡으며 말했다.

"막달이? 막달아 살아 있었구나!"

그녀가 나를 막달이라고 불렀다. 개흙 범벅이 된 나는 그녀의 미끄덩거리는 두 손에 얼굴을 잡히고 말았다.

"어머니, 막달이 오래전에 이 개펄에서 죽었잖아요."

"아이구 막달아! 추워서 혼났지?"

그녀는 내 몸에 붙은 개흙을 훑어내며 막달이의 생환을 반겼다. 그녀가 날 막달이로 보는 것도 무리는 아니었다. 그날 막달이의 죽음은 지금의 나와 그녀처럼 시커먼 기름과 개흙 범벅을 하고 있어, 지켜보던 사람들을 기절하게 만들었다. 그러니까 오 년 전 이맘때쯤이었을 것이다. 떠올리고 싶지 않은 그날이 그녀의 막달이 때문에 만조의 바다처럼 출렁거렸다.

중지 씨는 그날도 여느 때와 다름없이 개펄에 나가 있었다. 남편은 친구의 낚싯배를 빌려 바다에 나갔고 나는 손님이 떠난 빈방을 청소하느라 허리가 휠 지경이었다. 아무리 허름한 민박집이라고 해도 기본적으로 지켜야 할 상식이 있는데, 네 명의 낚시꾼들이 이틀 동안 머물다 간 방 안은 쓰레기 집하장 같았다. 서울에서 왔다는 유세를 떨며 고추장 달라 된장 달라 며 가지가지 괴롭혀도 오랜만에 든 손님이라 고분고분 들어 주었다. 중지 씨가 나 몰래 동치미까지 퍼다 주며 친절을 떨었는데, 돌아온 것은 쓰레기들뿐이었다. 그들이 떠난 방 안 풍경을 보면서 나는 상식이란 인간의 본성이 아니라 지폐의 두께에 비례하는 물성이라는 걸 깨달았다. 그들이 바닷가 오두막에 딸린 민박집이 아니라 하룻저녁에 몇십만 원 하는 호텔이었다면 감히 그런 짓을 저지르고 태연히 섬을 떠나지 않았을 것이었다.

여자 둘 남자 둘 짝을 이뤄 찾아올 때부터 시끄러울 거라는 짐작은 했지만, 이틀 밤 내내 술판을 벌이며 괴성을 질러

댈 줄은 예상하지 못했다. 둘째 날 밤에는 열두시도 넘은 시간에 술이 떨어졌다고 생난리를 쳐 남편이 영주네 냉장고를 뒤져다 주기도 했다. 낚싯배 대여료와 방값까지 오랜만에 만져보는 현금이라 솟구치는 성질머리를 죽이느라 무던히 애쓰던 남편을 생각하니 오만 냄새를 만들어놓고 사라진 그들에게 분노가 일었다. 방 안 가득 펼쳐진 이부자리 위로 과자 봉지와 라면 봉지가 수두룩했고 여기저기 쓰러져 있는 막걸리병과 소주병에선 먹다 남은 술들이 흘러나와 발 디딜 틈이 없었다. 컵라면을 먹었는지 텔레비전 장식대 위에는 시뻘건 라면 국물이 떨어져 이불 한 자락을 푹신 적셨고, 특별히 가져다 준 크리넥스 한 통도 속이 텅 빈 채 납작하게 찌그러져 있었다. 그들에게 외딴섬 몽이도는 똥을 싸고 싶어 찾아왔지만 실컷 싸고 난 뒤에는 구린내를 피해 뒤돌아보지 않고 얼른 빠져나가야 하는 변소에 불과했다. 변소에서 교양과 양심을 찾는 사람은 없을 테니 결국 그들이 문제가 아니라 변소가 문제라는 걸, 나는 방 청소하는 내내 되씹었다.

그렇게 이불 빨래까지 마치고 잠시 쉴까 했는데, 때맞춰 바다에 나갔던 남편이 중지 씨를 데리고 들어왔다. 아직 해가 남아 있는데, 중지 씨의 이른 귀가에 기분이 흐려졌다. 남편도 뜻하지 않게 집으로 돌아온 듯 내게 눈짓을 하며 그녀를 부축해 방으로 데려갔다.

"어머니가 아프다고 명근이가 전화했더라고."

명근이는 영주 남편이었다. 그녀가 개펄에서 비실비실하는 걸 때마침 그곳을 지나던 명근 씨가 보고는 남편에게 연락을 한 모양이었다.

"점심 먹은 게 좋지 않은가봐."

그녀의 방에서 나온 남편은 대수롭지 않게 말했다. 나 역시 그녀가 자주 체하거나 배앓이를 해 크게 신경 쓰지 않았다. 더군다나 오늘 점심은 집에서 먹은 것도 아니고 마을회관에서 먹어 나 때문에 문제가 생긴 것도 아니었다. 그녀는 그렇게 다른 날보다 일찍 개펄에서 돌아와 자리에 누웠고 남편은 다시 바다로 나갔다. 몽이도에서 조금 떨어진 무인도로 낚시꾼들을 데리러 간다고 했다. 그녀만 아니었으면 자신도 그곳에서 낚시를 하려고 했는데, 그녀가 아프다는 명근 씨 연락을 받고 그냥 돌아왔다며 투덜거렸다. 그곳 무인도에는 우럭이 많이 잡혀 낚시꾼들이 자주 찾았고 남편도 시간이 날 때마다 그곳으로 향했다. 일몰이 가까워지면서 바다는 전에 없이 거칠었다. 수시로 모습을 바꾸어 뭐라 정의할 수는 없지만 그런 바다를 볼 때마다 나는 시커먼 개펄을 닮은 그녀 같다는 생각이 들었다. 겉으론 순하고 평온해 보이지만 개펄에만 나가면 펄펄 날아 몽이도에서 그녀만큼 조개를 잘 캐고 낙지를 잘 잡는 사람도 없었다. 또 며느리인 나하고는 본체만체 지내면서 막달이하고는 볼 적마다 반가워 죽는 꼴이 게 자루 속처럼 시끄러웠다. 개흙 속 같은 그녀 마음을 알려고 하다가는 내가 먼저 바다로 풍덩 들어가야 될 듯싶어 포기한 지 오래되었다.

다행인 것은 남편이 그녀와 나 사이를 상관하지 않는다는 것이었다. 누구 편도 아니고 누구 편도 되기 싫다는 남편의 태도에 서운할 때도 있지만, 덕분에 더 큰 고부 갈등은 일어나지 않았다. 그녀의 방은 조용했다. 가끔 기력이 달리는 듯 그녀는 한번 잠이 들면 쉽게 일어나지 못했다. 그녀는 어쩌면 늦은 저녁을 먹으러 일어날 수도 있고 내일 아침까지 깨어나지 않을 수도 있었다. 한갓졌다. 내 방으로 들어가 길게 누워 텔레비전을 켰다. 드라마를 기대했는데 방송사마다 속보가 전해지고 있었다. 만리포 서쪽 근해에서 해상 크레인과 원유를 싣고 가던 배가 부딪쳐 기름이 바다로 유출되었다는 소식이었다. 그런 일이 발생한다는 건 가끔 들었고 바다는 어마어마하게 넓었다. 그냥 뉴스일 뿐 내가 놀랄 일은 아니었다. 나는 계속해서 반복하는 그 뉴스를 보다가 스르르 잠이 들었다. 그러다 소스라치게 놀라 깬 것은 중지 씨 때문이었다. 텔레비전은 꺼져 있었고 시간은 벌써 한밤중이었다. 언제 들어온 것인지 남편도 술냄새를 풍기며 옆에서 자고 있었다. 무슨 일인가 싶어 거실로 나갔더니 그녀가 안절부절못하며 막달이를 불렀다.

"에미야! 막달이, 막달이 그냥 두고 왔다……"

그녀가 발을 동동거리며 캄캄한 밖을 가리켰다.

"지금 한밤중이에요. 집에 들어갔을 테죠."

"아니야! 어서 가자, 막달이 귀먹어서 아무것도 못 듣잖
어."

몽이도에서 막달이가 귀머거리라는 사실을 모르는 사람은
없었다. 막달이가 귀머거리고, 까막눈이고, 혼자 살고, 우리
보다 더 가난하다는 사실을 모두 알아 애들부터 노인들까지
아무나 막달이라고 불렀다. 그 막달이와 중지 씨가 죽고 못
사는 친구라는 사실도 알았고, 중지 씨만 막달이를 공경받아
야 할 노인으로 상대하며 동병상련한다는 것도 모두 알고 있
었다.

"걱정 마세요, 누군가 집으로 데려다줬겠죠. 어머니 말고도
개펄에 사람 많아요."

"아니야! 막달이가 나 말고 누굴 믿겠냐, 얼른 나가보자."

그녀는 끝까지 고집을 부렸다. 만조 시간이라 나가봤자 개
펄도 사라졌겠지만, 이때까지 막달이가 그곳에 있을 리 없었
다. 하지만 아무리 말려도 그녀는 끝내 밖으로 나가려는 듯
발버둥치며 막달이를 불렀다. 그녀의 소란에 술에 취해 잠들
어 있던 남편이 거실로 뛰쳐나오며 고함을 질렀다.

"어머니! 정신 차리세요! 지금 시간이 몇 신데, 빨리 들어

가 자요!"

그녀가 흠칫해서 남편을 빤히 올려다보았다. 남편이 오금을 박듯 다시 소리쳤다.

"막달이가 죽은 친정엄마라도 돼요? 소란 떨지 말고 어서 들어가요."

내 팔을 잡았던 그녀의 손이 힘없이 떨어졌다. 새파랗게 소리치는 남편이 두려운 듯 슬금슬금 되돌아서더니 자신의 방으로 들어갔다. 곧이어 그녀가 막달이를 부르며 우는 소리가 들렸고, 남편이 그녀의 방으로 돌진하려는 걸 내가 말렸다. 그녀에게는 몸이 시원찮은 막달이를 챙겨야 한다는 책임감이 몸에 밴 모양이었다. 어릴 적부터 쭉 그렇게 살아 막달이가 자신의 일부처럼 생각되는 건지도 몰랐다. 이해는 하면서도 막상 그녀가 막달이를 챙기는 걸 보면 이상하게 기분이 좋지 않았다. 남편 체면도 있는데 기왕이면 그녀가 자신보다 나은 사람과 어울렸으면 하는 바람 같은 거였다. 그녀의 흐느끼는 소리만 빼면 몽이도의 밤은 어제와 다르지 않았다. 바람 소리가 낮보다 조금 세진 느낌이지만, 언제 또 변덕을 부릴지 모르는 일이라 파도가 높다고 할 수도 없었다. 큰일을 해결한 듯 방으로 들어가려던 남편이 거실 창 쪽으로 고개를 돌리며 말했다.

"어디 불났나…… 무슨 냄새 나는 것 같지 않아?"

"아니, 아무 냄새도 안 나는데."

나는 아무 냄새도 맡지 못했는데 남편은 여러 번 코를 킁킁거렸다. 물을 끼고 살지만 바람이 세서 한번 불이 나면 걷잡을 수 없는 곳이 섬이었다. 소방서가 있는 것도 아니고 바닷물을 쉽게 퍼 올릴 수 있는 것도 아니라서 섬사람들은 화재에 예민할 수밖에 없었다. 전기와 수도 시설이 되어 있지만 집집마다 드럼통에 빗물을 받아놓는 것이 예사였다. 남편 말 때문인지 처음과 달리 밖에서 불내가 스며드는 것도 같았다. 하지만 불이 났다면 누군가 마을회관으로 달려가 방송을 했을 것이니 그건 아닐 것이었다.

이튿날 새벽, 중지 씨는 방 안에 없었다. 엊저녁 그 난리를 피웠으니 새벽같이 개펄로 나갔을 거라는 짐작이 갔다. 그녀의 이른 외출보다 더 심각한 것은 텔레비전 뉴스를 통해 연속적으로 방송되는 기름 유출 사고였다. 새벽잠에서 깬 남편은 비로소 영주 남편이 왜 그리 여러 번 전화를 했는지 알았다. 마을회관에선 기름 유출을 알리는 방송이 영주 남편의 다급한 목소리를 타고 흘러나왔다. 그때까지도 나는 그 문제가 몽이도하고 무슨 상관이 있다는 건지 이해하지 못했다. 다른 곳은 몰라도 몽이도는 지금까지 태풍 한 번 대차게 맞은 적이 없었다. 바다에 나갔다가 죽은 사람은 있지만 그건 어부의 숙명이라 몽이도만의 비극은 아니었다. 밤새 무슨 일이 일어난 것인지 영주 남편은 서둘러 선착장으로 모이라고 했다.

　남편과 나는 방송이 끝나기 무섭게 달펜션을 박차고 나왔다. 꽃게잡이 나갔던 영주 시아버지 배가 풍랑에 침몰해 네 명이 죽었을 때도 몽이도 사람들은 묵묵히 받아들였다. 온 동네가 통곡을 하긴 했지만, 오늘처럼 무겁고 흉흉한 기분은 들지 않았다. 그러고 보니 어젯밤에 희미하게 맡아지던 불 냄새가 현관문을 열자 무섭게 달려들었다. 불내가 아니라 기름 냄새였다. 진득하면서도 매캐한 기름 냄새가 대번에 코를 움켜쥐게 만들었다. 점퍼에 붙은 모자를 끌어당겨 코를 막은 채로 마당을 지나 해안길로 내려선 남편과 나는 눈앞의 바다를 보고는 그만 그 자리에 멈추고 말았다. 바다 색깔이 이상했다. 정의할 수 없는 게 바다색이라지만 몽이도 바다는 달랐다. 투명한 쪽빛은 아니지만 수평선 끝의 바닷빛은 천국으로 향하는 구름다리처럼 맑고 평화로운 바닷빛 그 자체였다. 그런데, 그런 바다는 보이지 않고 검은 물체만 가득했다. 지옥의 냄새를 풍기는 검은 물체가 꿈틀꿈틀 몽이도를 포위하고 있었다. 무서웠다. 나는 남편을 방패 삼아 바다를 등진 채 걸었다. 밤새 바다를 지켜봤을 해안가 팽나무 길을, 남편과 나는 포화 속을 뚫고 가는 피난민처럼 뛰었다.

　사람들 모두 두려운 눈으로 바다를 보거나 코를 틀어막거나 급작스런 재앙에 할 말을 잃은 표정들이었다. 손바닥으로 코를 막은 영주가 내 곁으로 다가왔다.

"자기 시어머닌 어딨어? 중지 씨……"

그러고 보니 남편과 나보다 먼저 나간 중지 씨가 보이지 않았다. 몽이도 사람들 모두 합해야 오십 명도 안 되는데, 아무리 둘러봐도 그녀는 보이지 않았다. 남편 역시 그녀를 찾았는지 보이지 않는다며 내게 눈짓을 보냈다. 귀먹은 막달이도 아니고 방송을 들었다면 분명히 선착장으로 왔을 텐데, 방송을 하자마자 선착장으로 달려왔다는 영주 남편도 중지 씨를 보지 못했다고 했다.

"아까 방송으로도 얘기했고 뉴스로 들어서도 아실 겁니다. 보시다시피 바다가 이 지경이 됐으니 최대한 피해를 막을 방법을 찾아야 할 것 같습니다. 막달네만 빼놓고 다들 모이신 것 같으니 두 패로 나눠서 섬을 한 바퀴 돌아본 뒤 마을회관으로 모이세요."

중지 씨는 막달이와 함께 있는 게 분명했다. 중지 씨는 지금쯤 막달이와 함께 어제 캔 조개를 까고 있을 것이었다. 그녀에게 막달이는 귀가 들리거나 말거나 자신의 말을 가장 잘 들어주고 이해해주는 친구이고, 몽이도에 무슨 일이 벌어졌는지는 중요하지 않을 것이었다. 다른 사람들 역시 막달이와 그녀의 불참에 대해선 아무 신경 쓰지 않았다. 오히려 두 사람이 나타나 거치적거리면 더 신경 쓰이니 안 보이는 게 낫다고도 했다.

윤기 흐르던 차진 개펄은 사라지고 없었다. 고약한 냄새를 풍기며 쿨렁거리는 시커먼 기름이 해안가 개펄을 두껍게 덮치고 있었다. 실감이 나지 않았다. 어제만 해도 수평선 너머까지 눈부시게 푸르던 바다는 온데간데없었다. 해일과 태풍이라면 모를까, 그 큰 바다가 저토록 무시무시한 괴물의 형상을 하고 있다는 게 믿기지 않았다. 섬사람들은 바다가 품어줘야 살 수 있는데, 바다가 저토록 검은 형상으로 찾아올 줄은 몰랐다. 사람들은 고개를 내저으며 깊은 절망을 내뱉었다. 남편이 죽고 아들이 죽었을 때조차 해장을 하듯 바다를 보며 숨을 고르던 사람들이 눈앞의 바다를 똑바로 쳐다보지 못했다. 엄두가 나지 않았다. 만질 수도 가까이 다가갈 수도 없어 발만 굴렀다. 질척이는 기름에 개펄을 내준 바다는 저만치에서 파도 소리조차 만들어내지 못하고 신음했다.

사람들이 잠시 멈췄던 걸음을 다시 옮기려 할 때 가까이에서 갈매기 울음소리가 들려왔다. 물살을 가르며 섬으로 달려오는 뱃고동도 없는데, 사람들은 어리둥절해 개펄을 둘러보았다.

"저기 봐요!"

영주 남편이 소리치며 거뭇한 물체가 있는 쪽으로 달려갔다. 나와 남편도 허겁지겁 그의 뒤를 따라갔고 나머지 사람들도 꼬리를 물고 소리 나는 곳을 향해 뛰었다. 얼마쯤 가지 않아서 나는 그 요상한 소리를 시어머니 중지 씨가 내고 있다는 걸 알았다. 그녀가 기름투성이 시커먼 개펄에 앉아 목이 잠긴 갈매기 소리로 누군가를 애타게 부르고 있었다. 막달이와 천연덕스럽게 조개를 까거나 부침개를 해먹으며 놀고 있을 거라 생각했는데, 중지 씨는 기름 개펄 한가운데 주저앉은 것도 모자라 시커먼 기름 덩이를 가슴에 끌어안고는 꺼이꺼이 숨넘어가는 소릴 내고 있었다. 나도 그렇지만 다른 사람들 역시 그녀의 해괴한 모습에 할 말을 잊은 표정들이었다. 남편이 다급하게 그녀를 불렀다.

"어머니! 지금 뭐하시는 거예요! 거기서 빨리 나오세요!"

아무 소리도 들리지 않는 듯 그녀는 가슴에 끌어안은 기름 덩이만 자꾸 손으로 쓸어내렸다.

"어머! 자기 시어머니 정말 심각하다, 빨리 요양원에 집어넣어……"

영주가 혀를 차며 내게 말했다. 지켜보던 사람들도 그녀가 정신을 놓아 이상한 짓을 한다고 여기는 눈치였다. 남편은 여전히 그녀더러 나오라고 소리만 지를 뿐 그녀가 있는 개펄로 선뜻 뛰어들지는 못했다. 보다 못해 기름 펄로 발을 들여놓은 사람은 몽이도 이장이었다. 그녀와 연배가 같은 이장이 꾸

부정한 몸으로 푹푹 빠지는 기름 펄 속으로 들어갔다. 오십여 미터 정도의 거리밖에 안 되는데, 시커먼 안개와 냄새 때문인지 우리는 모두 그녀가 끌어안고 있는 것이 그냥 기름 덩이인 줄로만 알았다. 그녀 가까이에 줄줄이 흩어져 있는 크고 작은 물체들도 기름을 뒤집어쓴 작은 갯바위거나 바다에서 쓸려온 쓰레기일 거라고 짐작했다. 그래도 이장이 그녀 곁으로 다가가 여전히 끅끅거리는 그녀에게 뭐라 말을 건넸다. 그리고 잠시 후, 구부정한 허리를 더 바짝 굽힌 이장이 그녀에게서 시커먼 기름 덩이를 건네받았다. 강보에 싸인 아이를 건네받 듯 조심스럽게 기름 덩이를 넘겨받자, 그녀가 일어나 이장을 따라 나왔다. 지켜보는 내내 무슨 일인가 싶었다. 아무리 봐도 시커먼 기름 덩어리 같은 그것을 그녀가 이장 품에 조심스럽게 안겨줄 때조차 우리는 전혀 눈치채지 못했다.

갯가 자갈밭에 이른 이장이 두 무릎을 꿇더니 안고 온 기름 덩이를 가만히 내려놓았다. 가까이에서 봐도 기름 덩어리였다. 뒤따라온 그녀가 무릎을 꺾으며 다시 통곡하지 않았다면 지켜보는 사람들도 그것이 사람인지, 기름 범벅된 무슨 물건인지 분간하지 못했을 것이다. 그녀가 개펄을 뒤지고 쑤시듯 시커먼 기름 덩이에 손을 대며 울었다.

"막달아! 미안하다! 미안하다! 내가 있었더라면 이렇게 되지 않았을 텐데, 미안하다!"

그녀가 얼마쯤 훑어냈을까. 시커먼 기름 덩이 속에서 막달이의 눈이 나오고 입이 나오고 코가 나왔다. 얼마쯤 더 쑤시고 파내자, 막달이의 퉁퉁 부은 손과 발이 튀어나왔다. 그리고 그녀의 갈퀴 같은 시커먼 손이 막달이의 걸레 같은 팬티를 벗겨내고, 대합을 잡듯 사타구니 기름을 퍼내자 구부러진 두 다리가 나왔다. 징그럽고 소름 끼쳤다. 그녀가 개펄을 뒤지듯 막달이의 몸 여기저기를 손가락으로 쑤시고 파낼 때마다 사람들은 놀라 소리쳤다. 그녀처럼 우는 것이 아니라 놀라거나 징그러워서 내는 소리였다. 죽을 때조차 사람들을 불편하게 만든 막달이를 가여워하는 사람은 같은 또래 노인들뿐이었고, 중지 씨만이 막달이의 자식이자 부모인 양 서럽게 울었다. 평생 소리 한 번 듣지 못했을 막달이의 귓구멍을 파낼 때, 그녀는 죽어가는 갈매기 소릴 내며 몸을 뒤틀었다.

"아이구! 막달아! 살려달라고 소릴 질러야지······"

이 꼴을 보고도 가만히 서서 구경만 하느냐고 이장이 사람들을 향해 소리쳤다. 영주 남편이 바지를 걷어올리더니 어기적어기적 기름 펄로 들어갔고 남편과 다른 남자들도 뒤따라 들어갔다. 막달이 옆으로 또 다른 죽음들이 차례로 놓였다. 몇 마리의 새들과 들고양이, 고라니가 막달이와 같은 모습으로 진열되었다. 이장이 마지막으로 펄에서 꺼내온 막달이의 파란색 장화 한 짝은 시어머니의 품속에서 한참 동안 머물다 다른 죽음들과 함께 놓였다. 그것들은 냄새 지독한 크고 작은 기름 덩어리에 불과했다. 비상하던 새들의 날개도, 모래톱을 산책하던 들고양이도, 개펄을 헤매던 막달이의 장화도, 길 잃은 고라니의 슬픈 눈동자도 흔적이 없었다. 흔적을 찾을 수 없어 그런지 아무 감정이 생기지 않았다.

그날부터 몽이도는 전쟁을 시작했다. 사람들은 분노를 끌어안은 채 날이 밝기 무섭게 개펄로 나갔다. 방송에서는 매일 기름 유출 사고로 인한 피해 상황을 알렸지만, 무슨 일인지 몽이도에 대한 얘기는 어떤 방송에서도 나오지 않았다. 피해 주민 대책위원장인 명근 씨가 분명 한 일간지 기자에게 피해 사실을 알렸고 지역 신문 기자도 전화를 해 몽이도의 피해 상황을 물어봤다고 했는데, 신문이나 텔레비전 어디에서도 몽이도에 관한 뉴스는 없었다.

새벽부터 해가 질 때까지 코를 틀어막고 일해도 주민 수가 적어 그런지 기름 수거 작업은 좀처럼 표시가 나지 않았다. 끝없이 밀려왔고 아무리 걷어내도 시커먼 수렁은 바닥을 드러내지 않았다. 끈적거리는 타르 알갱이들이 해변에 스며들어 더 이상 수거가 불가능한 곳도 많았다. 이장의 김 양식장은 타르볼에 점령당했고, 바람이 불 때마다 흙먼지와 함께 집 안까지 날아들었다. 더구나 몽이도는 조류의 흐름이 빨라 오일볼의 경우 바닷속 어디든지 흘러 다닌다고 했다. 오일볼은 떠다니다 햇빛을 받으면 툭 터져 다시 기름띠를 형성하고 수개월 또는 수년에 걸쳐 가라앉았다 떠올랐다를 반복하며 바다 환경을 오염시킨다고 했다. 개펄만 알던 사람들에게 환경오염이란 말은 낯설고도 어려웠지만 시시각각 변하는 바다를 보면 이해가 되는 것 같기도 했다. 그 많던 게와 바지락들이 새카맣게 죽어 나왔다. 낙지와 개불은 물론이고 괭이갈매기들조차 새까만 기름 펄 속에 빠져 죽었다.

사람들은 몽이도가 작은 섬이라 차별을 당하는 것이라며 분통을 터뜨렸다. 큰 섬에는 자원봉사자들이 넘쳐나고 지원물품이 밀려드는데, 몽이도에 대한 얘기는 아직 바다를 건너가지 못한 모양이었다. 사람이 죽었는데 사고를 낸 책임자도 정부도 알은체를 하지 않았다. 명근 씨는 기자가 혹시 잘못 알아들었을 수도 있으니 다시 한 번 통화를 해보겠다고 했다. 사고 발생 닷새째 되던 날, 명근 씨가 막 한 방송사 기자에게 전화를 하려던 참이었다. 첫 배를 타고 수십 명의 자원봉사자들이 몽이도 선착장에 나타났다. 반가웠다. 아무도 찾지 않아 몽이도는 버려진 섬이 될지도 모른다고 생각했는데, 그들을 보는 순간 나는 구원자를 만난 것만 같았다. 깜깜하기만 했던 개펄이 사람들 손이 닿자 조금씩 숨을 쉬기 시작했다. 그렇게 정신없이 기름과 싸우던 어느 날, 또 다른 자원봉사자들과 함께 한 변호사가 몽이도를 찾아왔다. 말쑥한 양복 차림으로 나타난 남자는 종일 기름을 닦아내느라 지친 사람들을 모아놓고 호기롭게 말했다.

"서울에서 온 김장호 변호사입니다. 갑작스런 피해를 입은 주민 여러분께 회사를 대표해 사죄드립니다. 회사 측에서는 주민 여러분들의 생계에 지장 없도록 최대한 보상을 하겠다고 약속했습니다. 그래서 저희가 피해 상황을 고려해 산정한바, 최대 보상 금액은 개인의 일일 어업 획득량에 위로금을 더해 지급하는 것으로 결정했습니다."

나만 말귀를 알아듣지 못한 게 아니라 주민들 대부분이 그가 무슨 말을 하는지 모르는 눈치였다.

"지금 그걸 말이라고 합니까! 책임자가 직접 찾아와 용서를 비는 게 순서지, 지금 돈 몇 푼 줄 테니 합의해달라는 겁니까."

명근 씨가 벌떡 일어나 삿대질을 해가며 말했다. 사람들이 웅성거렸다. 명근 씨 말이 맞다고 소리치는 사람도 있었고 기왕 이렇게 된 거 당연히 보상을 받아야 하지 않겠느냐고 속닥거리는 사람들도 있었다.

"제가 회사 측을 대변하는 사람이니까 여러분들의 어려움은 충분히 전달하겠습니다. 잘 한번 생각해보십시오. 여러분들이 하루에 개펄에 나가 채취하는 어패류가 얼마나 되는지, 또 바다에 나가 고기를 얼마나 잡는지요."

변호사는 시종일관 같은 표정으로 말했다. 사죄의 말을 전할 때조차 잠깐 고개만 숙였을 뿐, 그의 얼굴빛은 조금도 변하지 않았다. 명근 씨가 씩씩거리며 다시 일어났다.

"까짓 조개값 몇 푼으로 죄를 면하려는 모양인데 어림도 없는 소리 말아요. 일일 어업 획득량이라고? 그렇다면 우리가 죽을 때까지 여기서 일할 것이니 한 오십 년 치는 계산해줘야 맞을 거요."

사람들은 또다시 술렁거렸고 변호사의 얘기는 더 이상 진전이 없었다. 그는 가방 속에서 서류 한 다발을 꺼내 명근 씨에게 떠안기고는 서둘러 선착장으로 떠났다. 아직 결정이 난 일은 아니지만 누가 봐도 명근 씨의 협상 능력은 뛰어났다. 영주가 은근히 부러웠다. 부동산 중개사 정도는 마음만 먹으면 따는 거 아닌가 싶었는데, 똑 부러지도록 논리적인 명근 씨를 보니 그게 아니라는 생각이 들었다. 변호사가 떠나고 명근 씨가 다시 사람들의 의견을 모으려 했지만 결론은 쉽게 나지 않았다. 버텨야 한다는 쪽과 더는 힘들다며 하루라도 빨리 보상을 받아 몽이도를 떠나고 싶다는 쪽으로 갈렸다. 사실 나도 명근 씨에 대한 믿음은 있지만 변호사가 어떻게 나올지 모르는 마당이라 불안한 마음도 없지는 않았다.

명근 씨는 우리가 먼저 애가 닳을 필요는 없다고 했다. 해결 보자고 덤비는 쪽이 뒤가 구려 그런 것이라고. 기다리다

보면 구린 쪽 사람들이 제 발로 찾아올 것이고, 또 우리가 직접 나서지 않아도 앞장서서 일해줄 사람이 나타날 것이니 조급해할 필요가 없다고 했다. 듣고 보니 명근 씨 말이 맞는 것 같았다. 기름 유출 사고는 전 국민의 분노를 사고 있어 결코 쉽게 넘어갈 일이 아니었다. 몇 푼의 보상으로 끝날 일이라면 그쪽 변호사가 그렇게 빨리 찾아와 서류부터 내밀지는 않았을 것이었다. 명근 씨는 그들의 속셈을 일찌감치 간파하고 나름 계획을 세운 듯했다. 남편이 내 옆구리를 툭 치며 알아들었느냐고 물었다. 영주를 부러워하며 사는 나도 모자라 남편까지 명근 씨의 존재감에 밀리는 분위기였다.

이튿날 명근 씨 말대로 또 한 명의 변호사가 마을회관에 나타났다. 사람들 모두 놀라는 눈치였다. 선거철도 아니고 하루 이틀 사이에 변호사가 둘씩이나 나타나 잘 부탁한다며 고개를 조아리니 몽이도 사람들로서는 무슨 일인가 싶었다. 사고를 낸 회사 측에서 보낸 변호사는 무슨 꿍꿍이로 왔는지 대충 짐작이 갔지만, 서울의 큰 로펌에서 왔다는 변호사의 방문은 사람들을 아리송하게 만들었다. 그러나 사람들은 이내 박민호 변호사가 몽이도 편에 서서 싸워줄 아군임을 알아챘다.

"여러분들은 그냥 제가 시키는 대로만 하면 됩니다. 여러분들의 피 같은 바다와 개펄을 제가 지켜드리겠습니다. 몽이도에서 편안히 살아갈 수 있도록 최고의 피해 보상금을 받아드릴 것이니 저희 로펌을 믿고 맡겨주십시오."

박변호사는 사고를 낸 회사 측에서 나온 변호사와 다르게 말했다. 조개값이나 들먹이며 은근히 몽이도 사람들을 무시하던 그와 달리 박변호사는 예의 바르고 침착했다. 보상금 문제도 최고의 금액을 받아준다고 자신 있게 말해 사람들을 설레게 했다. 명근 씨 역시 이번에는 타협의 의지가 있는 듯 박변호사의 말을 자르지 않고 끝까지 들었다. 사람들이 모두 돌아간 뒤에도 박변호사와 오랜 시간 이야기를 나누는 눈치였다. 또 그가 돌아갈 때는 남편을 동행해 선착장까지 배웅하는 걸 보니 그의 제안을 받아들이려는 것도 같았다. 이야기가 어디까지 진전된 것인지 궁금했던 나는 남편이 현관으로 들어서기 무섭게 붙들고는 도대체 보상금을 얼마까지 받아주겠다고 했는지 물었다. 남편이 픽픽 웃어가며 말했다.

"이 사람아 이제 시작이야. 공부도 안 하고 백 점 맞을 생각부터 하냐."

그게 무슨 소리냐고 되물었지만 남편은 더 이상 설명하지 않았다. 하나씩 차근차근 풀어야 할 일들이 많으니 어서 자고 일어나 개펄에 나가봐야 한다고만 했다. 보상이라는 게 그리 쉽게 이루어지지 않는다는 것은 나도 대충은 알고 있었지만, 박변호사가 다녀간 뒤로는 공연히 일이 손에 잡히지 않았다.

처음에는 어떻게든 개펄을 되살려보려고 억지를 떨었는데, 뜻대로 되지 않았다. 자원봉사자들 덕분에 작업이 한결 수월해졌는데도, 개펄이 살아난들 무슨 소용이 있을까 싶은 것이 하루가 지겹기만 했다.

그날도 온종일 미친년 치맛자락 펄럭이듯 하는 마음을 갯바닥에 붙들어놓고 있자니 이래저래 심란했다. 정든 님이라도 기다리는 양 고개가 자꾸만 선착장 쪽으로 돌아가 내가 왜 이러나 싶었다. 회관에서 국수로 대충 저녁을 때운 사람들이 하나둘 집으로 돌아가자 영주 내외와 우리 내외만 남았다. 영주가 별일로 자청해서 설거지를 하겠다고 나섰다. 기름 사단이 나면서부터 회관에 늦게까지 남아 뒤처리하는 사람은 으레 명근 씨라 이상할 것은 없었지만 영주가 설거지를 하겠다고 팔을 걷어붙인 것은 처음이었다. 그녀는 피곤한 기색이 없어 보였다. 명근 씨가 할 말이 있으니 우선 나하고 남편부터 앉으라고 했다.

"박변호사한테 우리 일 맡아달라고 했어. 다른 변호사도 알아봤는데 그쪽이 그래도 경험도 많고 우리 입장을 잘 대변해줄 것 같아서. 우선 우리가 해야 할 일들이 있어. 기름도 웬만큼 제거했으니까, 이제부터는 몽이도의 피해 사실을 밖에 알려야 한대. 다른 섬은 벌써부터 시작했다는데……"

박변호사가 우리 일을 맡게 되었다는 소릴 들으니 반가웠다. 딱 한 번 본 변호사일 뿐인데, 이상하게 그를 생각하면 마음이 들떴다. 기다리던 소식을 전하고 있는 명근 씨가 더 대견해 보였고, 그동안 우리 모르게 애를 쓴 것 같아 미안한 생각까지 들었다. 남편은 짐작을 하고 있었던 듯 환하게 웃으며 명근 씨와 눈을 맞췄다.

"그럼, 우리도 시작하죠."

두 사람의 이야기는 처음이 아닌 듯 주고받는 눈빛이 자연스러웠다. 명근 씨보다 두 살 아래인 남편은 그를 친구처럼 대하다 진중한 이야기를 할 때는 꼭 형님이라고 불렀다. 명근 씨도 그런 남편의 태도가 싫지 않은 듯 은근히 남편을 불렀다.

"지금까지 피해 지역 상황을 볼 때 몽이도처럼 사람이 죽어나간 곳은 없어. 이건 아주 심각한 문제지. 한마디로 사람이 죽어나갔을 정도로 몽이도의 피해 상황이 크다는 뜻이지."

막달이가 죽었다는 사실을 잊고 있었던 나는 아차 싶었다. 기름 제거 작업을 하느라 경황이 없기도 했지만, 그녀의 죽음에 대해 미안함이나 그리움 같은 감정이 없기 때문일지도 몰랐다. 다른 사람들 역시 그녀를 묻은 이후 한 번도 그녀에 대한 이야기를 꺼내지 않았다. 막달이는 그냥 몽이도 바다이고 개펄이었던 것이다. 막달이가 죽었다고 바다와 개펄이 사라지는 것은 아니었다. 막달이의 죽음은 이제 몽이도를 되살리는데 필요한 물증일 뿐이었다. 불쑥 떠오른 막달이가 해안가 갈매기처럼 아주 잠깐 앉았다 사라졌다.

설거지를 끝낸 영주가 내 옆으로 앉으며 명근 씨 말을 되받았다.

"그러니까 당장 그 회사 앞에 가서 시위를 해야 한다니까. 몽이도 사람들 전부 몰려가서 막달이를 죽인 살인마라고 소리쳐야 해. 그래봤자 그 새끼들 꿈쩍도 안 하겠지만 그래도 끝까지 버텨야 우리가 이겨."

영주가 새삼 대단해 보였다. 시위가 어떻고 집시법이 어떻고까지 들먹이며 대기업을 상대로 싸워 이기는 방법까지 설명할 때는 내가 알고 있는 그녀가 맞나 의심스러울 정도였다. 처음부터 야무지고 똘똘한 여자라는 건 알고 있었지만 이런 일까지 그토록 박식하게 꿰고 있을 줄은 몰랐다. 남편도 영주 말에 힘을 얻은 것인지 피곤해 보이던 눈이 갑자기 반짝거렸다.

"그까짓 개펄이 문제야, 사람이 죽었는데. 그 새끼들 그냥 두면 안 돼."

남편은 당장에라도 머리에 띠를 두르고 앞장설 기세였다.

"내가 내일 나가서 집회 신고하고 필요한 물건들 주문해놓을게."

명근 씨는 하나하나 계획이 서 있는 듯 차분하고 치밀해 보였다. 언제 찍어놓은 것인지 그가 보여주는 핸드폰 카메라 속에는 기름 덩어리 막달이의 죽음이 고스란히 담겨 있었다. 남편은 잠깐 섬뜩한 눈길로 핸드폰 액정을 바라보다 고개를 돌렸다. 명근 씨 계획은 막달이의 죽음을 전면에 내세우자는 것이었다.

이 모든 일의 시작은 명근 씨와 박변호사가 주도했고 몽이도 사람 누구도 두 사람이 하는 일에 반대하지 않았다. 며칠후, 사람들은 일찌감치 선착장으로 모였다. 눈부신 아침 햇살이 뭍으로 향하는 뱃머리에 쏟아졌고, 막달이 장례를 위한 몽이도 사람들의 장엄한 행렬이 속속 이어졌다. 검은 양복을 입은 명근 씨와 남편은 '막달이의 죽음을 책임져라'라고 적힌 플래카드를 들고 선두에 섰다. 영주와 나, 이장은 기름 펄 속에서 폐조개처럼 죽어간 막달이의 시신이 찍힌 피켓을 든 채그 뒤를 따랐다. 얇은 화판에 사진 한 장 붙였을 뿐인데, 나는 피켓이 무거워 갑판으로 오르는 발길이 후들거렸다. 바다 갈매기와 늙은 도둑고양이 사체가 찍힌 피켓을 든 영주는 붉은 입술과 흰 소복의 조화가 매력적으로 보여 그런지 죽음을 들고 있는 사람 같지 않았다. 죽음의 부피가 다르듯 죽음의 무게 또한 달라서 그런 것이라면, 막달이의 죽음을 들고 있는 내가 더 무겁고 불편한 게 당연한 것인지도 몰랐다.

나는 피켓의 정면이 나를 향하지 않도록 항상 주의를 기울였다. 중지 씨가 그토록 애를 썼지만 막달이는 끝내 우리가 알고 있던 모습을 되찾지 못했다. 그녀가 아무리 훑어내고 씻

겨내도 사람의 형상으로 되돌아오지 못한 채 개펄인 양 괴물인 양 그렇게 가버리고 말았다. 막달이의 시신이 몽이도 한 골짜기에 묻힐 때, 중지 씨는 자신의 남편이자 내 시아버지가 바다에 빠져 죽었을 때보다 더 서럽게 울었다. 사람들도 아주 잠깐 막달이의 무덤에 삽질을 하며 안타까워했지만 발길이 떨어지지 않아 뒤돌아보는 사람은 그녀뿐이었다. 그녀만이 해가 지도록 막달이의 무덤을 지켰고 오늘도 그녀만 막달이를 찾으며 오열했다. 중지 씨는 시위에 대해 아무것도 모르면서, 자신에게도 막달이 사진이 찍힌 피켓을 달라고 울었다. 남편은 단호했다. 모두 막달이를 위해서 하는 일이라고, 처음으로 그녀가 좋아하는 바나나 우유와 생강 과자를 품에 안겨주었다. 새삼스러운 일이지만 오늘은 왠지 더더욱 그래야만 할 것 같아서 따라가겠다고 매달리는 그녀 품에 과자 봉지를 안겨주고는 도망치듯 나와 현관문을 걸어 잠갔다.

배가 몽이도를 출발하자 사람들은 여행을 떠나는 듯 즐거워했다. 잘사는 큰집 대사에 초청이라도 받은 양 들뜬 모습으로 저마다 맡은 역할에 대해 떠들거나 다음 일정에 대한 이야기로 소란스러웠다. 명근 씨가 맨 앞줄에 설 나와 영주가 걱정되는지 슬며시 다가와 말했다.

"광화문 사거리라 사람들이 무지 많을 겁니다. 사람들이 쳐다봐도 당황하지 말고 내가 선창을 할 테니까, 최대한 크고 간절하게 소리쳐야 합니다. 특히 막달이 사진 들고 있는 미숙 씨 역할이 중요합니다. 간간이 눈물을 흘리면서 막달이는 몽이도라고, 막달이의 죽음은 곧 몽이도라는 섬을 통째로 죽인 거라고, 지켜보는 사람들을 향해 호소해야 합니다."

막상 명근 씨 얘기를 듣고 나니 겁이 났다. 한 번도 해본 적 없는 시위를, 그것도 앞장서서 하라고 하니 처음과 달리 자신감이 떨어졌다.

"당신 목소리 크니까 잘할 거야. 당신이 어떻게 하느냐에 따라서 우리가 몽이도에서 살 수도 있고 떠날 수도 있으니까 잘해봐."

명근 씨와 남편의 말이 무슨 뜻인지는 어렴풋이 알고 있었다. 몽이도뿐만 아니라 다른 피해 지역 사람들도 벌써부터 시위와 집단 소송을 벌이고 있어 기름 유출 사고는 세상의 큰 관심을 받고 있었다. 중요한 건 그로 인해 사람이 죽은 사례는 몽이도가 처음이라는 사실이었다. 다른 지역은 어민들의 생업에 관한 피해로만 그칠 수 있지만 몽이도는 달랐다. 사람이 죽어 나간 것에 초점을 맞춰야 했다. 몽이도 사건을 맡은 박변호사는 자신의 모든 걸 걸고 이 문제에 매달리겠다고 했다. 30년 변호사 인생을 걸고 계란으로 바위를 부숴버리는 기적을 만들어 보이겠다고 장담했다. 우리가 가만히 있어도 박변호사가 알아서 날뛸 기세였다. 그가 알아서 가젤이든 멧돼지든 사냥해 오면 정글의 법칙대로 찢어 먹으면 된다고, 나도 알 건 다 아는데 영주는 항상 별것도 아닌 사실을 우회해서 말했다.

아무튼 우리는 그렇게 몽이도를 떠나 광화문 사거리에 도착했고 보란듯이 시위라는 걸 시작했다. 몽이도 사람들이 장례 차림의 행렬로 나타나자 북적이던 사거리의 시선이 한곳으로 모였다. 뒤이어 구슬픈 장송곡이 흘러나왔고 확성기를 들고 앞으로 나간 명근 씨가 몽이도의 비망록을 소리치기 시작했다.

"몽이도가 무참히 살해되었다! 청정 지역 몽이도가 죽었다! 당신들이 막달이를 죽였다! 몽이도를 살려내라! 막달이를 살려내라!"

명근 씨가 중간중간 내게 눈짓을 보냈다. 눈물을 흘려가며 그의 선창을 따라 해야 하는데 목소리가 나오지 않았다. 사람들이 너무 가까이에서 쳐다보고 있어 솔직히 명근 씨가 뭐라고 소리치는지도 잘 들리지 않았다. 난감해서 팔만 올렸다 내렸다 눈치를 보는데, 언제 다가온 것인지 남편이 내 옆구리를 툭 쳤다.

"당신 돈 걱정 안 하고 살려면 빨리 해……"

물러설 곳이 없었다. 명근 씨가 다시 내게 눈짓을 보냈다. 그 순간 나도 모르게 피켓이 번쩍 들리며 목구멍이 터졌다.

"아이구! 아이구! 우리 어머니 살려내라! 바다밖에 모르던 순진한 우리 어머니, 당신들이 죽였다! 살려내라! 살려내!"

뒤이어 영주가 나보다 더 큰 소리로 울부짖으며 막달이를 불렀다. 뒷줄에서 머뭇거리던 사람들도 어느새 하나가 되어 막달이와 몽이도를 살려내라며 소리쳤다. 막달이를 몽이도 골짜기에 묻을 때는 삽질조차 살살 하더니, 아무 연고도 없는 서울에 와서는 막달이의 하나밖에 없는 자식인 양 서럽게 목청들을 높였다. 막달이가 이를 보았다면 이제야 자신을 사람 취급해주나 싶어 눈물을 흘렸을지도 모른다. 나도 막달이를 위해 진심인지 아닌지 모를 눈물을 흘려가며 억울함을 호소했다. 그것이 끝내는 누구를 위한 일인지 모르지만 시위 분위기에 자연스럽게 젖을 수밖에 없었다. 지금껏 누군가의 이름을 외쳐가며 그토록 처절하게 울분을 토해보기는 처음이었다. 몽이도로 돌아가는 버스 안에서 생각하니 내게도 그런 삶에 대한 맹렬한 의지가 있었다는 사실이 새삼 놀라웠다. 남편도 나도 안 되는 일은 억지보다 세상의 순리를 앞세우고 살아왔다. 그러나 오늘 남편과 나는 침몰하는 배에서 탈출하려고 온 힘을 다해 몸부림쳤다. 막달이의 죽음을 인정받는 것만이 우리의 살길이라고 피를 토하는 심정으로 막달이를 외쳤다. 지켜보던 시민이 하나둘 가세하면서 시위는 절정에 달했다. 많은 사람들이 지켜보았고, 몽이도와 막달이는 최고의 뉴스거리가 되었다.

그렇게 우리는 광화문 사거리에서 막달이를 외쳤다. 그리고 며칠 뒤 박변호사와 사고를 낸 회사 측 변호사가 몽이도를 찾아왔다. 정해진 수순이었고 당연한 결과라고들 생각했다. 보상은 속전속결로 이루어졌다. 피해 주민 대표를 맡은 명근 씨와 남편이 주민들의 의견을 모아 피해 보상 금액을 정했고, 이를 박변호사를 통해 알리면 회사 측 변호사가 나와 의견을 절충하는 식이었다. 명근 씨와 남편을 믿기에 주민들 누구도 보상 금액의 산출 방식에 대해 구체적으로 묻지 않았다. 회사 측 변호사는 추후 어떠한 문제가 발생하더라도 다시는 시위를 하지 않고 보상 문제도 더 이상 들먹이지 않겠다는 각서를 요구했다. 만일 그런 일이 다시 발생할 시는 모든 법적 책임을 남편과 명근 씨가 물어야 한다는 내용이었다. 명근 씨는 잠시 망설였지만 남편은 흔쾌히 그러마 하고 사인했다.

그들이 마지막 배로 돌아간 뒤 영주 내외와 나, 남편은 다시 머리를 맞대고 앉았다. 방바닥에 놓인 서류 뭉치와 통장을 보니 가슴이 울렁거렸다. 명근 씨가 남편 눈치를 보다 영주와 내게 할 말이 있다며 조심스레 입을 열었다. 막달이 문제였다. 수북한 서류들 속에 막달이에 관한 서류가 없을 거라고는 생각지 않았다. 그래서 더 가슴이 울렁거렸던 것이다. 막달이의 목숨값이 얼마인지, 그 돈을 어떻게 처리할지, 다들 땅바닥에 떨어진 돈뭉치를 내려다보는 표정들이었다. 짐작한 일인데도 우리는 공연히 다른 얘기로 시간을 끌며 막달이한테 나온 보상금을 선뜻 확인하지 않았다. 참다못한 영주가 한마디 했다.

"변호사와 얘기 잘된 거 맞죠? 걱정할 거 없어요. 몽이도 지역발전금으로 쓴다고 생각하면 되잖아요. 우리가 여길 떠나는 것도 아니고, 여기 살면서 몽이도를 위해 써요."

"그래요, 영주 씨 말이 맞아요. 우리가 이 돈 갖고 도망가는 것도 아니고, 몽이도 발전을 위해서 쓰면 되죠."

남편도 영주 의견을 지지했다. 말은 하지 않았지만 나 역시 그들과 생각이 다르지 않았다. 살아 있는 사람이라면 모를까 그 돈을 은행에 묶어두고 구경만 할 일은 아닌 듯싶었다. 보아하니 영주 남편과 변호사가 어려운 문제까지 알아서 해결한 마당이라 춤출 일은 아니지만 겁낼 필요까지는 없었다. 명근 씨가 방바닥에 흩어져 있던 서류들을 간추려 작은 종이 상자에 담더니 이제 다 끝났다는 눈짓을 하며 점퍼 주머니 속에서 두 개의 통장을 꺼냈다. 통장을 건네받은 남편의 손을 보니 나도 모르게 침 삼키는 소리가 밖으로 샜다. 통장을 확인한 남편이 애써 입꼬리를 단속하며 내게 통장을 내밀었다. 남편으로부터 우리가 차지해야 할 몫이 얼마인지 들었을 때는 그냥 숫자만 같았는데, 내 손에 숫자가 아닌 돈이 쥐어져 있다고 생각하니 실감이 나지 않았다. 나보다 먼저 통장을 열어 본 영주가 터져 나오는 탄성을 한 손으로 틀어막았다. 그녀 의 그런 확실하고도 순진한 표정은 처음이었다. 언제나 애매 한 얼굴을 하던 그녀가 그토록 정직한 감정을 드러내다니, 나 도 모르게 통장 든 손이 떨렸다. 든든한 공모자인 남편이 뭘 망설이냐고 눈짓했다. 나는 비겁한 공모자의 심정으로 노란 종달새가 그려진 통장의 겉장을 열었다. 믿기지 않지만 믿어 야만 하는 순간이었다. 그런데 통장의 숫자들이 성난 파도처 럼 날뛰고 있어 읽을 수가 없었다. 안개 낀 새벽 바다가 미친 듯이 날뛰고 갈매기들이 후드득후드득 바다로 떨어졌다. 영 주가 확인하고 좋아서 입이 찢어진 돈이 보여야 하는데, 이상 하게 기름 범벅이 되어 죽은 막달이와 검은 바다만 보이는 것 이었다. 그럴 리 없는데, 통장을 들고 있는 것이 아니라 막달 이를 만지고 있는 느낌이었다. 막달이와 나는 서로 친하지도 않았지만 미워하는 사이도 아니었다. 좋아하지도 싫어하지도 않는 몽이도의 어느 갯바위 같은 존재였는데, 통장이 새삼스 레 막달이의 존재가 갯바위 이상이었다고 확인시키는 것 같 아 겁이 났다. 통장에 찍힌 거액의 아라비아 숫자들을 모두 세기까지 천당과 지옥을 널뛰는 기분이었다. 하지만 거기까 지였다.

이후 영주네와 우리는 막달이의 죽음보다 더 빨리 그날의 불편한 공모를 잊어버렸다. 너무 바빠서 다른 생각할 겨를이 없었고, 몽이도의 변화가 과거가 아닌 미래로만 달렸기 때문이다. 그리고 남편과 나는 늘 영주 내외와 함께했다. 펜션을 짓는 업자를 고를 때도 그렇고 실내 인테리어를 할 때도 서로 다른 색깔과 특징으로 지으려고 하나하나 고민하고 상의했다. 정원에 심을 나무와 돌 하나 사는 일까지 영주네와 정보를 주고받다 보니 말하지 않아도 그 집 통장 잔고가 얼마 남았는지 어림짐작할 수 있게 되었다. 달펜션과 바다펜션은 그렇게 서로 공존해야만 살아갈 수 있는 달과 바다처럼 모든 일을 함께 했다.

숭어처럼 펄떡이는 것은 아니지만 개펄도 조금씩 숨을 쉬기 시작했고 저만치 달아났던 바다도 만조의 부른 배를 출렁이며 몽이도 해변으로 밀려왔다. 이름 없던 몽이도가 차츰 인터넷 검색어 순위에 오르면서 섬을 찾아오는 사람들도 갈수록 늘었다. 그러니까 오 년이 넘는 시간 동안 몽이도는 나름대로 살아남기 위해 최선의 노력을 다했다는 뜻이다.

그런데 중지 씨가 자꾸만 죽은 지 오 년도 넘은 막달이를 들먹이며 애를 먹이고 있었다. 물론 온전치 않은 그녀의 말을 믿는 사람은 아무도 없었지만, 그래도 전혀 신경 쓰이지 않는 건 아니었다. 그녀만 이놈의 개펄에 나와 있지 않으면 아무 문제가 없는데, 오늘처럼 허튼소릴 해대며 막달이를 부를 때는 자연스럽게 그날 일들이 떠올랐다. 그녀와의 관계가 더 악화되는 건 싫지만, 막무가내인 그녀를 다루기 위해서는 나도 어쩔 수가 없었다. 개펄에 빠진 그녀를 꺼내 집으로 데려가려면 설득이 아니라 힘이 필요했다. 그녀를 등뒤에서 감싸 안은 나는 엉덩이를 뒤로 밀면서 조금씩 개펄을 벗어났다. 내게 끌려 나오면서도 그녀는 여전히 바다를 가리키며 헛소리를 멈추지 않았다.

"저기 봐라, 이년아. 귀신…… 아니, 막달이다! 막달아!"

그녀는 좀처럼 손에 잡히지 않았다. 나는 그녀가 내 품안에서 빠져나갈까 봐 전전긍긍하느라 아무 소리도 듣지 못했다. 개펄에서 조금 벗어났나 싶으면 도로 미끄러져 달아나는 그녀를 붙드느라 정신이 없었다. 남편을 불러야 한다는 생각을 못한 건 아니지만 온몸을 펄이 훑어내려 핸드폰이 어디로 빠졌는지 알 수 없었다. 이대로는 도저히 해결이 나지 않을 것 같아 마지막 수단으로 그녀의 목을 휘감았다. 그녀가 몸부림치며 저항했지만 사정을 봐줘야 할 사람은 내가 아니라 그녀였다. 몽이도로 오는 마지막 배가 이미 선착장에 도착했고, 나는 손님들보다 한 발 먼저 펜션으로 가야 했다. 그녀와 언제까지 개펄에서 미끄럼 놀이나 하며 있을 수는 없었다. 그러나 나는 좀처럼 개펄을 떠나지 못했다. 그녀가 개펄에 파묻혀

죽든 말든 내버려두고 집으로 가야 하는데 끙끙거리기만 할 뿐 쉽게 발길을 돌리지 못하고 있었다. 그녀가 내 시어머니라서 그런 것인지 아니면 인간적인 연민 때문인지는 모르지만, 나는 언제나 개펄에 나와 있는 그녀를 집으로 데려가야 한다는 강박에 시달렸다. 내 팔에 목이 조인 채로 끌려 나오는 그녀 입에서 죽어가는 갈매기 소리가 났다.

"마…… 악…… 달…… 아! 미…… 안!"

그녀를 끌고 모래톱에 이르러서야 깨달았다. 내가 얼마나 삶에 대한 의지가 강한지, 내가 얼마나 지금의 삶을 지키고자 죽을힘을 다하고 있는지, 그리고 내가 얼마나 순진한 괴물로 변해가고 있는지 알았다. 하지만 예전으로 다시 되돌아가고 싶은 생각은 들지 않았다.

"제발 그만하세요! 몽이도는 이제 우리 거예요, 어머니가 살던 몽이도는 없어요."

그녀가 우스꽝스런 소리로 흐느꼈다. 더 이상 개펄을 향해 미끄러지지는 않았지만, 그 개펄이 못내 아쉬운 듯 흐느끼면서 연신 바다를 향해 손을 뻗었다. 멀리 몽이도 선착장에 손님을 부린 배가 육지를 향해 다시 떠나고 있었다. 가까이에서 사람들의 웅성거리는 소리가 들려왔다. 지쳐 있던 나는 정신이 번쩍 들었다. 멀리 달펜션이 보였다. 견고한 성처럼 보이는 하얀 외벽의 지중해풍 건물이 달펜션이고 나는 그 펜션의 여주인이었다. 누구나 한번쯤 머물고 싶고, 살고 싶은 그림 같은 집이었다. 나는 그녀를 들쳐업고 집으로 달렸다.

그리고 그녀는 다시 자신의 방으로 들어가 고장 난 시간 속에 유폐되었다. 그녀의 방문은 내일 아침까지 열리지 않을 것이었다. 그녀 스스로 문을 열고 나오지 않는 이상 아무도 그녀를 밖으로 불러내지 않을 것이고, 그녀는 조용히 고장 난 시간 속에 갇혀 깊이 잠들어 있을 것이다. 나는 들었다. 방문이 닫힌 뒤 그녀의 시간이 댕댕거리며 방문을 걸어 잠그는 소리를.

그녀를 씻겨 방 안에 넣기까지 시간은 미친 말처럼 달렸다. 예약한 인원보다 더 많은 손님이 별채로 몰려와 이부자리며 주방 도구들을 끝도 없이 추가로 요구했다. 한두 명만 빼고 모두 서른 남짓 된 젊은이들인데, 요령이 부족한 것인지 예의가 없는 탓인지 한 번에 한 가지씩 명령하듯 주문을 해 정신이 쏙 빠질 지경이었다. 밤새 놀 것이 뻔한데, 사람 수대로 이불이며 요, 베개 하나까지 정확하게 주문했고, 수건과 치약 칫솔 같은 세면 용품도 충분히 비치되어 있는데 부득불 더 달라고 했다. 커피 잔과 포크 스푼을 마지막으로 본채에서 별채까지 족히 예닐곱 번은 뛰어다니고 나서야 더 이상 필요한 것이 없다는 대답이 돌아왔다. 그나저나 몰아친 손님들에 치중하느라 남편의 존재를 한동안 잊고 있었다. 가만히 생각해보니 이상했다. 남편이 집 안에 있다면 분명 왁자지껄한 손님들

소릴 들었을 텐데, 그림자도 비치지 않는 게 수상했다. 손님들이 들이닥치면 나보다 먼저 설치는 사람인데, 그녀와 개펄에서 돌아온 이후에 나는 남편의 모습을 볼 수 없었다. 남편을 찾아봐야 하는데 녹초가 된 몸이 점점 소파로 내려앉았다. 이층과 삼층에 든 손님들한테도 불편한 게 없는지 올라가 물어봐야 하는데 개펄 속으로 아득히 빠져드는 기분이었다. 꿈을 꾸는 것도 아닌데 누군가가 나를 바닷속인지 펄 속인지 모를 깊은 곳에서 잡아당기는 것만 같아 현기증이 일었다. 어쩌면 너무 피곤해서 그런지도 몰랐다. 펜션은 매일 손님들로 꽉 찼고 통장에는 현금이 쌓였다. 신경 쓸 일이라고는 치매 걸린 시어머니밖에 없는데, 오늘은 무슨 일인지 영 기분이 좋지 않았다. 잠깐 눈을 붙이려 잠을 청해보지만 어수선한 바깥 때문인지 자꾸 신경이 곤두섰다.

뒤척거리다 결국 일어나 집 전화를 집어드는데, 영주 내외가 소리도 없이 현관문을 덜컥 열고 들어섰다. 남편에게 전화를 하려던 나는 급하게 뛰어드는 영주 내외를 보고는 수화기를 내려놓았다.

"이 시간에 웬일이야?"

명근 씨는 나와 눈도 맞추지 않고 위층으로 뛰어올라 갔다. 영주는 날 보자마자 손을 잡더니 주방으로 가자고 했다.

"무슨 일인데?"

축 늘어져 있던 몸이 영주 내외의 뜻하지 않은 방문에 바짝 긴장했다.

"자기 남편 지금 삼층에 있지?"

나도 모르는 남편의 거처를 영주가 알고 있었다.

"삼층? 네가 그걸 어떻게 알아?"

"바보야, 자기 남편이 전화해서 달려왔단 말이야. 명근 씨만 불렀는데 뭔가 있는 거 같아서 나도 따라왔어."

"그 사람이 삼층에 있었다고?…… 어쩜, 내가 아래층에서 그 난리를 피우는데도 꼼짝 안 하냐. 중지 씨랑 한바탕 난리 쳤지, 손님 받았지, 정신이 하나도 없었어. 핸드폰까지 개펄에서 잊어버려 그 사람한테 연락도 못했고, 근데 무슨 일이야?"

"명근 씨가 말을 안 해서 무슨 일인지는 모르겠는데, 자기 남편 전화 받고 표정이 굳는 걸 보니 아무래도 안 좋은 일이 생긴 거 같아."

남편이 위층에 있는 거라면 손님방에 문제가 있다는 뜻이었다. 싱크대가 고장이 났든지 화장실에 문제가 생겨 수리를 하느라 시간이 걸렸고, 명근 씨를 부른 것은 자신의 능력이 못 미쳐 도움을 요청한 것일 수 있었다. 그런 일이 아니라면 내가 아래층에서 중지 씨와 생난리를 치고 별채의 손님들과 북새통을 쳤는데도 내려와보지 않을 리 없었다. 영주가 실망한 듯 잡고 있던 내 팔을 털어냈다.

"무슨 일 있는 게 분명한데…… 우리 올라가보자."

말린다고 들을 영주도 아니지만 나도 위층이 궁금했다. 도대체 무슨 일이 벌어졌기에 명근 씨까지 불러들인 것인지, 혹시라도 손님과 시비가 붙어 험한 꼴을 당하고 있는 것은 아닌지, 그게 뭐 대단한 일이라고 나부터 찾지 않고 영주네를 부른 것인지 궁금했다.

이층으로 올라간 영주와 나는 복도에서 잠깐 걸음을 멈췄다. 다섯 개의 방이 있는 이층은 비교적 조용했다. 텔레비전 소리와 사람들 소리가 나직이 새어 나오긴 하지만 짐작할 만한 소리는 아니었다. 문제가 있는 방이라면 대개 방문이 열려 있기 마련인데 모두 꼭꼭 닫혀 있는 걸 보니 남편과 명근 씨는 이층에 없는 듯했다.

"가만있어봐, 이층은 아닌 거 같은데."

영주도 나와 같은 생각인 듯 한동안 이층 소리에 귀를 기울이다 고개를 흔들었다.

"삼층이 확실해."

삼층에는 오른쪽에 세 개, 왼쪽에 두 개의 방이 있었다. 영주와 나는 이층에서처럼 방문마다 다가가 귀를 대보았다. 별다른 소리는 들리지 않았다. 영주가 오른쪽 방을 맡고 내가 왼쪽 방을 맡아 자세히 들어보았지만 젊은 애들 깔깔거리는 소리와 소곤거리는 소리, 주방에서 나는 달그락 소리만 들렸다.

"도대체 어디로 사라진 거야?"

"가만히 있어봐……"

투덜거리는 영주를 구석방 쪽으로 잡아당겼다. 당연히 아닐 거라 생각해 구석방은 그냥 지나치려는데, 께름칙한 그 남자에게 내준 구석방에서 남편의 목소리가 들리는 것이었다. 잘못 들었나 싶어 영주를 구석방 방문 앞에 세웠다.

"들어봐!……"

"어머! 맞아!"

소리는 생각보다 크게 들렸다. 남편과 명근 씨, 그 남자의 목소리였다. 무엇보다 이해되지 않는 것은 세 사람이 방 안에 함께 있다는 것이었다. 남편과 명근 씨가 아는 사람이라면 당연히 영주와 내게도 소개할 텐데.

"무슨 일인데, 방문을 쳐닫고 있는 거야. 이 방 손님 아는 사람이야?"

"기홍 씨 친구라고 해서 방을 주긴 했는데, 후줄근한 게 영……"

궁금증을 참지 못한 영주가 급기야 구석방 문고리를 비틀었다. 문이 설익은 조개처럼 삐끗 열리며 후끈한 공기를 토해냈다. 다행히 큰 소리는 나지 않았고, 중간 문이 있는 덕분에 방 안에 있는 사람들과 덜컥 대면하는 일은 일어나지 않았다. 나는 영주를 붙들고 고개를 저었다. 영주와 나를 배제한 자리라면 필시 그들만의 일이 생긴 것일 테고, 급습하듯 방 안으로 들어가는 것은 옳지 않았다. 영주가 알았다며 고개를 끄덕였고 그래도 조금만 더 있다 내려가자는 사인을 보냈다. 나도 바로 내려갈 생각은 아니었다. 그때 방 안에서 남자의 큰소리가 들렸다.

"야! 내가 아주 안 나타나길 바랐지? 평생 감방에 있을 줄 알았겠지. 그런데 어떡허냐, 이렇게 멀쩡히 살아왔으니…… 나쁜 노무 새끼들! 우리 엄마 목숨값으로 너희들만 배터지게 잘 먹고 잘살아! 내가 모를 줄 알았냐! 깜방에도 눈 귀 다 있어, 이 개새끼들아!"

남자의 목소리는 와장창 부서질 듯 위태로웠다. 남편과 명근 씨는 방 안에 없는 듯 숨소리조차 들리지 않았고, 분노에 찬 남자의 목소리만 성난 폭풍처럼 구석방을 뒤흔들었다. 순간 영주와 나는 눈이 마주쳤고 우리는 동시에 입을 틀어막으며 부들부들 떨기 시작했다. 남자의 말이 무슨 뜻인지는 더 이상 설명이 필요치 않았다. 잔잔한 바다 한가운데에서 날벼락 같은 폭풍을 만난 꼴이었다. 방 안에서 두려움에 떨고 있는 남편과 명근 씨 모습이 보이는 듯 선명했다. 펜션도 미세하게 흔들리는 것 같았다. 핀란드산 원목으로 지은 통나무 펜션이 남자의 한마디에 균열이 갈 줄은 꿈에도 생각지 못했다. 영주는 방문에서 한 발짝도 떼지 못했고, 나는 벽에 기댄 채

간신히 중심을 잡고 서 있었다. 방 안에서 다시 허우적거리며 죽어가는 듯한 명근 씨 목소리가 들려왔다.

"미안하다, 미안해…… 네가 살아 있는 줄 몰랐어, 진짜야……"

"몰랐다구? 너 지금 장난하냐! 내가 감방에 가는 거 너도 봤잖아. 내가 사람 죽이고 잡혀가는 거 보고서 무슨 개소리야! 너희들이 무슨 짓을 해서 우리 엄마 보상금 다 처먹었는지 밝혀낼 거야, 각오해!"

남자의 말이 끝나기 무섭게 그릇 깨지는 소리와 탁자를 내리치는 소리가 들렸다. 뒤이어 남편과 명근 씨의 비명인지 한숨인지 모를 짧은 탄식이 가늘게 새어 나왔다.

"돌려줄게…… 미안해. 너 오면 주려고 했어. 진짜야, 믿어줘."

남편이 기어들어가는 소리로 말했다. 아침에 나갈 때는 만선을 기대하는 어부처럼 씩씩하더니 지금은 판자 조각에 매달려 사경을 헤매는 듯 그저 살려달라고만 애원하고 있었다. 비굴함보다 먼저 드는 생각은 남자의 손에 들려 있을지도 모르는 흉기였다. 그가 지저분한 가방 속에 숨겨 왔을 칼이나 망치가 지금 남편을 위협하고 있다고 생각하니 무서웠다. 무슨 일이 벌어질지도 몰랐다. 어떻게든 말려야 했다. 문 앞에 서 있는 영주를 밀치고 방으로 들어가려 하자 그녀가 내 행동을 눈치챈 것인지 날 계단 쪽으로 강하게 밀어냈다.

"괜찮아, 저놈 돈 받기 전에는 아무 짓도 안할 거야. 우리까지 알게 되면 더 골치 아파지니까 우린 그냥 모른 척하고 대책을 세우자. 이대로 다 포기할 순 없잖아……"

영주가 잠깐 밖으로 나가자고 했다. 듣고 보니 그녀의 말도 일리가 있었다. 남자의 목적이 막달이의 목숨값을 돌려받는 일이라면 남편에게 위해부터 가하지는 않을 것이었다. 그보다 남편은 무슨 돈이 있어 남자에게 돌려주겠다고 말한 것일까. 그 돈은 이미 펜션을 짓는 데 모두 써버렸고 달펜션의 돈 관리는 내가 맡고 있었다. 나한테 용돈을 타 쓰는 남편에게는 남자에게 돌려줄 돈이 한 푼도 없었다. 영주네도 마찬가지였다. 그녀가 바다펜션의 모든 수입을 관리하고 있어 명근 씨는 사실상 빈주머니나 마찬가지였다.

영주와 나는 캄캄한 거실 한가운데에서 잠시 숨을 골랐다. 삼층에서 빠져나온 것만도 다행이었다. 당장 뾰족한 수가 있는 것은 아니지만 남자와 부딪치지 않은 건 잘한 일 같았다. 일층도 마음이 놓이지 않는 듯 영주가 다시 밖으로 나가자고 했다. 컴컴한 거실 한가운데 서 있자니 남자에 대한 무서움이 계단을 타고 스멀스멀 내려오는 것만 같았다. 오늘따라 중지 씨 방문이 스윽 열리면서 그녀가 유령처럼 걸어 나올 것만 같았고, 커다란 괘종시계 속으로 들어간 그녀가 온 힘을 다해 시간을 거꾸로 돌리고 있는 것만 같았다. 풀린 운동화 끈이 제대로 묶이지 않았다.

바다는 고요하지만 음험한 냄새를 풍겼다. 어둠이 잔잔하게 뒤척이는 파도를 타고, 희뿌연 안개를 몰고, 몽이도로 진군하고 있었다. 해안가 팽나무들은 전의를 상실한 듯 바다를 등지고 서 있고 갈매기들은 선착장을 떠난 지 오래였다. 영주와 나는 텅 빈 선착장을 지나 상현달 아래 드러난 허연 개펄로 걸어갔다. 메기 콧수염 같은 조금의 바다가 자분자분 토해낸 개펄, 갯바위에 차분히 엉덩이를 내려놓은 영주가 바다를 보며 말했다.

"그놈한테 펜션을 뺏길 순 없어…… 너는 그럴 수 있어?"

"……그건 안 되지."

당연히 남자한테 펜션을 내어줄 수는 없었다. 달펜션은 하루아침에 만들어진 것이 아니었다. 나무 한 그루 돌멩이 하나까지 남편과 내가 공들여 가꾸었다. 이제 와서 막달이 아들이라는 이유만으로 그 모든 걸 남자에게 넘긴다는 것은 말이 되지 않았다. 남편은 남자에게 모두 돌려주겠다고 말했지만 나는 생각이 달랐다.

"근데, 우리가 어떻게 남자를 상대하지?"

지금 믿을 사람은 영주뿐이고 그녀에게는 분명 좋은 해결방안이 있을 것이었다.

"이 일은 자기하고 내가 해결해야 돼. 명근 씨하고 자기 남편은 분명 펜션 팔아서 그놈한테 주려고 할지도 몰라. 난 죽어도 그렇게는 못해. 그러니까 자기는 내가 시키는 대로 해."

영주의 눈빛은 바다보다 더 교묘하고 깊었다. 의지할 곳 없는 나는 불안한 손으로 그녀를 붙들었다.

"뭔데?"

그녀가 무슨 일을 시킬지도 모르면서 나는 이미 그녀에게 결의를 맹세했다. 그녀라면 충분히 펜션을 지킬 수 있는 방법을 가지고 있을 것이 분명했다. 하지만 그녀에 대한 믿음이 커질수록 나는 알 수 없는 두려움에 시달렸다. 그녀와 두 손을 꼭 붙들고 있었고, 바다는 조용했고, 개펄에는 우리 둘뿐인데, 뭔가 움직이는 소리가 들려왔다. 가까운 바다에서 큰 물고기가 뒤채는 것도 같고 먼바다에서 불어오는 바람 소리 같기도 한 것이 귀에 거슬렸다. 소리는 지나가는 바람인가 싶을 정도로 나직하면서도 불규칙하게 들렸는데, 중지 씨 방에서 나는 괘종시계 소리 비슷도 해서 나도 모르게 펜션 쪽으로 스윽 고개가 돌아갔다. 눅눅한 밤바람에서 맡아지는 냄새도 새벽녘에 맡았던 그 냄새와 다르지 않았다. 선착장을 배회하던 검은 개도 그렇고, 그 개가 입에 물고 다니던 발목 장화까지, 모든 일들이 우연 같지 않았다. 아니 남자가 작정하고 몽이도의 시간을 되돌려 당시의 사고를 환기시키려 하는지도 모른다는 생각이 들었다. 아니 죽은 막달이가 억울함을 여기저기 드러내고 있는 것만 같았다. 바다는 지그시 눈 감은 상현달 아래 평화로이 숨 쉬고 있는데 지독한 냄새와 섬뜩함은 점점 더해가고 있었다. 두려움으로 주변을 경계하던 어느 순간 나는 시커먼 바다에서 무언가를 보았다. 괴물! 호박만 하다가 수박만 해지고 버스만 해지고 집채만 해진다는 괴물이 바로 눈앞의 바다에서 슬쩍슬쩍 솟구치는가 싶더니 마침내 그 실체를 드러냈다. 평화롭던 바다가 순식간에 거대한 괴물로 변했다. 중지 씨가 말했던 그 바다 괴물이었다. 그녀가 미쳐서 환영을 본 것이라고 생각했는데 코끼리 형상을 하고 있는 진짜 괴물이 바로 눈앞에 나타났다. 지독한 냄새를 풍기며 물 밖으로 실체를 드러낸 놈이 나와 영주를, 그리고 상현달을 올려다보았다. 범고래처럼 물을 뿜지는 않았지만 놈이 뒤척일 때마다 바다가 천둥소릴 냈다. 나는 중지 씨가 그랬던 것처럼 겁에 질려 소리쳤다.

"저기 봐, 괴물! 괴물이 나타났어!"

영주는 그러나 알아듣지 못했다. 내가 아무리 괴물이라고 소리쳐도 그녀는 도대체 무슨 헛소릴 하느냐고, 제발 정신 좀 차리라고만 했다. 괴물이 분명 눈앞에 있는데 그녀가 보지 못해서 속이 터져 죽을 지경이었다.

"저기 괴물이 안 보이니? 우릴 향해 천둥 치고 있잖아. 빨리 도망가지 않으면 저 괴물한테 잡아먹히고 말 거야."

영주는 내가 그 남자 때문에 놀라서 그런 거라고 했다. 그 남자만 처리하면 모든 게 완벽하니 걱정할 거 없다고, 달펜션과 바다펜션은 영원히 우리 것이라고 장담했다. 그런데도 나는 여전히 눈앞에서 사라지지 않는 바다 괴물이 무섭기만 했다. 혹시 나도 중지 씨처럼 치매에 걸린 것은 아닐까. 그건 말이 되지 않았다. 나는 겨우 마흔을 넘겼고 한 달 전에 예약한 손님들 이름까지 줄줄이 외우고 있을 정도로 기억력이 좋았다. 그렇다면 저기 천둥 치는 바다 괴물의 정체는 무엇일까. 내 눈엔 보이고 영주 눈엔 보이지 않는 괴물 말이다.

"자기야 정신 똑바로 차려. 저건 그냥 시커먼 바다일 뿐이야."

영주 말대로 눈앞의 괴물을 괴물로 인정하는 순간 나는 모든 것을 잃게 될지도 몰랐다. 다시 바다를 보았다.

달이, 아니 괴물이 내게 말했다.

"너는 바다를 떠날 수 없을 거야."

노년의 만화경

이경재(숭실대 교수 · 문학평론가)

1. 노인을 위한 나라

이경희는 2008년 실천문학에 단편소설 「도망」을 발표하며 등단한 이후, 소설집 『도베르는 개다』(실천문학사, 2010)와 장편소설 『불의 여신 백파선』(문이당, 2013)과 『기억의 숲』(문학사상사, 2014)을 발표한 부지런한 작가이다. 작가의 두 번째 소설집인 『부전나비 관찰기』에는 일곱 편의 단편과 한 편의 중편이 수록되어 있다. 이 중에서 「리버뷰 8번가」를 제외한 모든 작품에는 주요 인물로 노인이 등장한다.

본래 한국 근대문학의 주요 인물은 대개가 청춘이었다. 최초의 신소설이라 일컬어지는 이인직의 「혈의 누」(1906)가 일곱 살 옥련이를 주인공으로 내세운 이후, 20세기 내내 소설의 주요 인물은 나이가 많아봐야 삽십대 초반인 경우가 대부분이었다. 이것은 한국 사회가 늘 새로운 출발의 모습이었던 것과 관련된다. 다른 사회가 수백 년에 걸쳐서 경험한 것들을 불과 수십 년 동안 압축해서 경험하는 동안, 한국 사회의 전위는 늘 새롭게 등장한 젊은이일 수밖에 없었던 것이다.

그러나 이제 한국 사회도 어느새 앞만 보고 전력 질주하는 저개발국의 모습에서 벗어나 조금은 느린 걸음으로 좌우를 둘러보며 걷는 사회가 되어가고 있다. 이전보다 역동성이 떨어지는 것과 더불어, 한국은 세계에서 가장 빠른 속도로 고령화 사회가 되어가는 중이다. 이러한 사회적 추세를 반영하여 최근에는 노년을 주제로 삼은 노년문학이 문학적 하위 장르로 새롭게 부각되고 있다. 일례로 박완서는 소설집 『친절한 복희 씨』(문학과지성사, 2007)에서 노인을 주인공으로 내세워 그들이 겪는 인간관계의 곤경을 리얼하게 형상화한 바가 있다.

이경희의 『부전나비 관찰기』에도 우리 시대 노년에 대한 종합보고서라고 할 만큼 다양한 모습의 노인들이 등장한다. 오늘날 한국 사회에서 노인은 존경받는 권위라기보다는 사회적 모순이 중첩된 고통받는 약자에 가깝다. 노년이 곧 지혜를 의미하던 농경사회의 흔적은 사라진 지 오래이며, 심지어 4차 혁명이 운위되는 시대와는 거리가 먼 주변인으로 인식되기도 한다. 이것이 사회학적 일반론이라면, 이경희의 『부전나비 관찰기』는 상상력에 바탕해 노인이 겪는 곤경을 구체적으로 형상화한 문학적 각론이라고 볼 수 있다.

한 작가가 특정한 문제에 대하여 이토록 집중적인 관심을 기울인다는 것은 이례적인 일이다. 이러한 궁금증에 대한 해답으로 이경희의 산문집인 『에미는 괜찮다』(삶이보이는창, 2012)에 주목할 필요가 있다. 이 산문집은 이경희가 산골 외딴집에서 농사를 지으며 홀로 지내는 친정엄마와 나눈 전화통화를 기록한 것이다. 이 산문집에서 작가의 어머니는 한 남자의 아내였던 자로서의 기쁨과 회한, 육 남매의 어머니로서 느끼는 뿌듯함과 걱정, 농사꾼으로서의 힘겨움과 보람 등을 그야말로 진솔하게 털어놓는다. 이 산문집은 그 자체로도 읽는 재미가 쏠쏠하지만, 이경희에게 노년이라는 것이 얼마나 중요한 관심의 대상인지를 증명한다는 점에서도 의의가 있다. 이제 이경희가 그 순심과 애정으로 그려낸 우리 시대 노년의 진풍경을 감상할 차례이다.

2. 주변화된 노년의 삶

「바람난 봉심이」는 개가 '나'라는 초점화자로 등장하는 소설이다. 개의 시선으로 그려지는 봉심은 시대에 뒤떨어진 초라한 노인의 모습이다.

봉심이는 '나'와 단둘이 칠 년째 살고 있으며 찾아오는 가족도 없다. '나'는 평소 "나와 두더지와 그녀가 서로 비슷한 생명이라고 생각"한다. 그러나 요즘 봉심이는 매일 콧노래를 부를 정도로 기분이 좋다. 오늘도 "공식 의상"인 모자와 전대와 장바구니를 착용하고 읍내 시장으로 기분 좋게 야채를 팔러 간다. '나'는 한 번도 가보지 못한 읍내에서 봉심이가 무엇을 하는지 알고 싶어 몰래 짐수레에 올라타 장터까지 따라간다. '나'는 장터에서 주변 사람들로부터 여왕처럼 숭배받는 봉심을 발견한다. 장터에는 그녀의 핀잔을 감내하며 좌판을 정리해주는 상인도 있으며, 심지어 봉심이 헛기침을 하자 달려와 자신의 겉옷으로 햇빛을 가려주는 상인도 있다.

봉심이 "시장의 중심"이자 "시장의 감독관"일 수 있는 이유는 약국 여자가 전담해서 그녀의 채소를 사주기 때문이다. 그러나 '내'가 따라간 날은 약국 여자가 "시장 물건 믿을 수 없다고, 우리 회장님이 이젠 오가닉 매장을 이용하라네요"라는 차가운 말과 함께 봉심이를 지나친다. 그냥 드리겠다는 말까지 해도 약국 여자는 "할머니 배추는 오가닉이 아니잖아요. 정말 구질구질해"라며 차갑게 외면한다. 봉심이 드디어 오가닉 마트에서 약국 여자의 멱살을 잡고 매장 밖으로 나오자, 봉심의 손을 뿌리친 약국 여자는 "불쌍한 노인네 같으니라구…… 싼 맛에 사줬더니 뭐 착각한 거 아니야!"라는 차가운 말까지 던진다.

그러나 봉심에게는 이러한 변화된 상황에 대응할 능력이 없다. 봉심은 이를 갈며 홍진농약사로 뛰어들어가 "사장님 오가닌가 뭐시긴가 그거 줘유"라고 말하고, 봉심이와 별반 다를 바 없는 농약사의 사장은 농약 "풀싹쓸이"를 건네줄 수 있을 뿐이다. 약병을 받아든 그녀는 채소까지 버려둔 채 약병을 들고 집으로 달린다. "땅도 자고 사람도 잘 시간"에 그녀는 "탱크만 한 분무기통을 지고" 밭으로 가서, "저기, 저 호박 좀 봐라 벌써 누렇게 익었다!"라는 소리와 함께 힘차게 분무질을 한다.

개를 작품의 눈이자 입으로 설정한 서사 구조는 봉심이의 어려운 처지를 드러내는 데 효과적으로 기능한다. 농약사 사장이 봉심에게 농약 "풀싹쓸이"를 건네줄 때, '나'는 "그녀가 필요로 하는 오가닉과 풀싹쓸이가 무슨 상관이 있는 것인지"라고 한탄한다. 다음으로 봉심이가 "풀싹쓸이"를 뿌리며 "저기, 저 호박 좀 봐라 벌써 누렇게 익었다!"라는 소리를 하자 '나'는 "호박꽃만 노랗게 피어 있는데 무슨 호박이 열렸다고, 오이꽃만 하얗게 피어 있는데 무슨 오이가 열렸다고"라며 그녀의 망상을 꼬집는다. 이처럼 '나'의 눈과 입은 봉심이의 어려운 처지를 더욱 부각시킨다. 또한 '나'는 봉심의 허위 의식을 날카롭게 간파하기도 한다. "시장에는 손님들이 넘쳐나는데 왜 꼭 약국 여자한테 물건을 못 팔아 애를 끓이는 것인지"라고 말하는 부분에서는 약국 여자라는 상징성에 매달리는 봉심의 속물 근성이 드러나기도 한다.

이처럼 「바람난 봉심이」의 봉심이는 변화하는 사회의 속도를 따라잡지 못해 불행해지는 노인이라고 할 수 있다. 때로 노인의 불행한 삶은 「오키나와 무지개」처럼 역사적 상처에서 비롯되기도 한다. 지금 이 땅의 노인들이 겪어낸 한국의 현대사가 그야말로 전쟁을 비롯한 온갖 폭력과 고통의 연속이었다는 점을 고려한다면 이는 자연스러운 일이다.

「오키나와 무지개」의 주인공인 옥자와 순자는 같은 지하상가에서 과일 가게와 김밥집을 한다. 터줏대감 격인 둘은 절대로 말을 섞지 않으며 늘 긴장 상태이다. 그녀들의 싸움은 "얼었다 녹았다를 반복하며 지하상가 사람들을 애먹이는 수도관"하고 별 다를 것이 없다. 둘은 "왠지 옥자 씨와 순자 씨가 어딘가 닮았다"는 돈잉의 느낌에서 알 수 있듯이, 서로의 짝패이다.

둘은 38년 전 강원도 황지를 떠나 "계절노동자"라는 이름으로 오키나와의 파인애플 공장에서 일한 적이 있다. 가난한 집안 형편으로 인해 어쩔 수 없이 오키나와에 간 것이기에 "옥자 씨는 이상하게 지원했다는 느낌이 들지 않고 징집당했다는 느낌을 지울 수가 없"다. 어린 시절부터 단짝인 옥자와 순자는 서로를 의지하며 일본 생활을 해나간다. 험한 노동과 야근으로 하루도 쉬는 날이 없던 어느 날, 작업반장과 그 밑에서 경리를 보는 일본인에게 옥자는 겁탈당하고 순자는 깡통에 맞아 피범벅이 된다. 이 상처는 매우 심각해서, 옥자는 지금도 자신의 과일 가게에서 파인애플을 팔지 않을 정도이다.

옥자와 순자는 "절대로 공유할 수 없는 오키나와의 비밀"을 공유한 채 고향에 돌아오지만, 고향 사람들은 따뜻한 환영이나 감사의 말 대신 "남부끄러우니 멀리 서울로 가 살라"고 말한다. 결국 옥자와 순자는 돌아온 지 반년 만에 황지를 떠나 서울로 간다. 서울에서 지하상가에 터를 잡고 살던 중에, 옥자에게 남자가 생긴다. 어느 날 그 남자는 순자만 알고 있는 오키나와 이야기를 옥자에게 꺼내고, 곧 그 남자는 옥자를 떠나 순자와 동거를 시작한다. 결국 그 남자는 순자도 의심하는 바람에 순자와 그 남자의 동거 생활도 오래가지 못한다. 둘은 이후에도 티격태격하며 한평생 살아온 것이다. 일본인으로부터 받은 상처와 그로부터 비롯된 옥자와 순자의 고통스러운 삶은, 자연스럽게 일본군 위안부 할머니들의 삶을 떠올리게 한다.

지금 옥자와 순자는 38년 만에 오키나와에 다시 온다. 그녀

인생의 진창이었던 파인애플 공장은 여전히 그 자리를 지키고 있고, 억지로 아문 그날의 상처가 "아직도 순자 씨 귓불과 목덜미를 타고 줄줄 흘러내리고 있"다. 그러나 마지막은 옥자와 순자가 그토록 보고 싶어 하는 무지개가 "옥자 씨 눈에 떠 있는" 것으로 끝난다. 이 무지개는 상처의 극복을 암시하는 것이다.

이러한 상처의 극복은 38년 전 옥자와 순자의 분신이라고도 할 수 있는, 스물다섯 필리핀 여자 포짜쭌 돈잉으로 인해 가능해진다. 옥자 씨는 과거의 자신이라고 할 수 있는 돈잉에게 따뜻한 관심을 기울임으로써 자신의 상처를 치유하게 되는 것이다.

"돈잉이 아닌 돈이라고 잘못 불러도 부정하지 않"는 것에서 알 수 있듯이, 돈잉은 한국에서 온전한 인격체로 대우받지 못한다. 돈잉의 목표는 대학 졸업 후 한국 기업에 정식으로 취직해서 돈을 버는 것이지만, 벌써 두번째 휴학 중이다. 옥자처럼 성폭행을 당한 것은 아니지만, 세탁소 장씨는 여러 가지 방법으로 돈잉을 괴롭힌다. 돈잉에게 "장씨는 지하상가에서, 아니 한국에서, 아니 스물다섯 청춘에게 가장 불안하고 위협적인 대상"이다. 돈잉은 한국의 추위, 그리고 추위보다 더 무서운 가난으로 고통받는다. 돈잉이 필리핀으로 보내는 돈은 "그녀의 가족들이 남부럽지 않을 만큼 살아갈 수 있는 큰돈이었고, 그녀의 힘든 한국 생활을 버티게 해주는 큰 보람"이다. 이러한 돈잉의 모습은 38년 전 오키나와에서의 옥자와 순자의 모습에 그대로 이어지는 것이다.

옥자는 오키나와에서 돈잉을 "우리 딸"이라 부르고, 돈잉은 옥자가 "차돌같이 단단해 보이지만 속내는 무르고 따뜻한 사람"이라는 자신의 믿음을 확인하면서 가슴이 벅차한다. 완벽하지는 않지만, 돈잉에게 '무르고 따뜻한 사람'이 되는 것이야말로, 자기 안에 웅크리고 있는 오래된 상처를 치유하는 가장 따뜻한 길이었던 것이다.

3. 텅 빈 노년의 욕망

「파란」은 노년이 봉착하는 심리적·육체적 난경에 대한 이야기이다. 이 작품의 한복판에는 두 개의 욕조가 선명한 대비를 이루며 놓여 있다. 탕헤르에서 수영과 함께 추억을 나누었던 파란 욕조와 지금 요양 보호사인 그녀에 의해 몸이 담궈진 검은 욕조가 그것이다.

'나'는 현재 요양 보호사 그녀의 억센 보호를 받으며 힘들게 살고 있다. '나'는 그녀를 무서워하며, "그녀의 억세고 거친 말투와 내 몸을 함부로 만지는 손길"을 싫어한다. '나'는 수영이 왔다고 생각하지만, 그의 방문을 열고 들어오는 것은 언제나 "억센 손길"과 "텁텁한 목소리"의 그녀이다. '나'는 수영이 아닌 다른 사람 앞에서는 옷을 벗고 싶지 않지만, 수영을 기다리며 입고 있었던 양복은 그녀의 물리적인 힘에 의해 발가벗겨진다. 바지와 팬티가 한꺼번에 속수무책으로 아랫도리에서 빠져나갈 때에는, 크게 울음을 터뜨리고 만다.

'나'를 이 비루한 현실에서 버티게 하는 심리적 힘은 아잔(이슬람교에서 신도에게 예배 시간을 알리는 소리)이 울려 퍼지는 탕헤르의 추억에서 온다. 탕헤르는 "쓰레기처럼 버려지거나 발길에 채이지 않았고, 좋아하는 누군가를 종일 쳐다보며 손을 잡아도 되는 곳"이며, 동시에 "파란 몸을 감출 필요도 없고 나를 원하는 그에게 달콤한 키스를 퍼부어도" 되는 곳이다. 탕헤르에서 '나'와 수영은 "서로에게 비장함과 서글픔, 애틋함과 뜨거움을 가지고 있었"으며, "한없이 바라볼 수 있는 자유와 끝없이 만질 수 있는 선택만"으로도 충분했다. 둘은 의미를 알 수 없는 소리와 향기에 취해 골목을 돌아다니다 피로가 몰려오면 파란 욕조가 있는 둘만의 공간으로 돌아가고는 했던 것이다.

한국에 돌아와서도 삼사 년 전까지는 탕헤르의 "소리와 향기"를 느끼며 수영을 만났지만, "노인정에 모여 있는 여느 노인들처럼 갈수록 우리 몸은 굼뜨고 눈은 시력을 잃어"가면서, 둘의 관계도 식어간다. "파란 욕조가 놓여 있던 탕헤르"의 기억이 자신의 전부여야 한다는 생각과는 달리, 현실에는 비루하고 서글픈 온갖 불순물이 끼어들 수밖에 없는 것이다. 그렇기에 현실의 욕조는 "검은 때로 덮여 있어 파란색을 잃어버"릴 수밖에 없다. 어느 순간부터 둘은 만나지 못했고, "탕헤르는 하얗고 파란 무엇의 이미지로만 기억이 날 뿐"이다. 현실에서 '나'는 발가벗겨져 등짝을 얻어맞으며, 사타구니를 요양 보호사의 손길에 내놓아야 하는 "늙고 병든 노인"일 뿐이다.

그녀가 떠난 다음날도 '나'는 검정 양복에 분홍색 셔츠를 챙겨 입고 수영을 기다린다. 그러나 아무리 기다려도 수영은 오지 않는다. 대신 '나'는 환영 속에서 "하얀 들판"에 놓여 있는 "파란 욕조"에 몸을 담그고, 수영이 올 때까지 눈을 꼭 감고 기다린다. 이 작품의 첫 문장은 "그가 내게 올 거라는 확신은 아주 오래전부터 해왔다"이지만, 이러한 확신은 실제가 아닌 환영의 슬픔 속에서만 실현될 수 있는 것이다.

「고산병」은 노인 매춘이라는 제재를 통해 노인의 성(性)을 다루고 있는 작품이다. '그'의 아내는 예순다섯이라고는 믿기지 않을 정도로 "젊고 건강"하다. 그녀는 기본적인 생활을 유지할 정도의 경제력도 있지만, "진정으로 파출부 일을 좋아해서 다닌다는 생각마저 들" 정도로 파출부 일을 좋아한다.

잔뜩 멋을 부리고 파출부 일을 나가는 그녀의 뒷모습은 "파티에 초대되어 가는 분위기"이다.

그도 한때는 "하룻저녁에 두 번 아니, 세 번도 별 무리 없이 치러냈고, 이튿날 그녀의 친절한 배웅을 받으며 출근했던 날들"이 있었다. 그러나 지금은 매사에 의욕이 없으며, 대부분의 시간을 집 근처 공원에서 보내거나 관리사무소 앞마당에서 벌어지는 내기 장기를 구경한다. 그는 작은 소리에도 놀라는가 하면 누군가 가까이 다가오면 겁을 먹어 안절부절못한다.

무력하게 지내던 그는 관리사무소 박 소장이 추천해준 작모산에 가기로 결심하고, 작모산행 버스를 탄다. "노인정에서 대절한 관광버스가 아닌가 의심할 정도"로 노인들이 가득한 작모산행 버스에서 김종구를 만난다. 김종구는 노인정의 남자들에게 미움을 받지만, 여자들에게는 젊은 외모로 인해 환영받는 인물이다. 그의 아내도 매가리 없는 그에게 핀잔을 주며, 김종구는 "사십대라고 해도 믿겠"다고 말한 바 있다.

김종구는 작모산에 자신의 애인 아지트가 있다고 자랑하고, 그는 "그녀처럼 힘든 상대"인 작모산을 힘겹게 오른다. 김종구는 그에게 여자를 소개시켜주고, 자신의 애인이 있는 노란 텐트 속으로 들어간다. 김종구가 소개한 여자와 관계를 맺으려고 하지만, "마음과 달리 그는 점점 현기증이 일며 속이 울렁거"린다. 이때, 아내에게 애인이 있을지도 모른다는 김종구의 말을 강력하게 부인했던 일이 무색하게 김종구의 텐트 속에서는 익숙한 여자의 숨소리가 흘러나온다. 이 순간 그는 작품 내내 보여주던 무기력한 모습에서 벗어나 "아랫도리가 서서히 뜨거워지면서 다리에 힘이 붙는 걸 느"낀다. 작품은 그가 "까짓 거 죽더라도 오늘은 기어이 산에 오를 작정"을 하는 것으로 끝난다. 「파란」의 '나'가 환영 속에서 욕망을 되새기던 것에 비해서는 희망적이지만, 「고산병」의 그가 무리하게 산을 오르는 것(高山)도 어딘가 병리적(病)이다.

4. 동물화된 노인

「부전나비 관찰기」에는 동물과 소통하는 노인이 등장한다. 사회의 주변부로 내몰리고 몰려서 이제는 동물과 친구가 된 인간의 초상이 등장하는 것이다.

다큐멘터리 외주 제작사에서 일하는 '나'는 문경의 대모산 계곡에 서식하는 부전나비를 취재하러 간다. 그곳에서 '나'는 부전나비 대신, 깊은 산중의 고구마밭에서 일하는 노인을 만난다. 일주일간 부전나비는 구경도 하지 못하고 문경읍으로 내려온 '나'는 부장의 "미친 놈!"이라는 욕설이 섞인 질책을 당하고 회사를 그만둔다. '나'는 그 이전부터 회사에서 인정을 받지 못해 괴로워하던 참이다.

이후 계곡에 설치했던 카메라에 촬영된 영상을 본다. 그 영상 속에서 감옥에 갔다 왔다는 이유만으로 마을에 발을 못 붙이게 된 노인은, 멧돼지에게 태연하게 말을 건넨다. 멧돼지는 새끼를 모두 인간에게 잃었고, 노인도 막냇자식을 먼저 보냈다. 둘의 교감은 다음의 인용에서 가장 선명하게 드러난다.

나는 사람이고 너는 짐승인데 왜 내 눈에는 너도 사람으로 보이는지 모르겠다. 내가 사람처럼 살지 못해서 그런 모양이다. 아니 어쩌면 나도 네 눈에는 사람이 아니라 토끼나 고라니로 보일 수도 있을 것이다. 그럴 수 있지 암만! 눈이 흐린 너 같은 짐승들 눈에는 짐승보다 못한 사람들이 더 잘 보일 테니 말이다.(21쪽)

노인의 "문제는 너는 짐승인데 짐승답게 살지 못해서 그렇고 나는 사람인데 사람답게 살지 못해서 그런 거야"라는 말에서 알 수 있듯이, 노인은 한마디로 "짐승 같은 사람"이고 멧돼지는 "사람 같은 짐승"이다. 멧돼지는 사람에게 복수하겠다는 마음으로 살고 있으며, 결국 인간들이 멧돼지를 죽였듯이 사람들을 죽였다. "쌍봉까지 도망쳐서라도 짐승으로 살다가 죽었어야 하는데", 복수를 시도하다가 형제와 새끼들을 모두 잃어버린 것이다.

그러나 이 작품이 노인과 멧돼지의 행복한 교감을 지향하는 낭만주의적 성격을 드러내는 것은 아니다. 자연과의 합일을 지향하는 상상력은 드러나지 않기 때문이다. 결국 노인은 "난 사람이고 넌 짐승"이라며 "이장 놈이 또 포수를 데려오면 너를 잡게 꼭 잡게 할 것"이라고 말한다. 이 순간 멧돼지는 노인에게 달려든다. 동물의 상태로까지 주변화된 노인, 그러나 그 동물(자연)과의 진한 교감을 통해 새로운 삶의 지평을 열어 나가는 낭만주의적 상상력은 결코 허용되지 않는 것이다.

지금까지 노인들이 피해자에 가까운 모습이었다면, 「바퀴벌레의 시간」에서는 노인들이 부정적인 모습의 존재로 등장한다. 이 작품에서 노인들은 혐오스러운 바퀴벌레에 비유되는 것이다.

옆집에 "노인네들"이 이사 온 이후부터 아내는 바퀴벌레를 잡기 위해 혈안이 되어, "게릴라전을 치르는 전사"처럼 바퀴벌레를 잡기 위해 온갖 일을 벌인다. 아내는 노인들이 이사 오기 시작하면서 아파트 분위기가 우중충해지고 아파트 가격이 오르지 않는다고 불평한다. 아파트에는 "관절염에 걸려 절뚝거리는 노인들뿐"이고, 아내는 "아파트가 실버타운으로 변해가면서 바퀴벌레들이 들끓는다"는 확신을 가지고 있다.

이런 아내를 보며, '나'는 "당신 말대로 아파트에서 노인들을 모두 나가라고 할 수도 없고, 당신들 때문에 바퀴벌레가 성행하니 당신들이 모두 잡아 죽이라고 할 수도 없잖아. 그러니 적당히 무시하고 살"라거나 "세상에 불필요한 존재는 하나도 없다고 하잖아"라며 점잖게 충고한다. 그러나 곧 '나'의 앞에도 바퀴벌레 떼가 몰려들기 시작한다.

"아버지와 작은아버지는 몹시 거칠고 교활한 노인들이다"라는 문장으로 시작하는 이 작품에서, 아버지와 작은아버지는 여러 가지 방법으로 '나'에게서 돈을 가져간다. 두 명의 노인은 '나'에게 "돈을 뜯어낸 게 한두 번이 아니"며, 이로 인해 '나'는 아내 몰래 신용대출과 마이너스 대출 현금서비스까지 받았다.

단짝 친구인 종민이 결혼식에 참석하러 당진에 가는 날도, 작은아버지는 결혼식 날짜에 딱 맞춰 연락을 한다. 작은아버지의 연락을 받기 전에도 '나'의 자동차 안에는 이미 바퀴벌레들이 가득했으며, 작은아버지의 전화를 받은 후에 '나'는 수납박스 속에 숨어 있는 바퀴들을 털어내야 한다고 생각한다. 이 장면은 '내'가 아버지와 작은아버지를 바퀴벌레로 느끼고 있음을 간접적으로 보여주는 것이다. 당진에서 만난 작은아버지는 자기와 아버지가 엊그제 오토바이를 타고 시내에 나갔다가 사람을 치었다며 합의금으로 이천만 원이 필요하다고 말한다. '나'는 "감옥에 가든지 도망을 치시든지 맘대로 하세요"라고 강하게 말하지만, 다음의 인용에서처럼 바퀴벌레에 대한 강박은 이러한 거절로 쉽게 떨쳐지는 것이 아니다.

여든이 다 된 나이에 무슨 오토바이를 타다 사고를 냈다는 것인지, 이천만 원이라는 합의금은 또 어디서 나온 금액인지, 아버지한테 비밀로 해달라는 소린 또 무슨 뜻인지, 작은아버지는 앞뒤가 맞지 않는 소리를 심각하게 떠들었지만, 그 순간 나는 바퀴벌레와 끝이 보이지 않는 전쟁을 치르고 있을 아내가 떠올랐다. 나 역시 아내와 다름없이 작은아버지와 아버지의 협공 작전에 늘 실패하는 전쟁만 하고 있었다.(57쪽)

화려하고 우아한 예식장에 걸맞은 피로연이 열리고 있어야 할 식당에는 모두 노인들뿐이었다. 둥그런 테이블마다 촘촘히 또는 다닥다닥 붙어 앉아 음식을 오물거리는 것은 사람이 아니라 벌레들이었다. 자동차 수납박스 속으로 숨어버린 수십 마리의 바퀴벌레와 같은 것들이었다. 현기증이 일었다. 아버지를 만나러 갔는데 아버지는 보이지 않고 바퀴벌레만 가득하다니.(59~60쪽)

그러나 이 작품이 노인 혐오로 일관하는 것은 아니다. "아내는 바퀴 약을 드는 순간 바퀴벌레의 역사가 인간의 역사보다 길고 바퀴벌레의 박멸이 곧 인간의 멸망이라는 사실을 잊어버렸다"는 문장에서도 알 수 있듯이, 노인과의 공존은 인간의 숙명이라는 인식이 존재하기 때문이다.

5. 건널 수 없는 다리

「리버뷰 8번가」는 한국 사회의 계급 적대를 선명하게 보여주는 작품이다. 이 작품에는 노인들이 주요 인물로 등장하지 않는다. 그러나 이 작품의 '나'가 처한 상황이야말로 주변인으로서의 노인에 해당한다고 볼 수 있다. 어쩌면 이경희가 집중적으로 그리고 있는 노인은 한국 사회 전체의 보편적 초상에 해당하는 것인지도 모른다.

이 작품의 중심에는 리버뷰 8번가가 있고, 그 양쪽에 '내'가 사는 '다리 남단'과 여자가 사는 '다리 북단'이 위치한다. '내'가 사는 곳에는 공구 거리와 밤마다 움직이는 가난한 연립주택과 시장으로 건너가는 좁은 사거리가 있다. 이와 달리 여자가 사는 곳에는 워커힐과 현대아파트와 한강호텔이 있으며, 구리와 양평으로 통하는 아차산대교가 시원하게 뚫려 있다. 여자와 내가 가리킨 저쪽과 저쪽은 "전혀 다른 모습의 저쪽과 저쪽"인 것이다. 그렇기에 '나'는 리버뷰 8번가를 지나 다리 북단으로 넘어가본 적이 거의 없으며, 리버뷰 8번가는 "내가 건너갈 수 있는 다리의 끝"이다.

'나'의 모습도 '나'의 동네와 비슷하다. '나'의 동네가 낡고 가난한 것만큼 '나'의 삶도 고통과 소외로 가득하다. 아버지는 가출했고, '내'가 열두 살이었을 때 어머니는 다리 위에서 투신했다. 그 후부터 강변의 집에서 계속 살아온 '나'는 공구 거리에서 일하는 종업원들 대부분이 이름이 아닌 자신의 가게 취급 품목으로 불리는 관례에 따라 몽키스빠라고 불린다. 고유한 이름조차 없는 이 인간 소외의 현상을 '나'는 "이름이나 직책이 아닌 망치나 톱 같은 공구로 불리어 오히려 평등한 느낌"으로 받아들인다. 나중 경찰서에서 조사를 받을 때, '나'는 "몽키스빠가 내 이름인 것도 같고 아닌 것도 같았다. 분명 알고 있는데 이름이 입 밖으로 튀어나오질 않았다"고 고백한다. 그도 그럴 것이 '나'에게 이름과 나이, 주소를 말하라고 한 사람은 박 형사가 처음이었던 것이다.

'나'는 여자를 리버뷰 8번가에서 두 번 만났다. 다리 위 전망대와 다리 밑 전망대에서 몇 마디 나눈 뒤 헤어졌다가, 엊그제 여자가 죽던 날 밤에 다시 만났을 뿐이다. 박 형사나 '내'가 일하는 가게의 사장도 '나'(다리 남단)와 여자(다리 북단)의 세계가 인간적인 소통과 교류를 나눈다는 것을 상상할 수도 없기에, 처음부터 '내'가 그 여자를 죽인 범인이라고 단정한다. 박 형사는 여자와 함께 있는 CCTV 화면을 디밀며, 하부 전망대로 내려가서 여자를 한번 안아보려고 했는데 싫다고 해서 죽인 것이 아니냐며 윽박지른다.

그러나 사실은 이렇다. 눈이 엄청 내린 밤 어머니를 만날 것 같은 기분에 다리에 갔다가, '나'는 지나치게 얇고 허름한 옷차림으로 이를 딱딱거리며 다리 위에 서 있는 여자를 만난다. 추위에 진저리를 치며 악을 쓰는 여자에게, '나'는 "강에서 건져 올린 꽁꽁 언 엄마에게 그랬듯이" 점퍼를 벗어 여자의 어깨를 감싸주고 양말을 벗어 여자의 발에 신겨준다. 그러나 여자는 집에 빨리 돌아가라는 '나'의 따뜻한 말과 손길을 사납게 뿌리친다. '나'와 여자 사이의 적대는 평범한 친절 따위를 허용하지 않는 것이다. 나중에야 여자가 심한 우울증을 앓고 있었으며, 남편이 여자가 제 손으로 생리대 한 번을 못 사게 할 정도로 학대했다는 등의 자살을 뒷받침하는 여러 정황들이 발견된다. 그럼에도 박 형사는 "분명 이 새끼가 죽인 거 맞는데"라며 의심을 거두지 않는다.

경찰서에서 나온 '나'는 리버뷰 8번가로 향하고, "여자와 어머니가 죽고 또 누군가의 죽음을 알릴 다리의 안부가 궁금했다"는 문장을 통해 '나'의 죽음이 암시된다. 이 사회의 근원적 적대와 분열, 그리고 벌거벗은 자들을 향한 혐오가 가셔지지 않는 한 오늘도 다리 위에서는 누군가 몸을 던질 수밖에 없음을 보여주는 것이다.

6. 동물에서 광물 되기, 인간에서 괴물 되기

중편 「달의 무덤」은 괴물을 등장시켜, 우리 사회에서 진정으로 혐오스러운 것은 결코 노인이 아니라는 사실을 힘 있게 보여주는 작품이다.

'내'가 운영하는 달펜션과 영주가 운영하는 바다펜션은 요즘 손님으로 넘쳐난다. 펜션이 들어서기 전 몽이도 사람들은 개펄을 터전 삼아 조개를 캐고 낙지를 잡으며 간신히 살아갔다. "남편을 따라 처음 몽이도에 왔을 때는 정말이지 마지막 배를 타고 다시 돌아가고 싶"을 정도였지만, 펜션을 새로 짓고 그것이 번창하면서 사십대 중반의 '나'는 "낭만적인 바다"에서 "축복된 삶"을 살고 있다. 그러나 이러한 '축복된 삶' 이면에는 엄청난 비밀이 숨겨져 있다.

그 비밀은 5년 전 기름 유출 사고 때 발생한 막달이의 죽음과 보상금에 관련된 것이다. 5년 전 "귀머거리고, 까막눈이고, 혼자 살고, 우리보다 더 가난하다는 사실을 모두 알아 애들부터 노인들까지 아무나 막달이"라고 부르는 노인이 기름 유출 사고 때 기름과 개흙 범벅을 하고 개펄에서 죽는다. 기름 유출 사고로 몽이도는 엄청난 피해를 입었지만 방송에 보도조차 되지 않는다. 섬 주민들은 박변호사의 도움을 받아 피해보상을 받기 위한 투쟁에 나선다. "그냥 몽이도 바다이고 개펄"에 지나지 않아서 누구의 관심도 받지 못하던 막달이는 이 순간부터 몽이도를 되살리는 데 필요한 "물증"으로서의 효용 가치를 갖게 된다. 이들은 기름 유출 사고를 일으킨 회사로 몰려가 막달이의 죽음을 전면에 내세운 시위를 벌이는 것이다. 막달이 사진이 전면에 내걸린 이 시위에서 "막달이는 몽이도"가 된다. 막달이를 몽이도 골짜기에 묻을 때는 삽질조차 살살 하더니, 아무 연고도 없는 서울에 와서는 막달이의 하나밖에 없는 자식인 양 서럽게 목청들을 높이는 것이다. 몽이도와 막달이는 최고의 뉴스거리가 되고 보상은 속전속결로 이루어진다. 그러나 막달이 덕택에 거액의 보상금까지 받은 이들은, 막달이의 몫으로 나온 보상금까지 "몽이도 지역발전금"이라는 명목으로 가로챈다.

이후 모든 것이 순조로워 보이는 몽이도의 "축복된 삶"을 위협하는 일들이 발생하기 시작한다. 첫번째는 날마다 바다에 나가 막달이를 찾는 '나'의 시어머니 중지 씨이다. 이전에도 막달이와 어릴 때부터 친구이자 보호자 격으로 어울리며 지냈던 중지 씨만 막달이를 "공경받아야 할 노인으로 상대" 했다. 개펄에서 막달이가 죽어갈 때도 걱정하고 괴로워한 것은 중지 씨가 유일했으며, 결국 개펄에서 시커먼 기름 덩이가 된 막달이를 꺼낸 것도 중지 씨였다. 막달이의 무덤을 지키고 막달이를 찾으며 오열하는 것도 중지 씨뿐이었다. 요즘 중지 씨는 개펄에서 '나'와 남편이 데리러 올 때까지 나오지 않는데, 이는 중지 씨가 개펄에서 죽은 막달이와 한몸이 되어 과거에 유폐되었음을 보여준다. 중지 씨의 이런 모습은, "나는 물론이고 몽이도 사람들 모두에게 곤혹스런 기억을 떠올리게" 만든다. '내'가 '낭만적인 바다에서의 축복된 삶'을 유지하기 위해서는, 중지 씨가 막달이를 기억하고 그에 대해 발언하는 것을 어떻게든 막아야만 한다.

막달이의 죽음 위에 성립된 '낭만적인 바다에서의 축복된 삶'은 또한 "불안정한 눈빛"의 "무서운 짐승" 같은 한 남자가 찾아오면서 더욱 심각하게 흔들린다. 그 남자는 막달이의 아들로서, 이제 막 출소하여 몽이도를 찾아온 것이다. 그 남자는 '나'의 남편과 영주의 남편에게 "우리 엄마 목숨값으로 너희들만 배터지게 잘 먹고 잘살아!"라며, "너희들이 무슨 짓을 해서 우리 엄마 보상금 다 처먹었는지 밝혀낼 거야, 각오해!"라고 소리친다.

이런 상황에서도 '나'는 결코 펜션을 뺏길 수 없다고 다짐하며, 이 순간 '나'는 바다에서 거대한 괴물을 발견한다. 다음의 인용문처럼, 마지막에 이르러 '나'는 최근에 중지 씨가 개펄에서 보았던 "시커먼 괴물"과 마주하게 되는 것이다.

평화롭던 바다가 순식간에 거대한 괴물로 변했다. 중지 씨가
말했던 그 바다 괴물이었다. 그녀가 미쳐서 환영을 본 것이라고
생각했는데 코끼리 형상을 하고 있는 진짜 괴물이 바로 눈앞에
나타났다. 지독한 냄새를 풍기며 물 밖으로 실체를 드러낸 놈이
나와 영주를, 그리고 상현달을 올려다보았다. 범고래처럼 물을
뿜지는 않았지만 놈이 뒤척일 때마다 바다가 천둥소릴 냈다. 나
는 중지 씨가 그랬던 것처럼 겁에 질려 소리쳤다.

"저기 봐, 괴물! 괴물이 나타났어!"(273쪽)

중지 씨가 먼저 보고, 나중에는 '나'도 보게 된 이 괴물의
정체는 무엇일까? 이에 대한 암시는 이미 주어진 바 있다.
'나'는 막달이를 애타게 찾는 중지 씨를 끌어내며 자신을 '괴
물'에 비유했던 것이다.

내가 얼마나 삶에 대한 의지가 강한지, 내가 얼마나 지금의 삶
을 지키고자 죽을힘을 다하고 있는지, 그리고 내가 얼마나 순진
한 괴물로 변해가고 있는지 알았다. 하지만 예전으로 다시 되돌
아가고 싶은 생각은 들지 않았다.(262쪽)

여기서 괴물은 '내'가 '낭만적인 바다에서의 축복된 삶'을 유지하기 위해 윤리도 양심도 저버린 자기 자신을 가리키는 데 사용되었다. 중지 씨와 '내'가 바라본 괴물은 막달이의 죽음을 돈벌이 정도에 이용하고, 이후에도 진실을 외면하는 몽이도 사람들의 탐욕을 의미한다고 볼 수 있다.

「달의 무덤」에서도 노인은 동물에 비유되고는 한다. 막달이를 생각하며 개펄 한가운데 앉아 있는 중지 씨는 얼핏 봐선 "큰 새와 다르지 않았"다고 묘사되는 것이다. 여기서 한 걸음 나아가 장애자이고, 무식하고, 혼자 살고, 가난한 막달이는 동물을 지나 광물에까지 비유된다. 막달이는 "몽이도의 어느 갯바위 같은 존재"로 묘사되는 것이다.

그러나 「달의 무덤」에서 결코 동물이나 광물일 수 없는 엄연한 인간을, 자신의 탐욕과 무지로 인해 동물이나 광물로 치부한 자들은 결국 괴물이 된다. 이 괴물이야말로 우리 사회의 가장 무섭고도 부끄러운 그늘일 것이다. 이 괴물은 우리 사회에 무수한 보통명사로서의 노인을 만들어내는 거대한 힘이며, 우리가 진정 혐오하고 비판해야 할 대상은 고유명사로서의 노인이 아닌 이 괴물일 것이다.

무슨 일이든 한 십 년쯤 매달리면 쉬워질지도 모른다고 생 각했다.

무엇을 말하고 싶어 그런 얘기를 꺼내려 하는 것인지, 어떤 방법으로 누구의 입을 빌려 말해야 할지 또 어떻게 해야만 내 글이 독자들로부터 환영받을 수 있는지 한 십 년쯤 지나면 자 연히 알 수 있을 거라고 생각했다. 등단 십 년 만에 두번째 소 설집을 묶자니 그런 기대는 애당초 터무니없었다. 게으르지 는 않았지만 열심히 쓴다고 좋은 작품이 탄생하는 것은 아니 라는 사실을 알게 되었으니 헛된 시간은 아니었다. 여전히 처 음처럼 설레고 두렵고 난감한 것을 보면 그 무엇도 한계가 없 다는 경고인 것만 같다.

말하고자 하는 이야기는 결국 하나라는 생각을 버릴 수가 없다. 많은 이야기들을 차용하고 수집하고 상상해서 쓰지만 작가의 유전자를 홀가분히 벗어난 모양새를 하기는 어렵다는 사실 또한 확인했다.

이번 소설집에 실린 중·단편을 통해서 말하고 싶은 것은 일상의 문제인 듯 무심해 보일 수 있는 삶들의 호소를 우리 사회의 가장 약자라고 할 수 있는 노인들에게 주문한 것이다. 웃을 수도 그렇다고 덥석 끌어안을 수도 없는 노인 문제를 '웃고 있어도 눈물이 난다'는 유행가 가사처럼 풀어내고 싶었다. 딱히 무엇이라고 정의할 수 없는 것이 인생이라면 우리가 늘 대면해야 하는 삶 역시 욕망과 무의식의 환상이 만들어내는 현실일 것이다. 그래서 내 소설에 등장하는 인물들은 대체로 비현실적인 결과를 만들어낸다.

러시아의 초현실주의 화가 블라디미르 쿠쉬의 작품들처럼 내 소설 속에 등장하는 거대한 멧돼지에게 부전나비의 아름다운 날개를 달아주어 소외당하고 배제된 그들을 잠시나마 현실에서 벗어나게 해주고 싶었다.

강출판사에 감사드린다.

2018년 7월
이경희

수록 작품 발표 지면

부전나비 관찰기
© 이경희

1판 1쇄 발행 | 2018년 7월 21일

지은이 | 이경희
펴낸이 | 정홍수
편집 | 김현숙 이진선
펴낸곳 | (주)도서출판 강
출판등록 | 2000년 8월 9일(제2000-185호)

주소 | 서울시 마포구 동교로 17안길 21(우 04002)
전화 | 02-325-9566
팩시밀리 | 02-325-8486
전자우편 | gangpub@hanmail.net

값 14,000원
ISBN 978-89-8218-231-0   03810

이 도서의 국립중앙도서관 출판예정도서목록(CIP)은 서지정보유통지원시스템 홈페이지
(http://seoji.nl.go.kr)와 국가자료공동목록시스템(http://www.nl.go.kr/kolisnet)에서 이용하실 수 있
습니다.(CIP제어번호: CIP2018021076)